OSKARŻONY PLUSZOWY M.

Filozoficzna powieść o miłości, samotności i wolności

OSKARŻONY PLUSZOWY M.

Filozoficzna powieść o miłości, samotności i wolności

Clifford Chase

Przekład
ANNA KOŁYSZKO

AMBER

Redaktor prowadzący
Małgorzata Foniok

Korekta
Magdalena Kwiatkowska
Elżbieta Steglińska

Ilustracja na okładce
Jacket design by Gretchen Mergenthaler
Jacket art: interrogation room – George Logan/Getty Images; bear – Paul D'Innocenzo

Opracowanie graficzne okładki
Wydawnictwo Amber

Skład
Wydawnictwo Amber

Druk
Łódzka Drukarnia Dziełowa

Tytuł oryginału
Winkie

ISBN 978-83-241-2858-7

Warszawa 2007. Wydanie I

Wydawnictwo AMBER Sp. z o.o.
00-060 Warszawa, ul. Królewska 27
tel. 620 40 13, 620 81 62

www.wydawnictwoamber.pl

Część pierwsza

Nie ma już nigdzie tych książek, które czytaliśmy w dzieciństwie,
rozwiały się – zostały nagie szkielety.
Kto miałby jeszcze w sobie pamięć i miąższ dzieciństwa,
powinien by je napisać na nowo, tak jak były wtedy.

Z listu Brunona Schulza do Romany Halpern, 1936 rok
Bruno Schulz *Księga listów*, pod red. Jerzego Ficowskiego

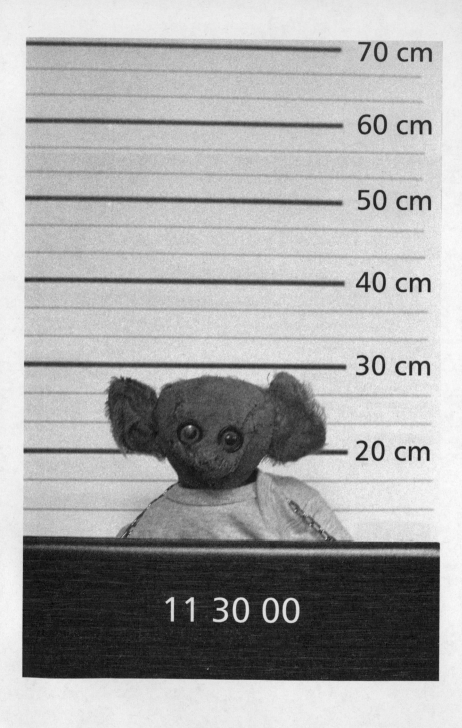

— Imię i nazwisko?

— Clifford Chase.

— Co pana łączy z oskarżonym?

— Był moim misiem.

— Od jak dawna go pan zna?

— Właściwie od urodzenia. Najpierw należał do mojej mamy, potem mama dała go swoim dzieciom. Było nas pięcioro, a ja jestem najmłodszy, kiedy więc do mnie trafił, był już bardzo stary.

— Jakie są pana najwcześniejsze związane z nim wspomnienia?

— Pamiętam – a może tylko sobie wyobrażam – jak leżę w dziecinnym łóżeczku i go przytulam.

— Kiedy to mogło być, panie Chase?

— Spałem w dziecinnym łóżeczku prawie do piątego roku życia, czyli mogło to być nawet jeszcze w roku tysiąc dziewięćset sześćdziesiątym trzecim. Pamiętam – albo tak mi się zdaje – co czułem, tuląc go w ramionach, takiego małego i miękkiego. Pamiętam, jak świadomość, że jest mniejszy ode mnie, dodawała mi otuchy.

— Czy już wtedy coś wskazywało, że nie jest tylko zwyczajną zabawką?

– Nie. Chociaż mnie, oczywiście, zawsze się wydawał żywy.

– Dlaczego?

– Chyba dlatego, że dzieciom wszystkie zabawki wydają się żywe. Ale było coś jeszcze… otwierał i zamykał oczy. Kiedy się go kładło, oczy mu się zamykały, a kiedy sadzało – otwierały.

– Dlaczego to było takie ważne?

– Bo wydawało mi się, że na mnie patrzy.

– Sprzeciw – wkracza prokurator. – To tylko domysły.

– Podtrzymuję – mówi sędzia. – Proszę świadka, żeby trzymał się faktów i nie odwoływał do uczuć.

– Tak jest.

– Panie Chase, twierdzi pan, że miś najpierw należał do pańskiej matki.

– Owszem. Dostała go na Boże Narodzenie, kiedy miała dziewięć albo dziesięć lat. Nazwała go Marie.

– Marie?

– Wtedy był dziewczynką.

Po sali sądowej przebiega szmer.

– Proszę o spokój! – krzyczy sędzia. Pomruk narasta. – Spokój! – Wali młotkiem w stół. Zapada cisza.

– Gdzie i kiedy pańska matka weszła w posiadanie misia?

– Bodajże w roku tysiąc dziewięćset dwudziestym czwartym albo dwudziestym piątym w Chicago. Pamięta, że rodzice kupili go… lub raczej ją… w domu towarowym Marshall Field.

– Czy przez cały ten czas, od roku tysiąc dziewięćset dwudziestego piątego aż do niedawna, oskarżony pozostawał, według pana najlepszej wiedzy, pod opieką kogoś z pańskiej rodziny?

– Tak. Ach, prawda, tylko raz zostawili go w motelu i musieli po niego wrócić, bo brat płakał i płakał. To było jeszcze przed moim urodzeniem.

– Wysoki sądzie – mówi prokurator – te, że się tak wyrażę, zeznania świadka... – Podnosi ręce w geście bezradności.

– Podtrzymuję – mówi sędzia. – Proszę, żeby obrona przeszła do rzeczy.

– Oczywiście, wysoki sądzie, oczywiście... Panie Chase, skąd ma pan pewność, że oskarżony jest tym właśnie misiem, z którym się pan wychował?

– Od razu go poznałem, to znaczy w dzienniku telewizyjnym.

– Ale czy wszystkie pluszowe misie nie są takie same?

– O nie, jak widać, Winkie jest zupełnie inny. Nie widziałem drugiego misia z takimi oczami. Uszy też ma większe niż inne misie. Poza tym jest tak sfatygowany i przeszedł tyle napraw, że ma jedyny w swoim rodzaju, swój własny pyszczek. Tyle lat patrzyłem na niego w dzieciństwie, że, jak powiedziałem, od razu rozpoznałem go na zdjęciu. Potem przypomniałem sobie, że mniej więcej dwa lata temu zniknął z domu moich rodziców.

– Ale nikt nie zgłosił jego zaginięcia?

– Zwykle nie zgłasza się zaginięcia pluszowego misia. Teraz, oczywiście, postąpiłbym inaczej.

Śmiech na sali.

– Panie Chase, co zapamiętał pan najlepiej, jeśli chodzi o oskarżonego?

– Byłem dziwnym, samotnym chłopcem. Wydawało mi się, że Winkie to rozumie, bo sam sprawiał wrażenie dziwaka i samotnika.

Prokurator kręci ostentacyjnie głową, ale nie zgłasza formalnego sprzeciwu.

– A zatem we wspomnieniach kojarzy go pan z miłością i poczuciem bezpieczeństwa?

– Tak.

– Czy przypomina pan sobie cokolwiek, choćby najmniejszy szczegół, co wskazywałoby na to, że pozwany mógłby dopuścić się poważnych przestępstw, o które się go teraz oskarża?

– Nie. Był dziwnym, ale dobrym misiem. Do dziś w to wierzę, niezależnie od tego, co o nim się mówi. Dlatego postanowiłem zeznawać.

– Dziękuję. Nie mam więcej pytań.

Winkie pojmany

1.

Kilka miesięcy wcześniej pod tonącą w poświacie księżyca chatę w lesie podkradły się dziesiątki postaci w hełmach. Zajęły stanowiska. Wydano na migi rozkazy, między drzewami przebiegła, pochylając się, grupa bojowa, wymieniono skinienia głów i znów wszystko zastygło w bezruchu. Zbliżał się świt. W powietrzu zbierały się i rozpływały białe pasma mgły. Gałązki ociekały rosą. Zaczajeni ludzie cicho chuchali w stulone, przemarznięte dłonie, czekali.

W chacie na starym materacu, nie mniej wysłużonym niż on sam, leżał mały miś. Nękany bezsennością rozmyślał. Ale to nie stróże prawa go rozbudzili. Prawdę powiedziawszy, w ogóle nie był świadom ich obecności. Zasnąć nie pozwalał mu przejmujący żal.

Przeszłość, przeszłość. Jak staje nam na drodze, myślał Winkie. Jak nas pcha, nawet nie dotykając. I co to znaczy pamiętać, co znaczy czuć? Jaki sens ma przeżywanie wszystkiego od nowa?

Tu, w lesie, dane mu było mieć własne dziecko, które było jego radością. Ale zanim minął rok, ona umarła. Przez następne tygodnie

Winkie, żyjąc samotnie w chacie lub błąkając się równie samotnie po lesie, usiłował pojąć ten prosty, niepodważalny fakt.

Pewnej nocy zasnął przy telewizorze, a po kilku minutach obudziło go migotanie – chociaż wiedział, że mu się to śni. Po chwili zorientował się, że to nie telewizor migocze, ale jego mała. Falowała na ekranie. Chociaż tego nie powiedziała, zrozumiał, że więcej jej nie zobaczy. Emanowała czymś, może otuchą. Patrzyli na siebie stropieni, napawając się chwilą. Migocząca nieskończoność. Po czym mała rzekła: „Myśl o tym, co było” – i rozpłynęła się jak każde wspomnienie.

Minęły trzy noce. Winkie przewertował w myślach kilka razy całe swoje życie, szukając czegoś, co dobrze byłoby powspominać, choćby jednej chwili, która dałaby mu nadzieję. Musiał więc przypomnieć sobie na wyrywki wszystko, wszystkie dzieci, które kochał, i to, co dla nich znaczył, potem samotne lata, kiedy leżał na półce, niekochany przez nikogo, i wreszcie, niepojętym dla niego samego cudem, ten upragniony dar życia i poruszania się…

Lecz co dobrego dała mu ucieczka? Nawet tutaj, z dala od ludzi, stracił wszystko.

– Utracone, utracone – mruczał pluszowy miś. Za brudnym oknem zajaśniała linia horyzontu. Zwierzęta – z krwi i kości – zaczynały się już budzić w leżach z patyków i liści. Winkie zamknął oboje szklanych oczu i w posępnej ciszy, nieprzechodzącej jeszcze w poranek, wrócił myślami do najdawniejszych wspomnień. Nigdy nie był mniejszy niż teraz, bo ciało zawsze miał to samo, ale kiedyś też był jak dziecko. Wtedy nie nazywał się jeszcze Winkie, lecz nosił białą bluzkę, czarną aksamitną sukienkę i należał do dziewczynki o imieniu Ruth. Niemal słyszał, jak woła do niego poprzez czas: „Kocham cię, Marie…”

Miarowe dudnienie w uszach, błyskające światła. Ułożył głowę na łapach, ale zgiełk wokół tylko się wzmógł. Wspomnienie za

dużo go kosztowało. Hałas przeszedł w niemiłosierne wycie, biało-
-niebieskie światła w oślepiającą łunę. Czyżby umierał?

Nagle zrozumiał, że koszmar wcale nie rozgrywa się w nim
samym. Osłonił oczy łapą, zamrugał, wyjrzał przez okno. Zobaczył
wielki zielonkawy metalowy przedmiot, który kołował z warkotem nad chatą.

Helikopter nie wznosił się ani nie opadał, wydawało się, że trwa
zawieszony w czasie. Bujał się tylko do przodu i do tyłu, jakby
niecierpliwie, w migoczącym powietrzu, a drzewa wokół kołysały
się jak oszalałe.

Punktowo oświetlił zwrócony do góry pyszczek misia. I wtedy
Winkie zobaczył w lesie nadciągające zewsząd kolejne światła. Biły
ze wszystkich stron.

– Jesteś otoczony – oznajmił kołujący obiekt. Jego głęboki, me-
taliczny głos brzmiał jeszcze bardziej przenikliwie niż łoskot silnika. – Wychodź! Ręce do góry!

Winkie, z podniesionymi łapami, stanął w drzwiach chaty, mrużąc oczy przed zalewem światła i wiatrem helikoptera. Widocznie
to spotyka zabawki, które uciekły, pomyślał. Zobaczył wirujące
czerwone i niebieskie światła wyłaniające się z lasu i sylwetki biegnące między pojazdami. Jedni nieśli latarki, drudzy broń. Wszyscy krzyczeli. Hurgot helikoptera nie pozwalał mu dosłyszeć, co
mówią, ale czuł, że panuje zamieszanie. Lufy karabinów i latarki
wymierzone były to tu, to tam. Nawet helikopter zaczął się szarpać
i chybotać. Winkiemu zrobiło się go żal, bo nie miał gdzie wylądo-
wać wśród drzew.

– Nie ruszaj się! – krzyknął helikopter, chociaż Winkie nawet
nie drgnął. Słysząc jego wzburzony głos, miał ochotę go pocieszyć.
– Co jest, do cholery? Nie!

Rozległ się odgłos wystrzału. Winkie poczuł, jak kula gwizdnęła mu nad prawym uchem. Przeszył go dreszcz. Miś nie śmiał się poruszyć. Nie widział, skąd padł strzał. Jego miękkie łapy zdrętwiały od tego trzymania w górze.

– Chłopaki! – wrzasnął helikopter. Chociaż głos miał zdecydowanie męski, najwyraźniej czuł odrazę do całego rodzaju męskiego. – Wstrzymać… wstrzymać ogień! Wstrzymać wszelkie działania!

Krzyki ucichły, a postaci zatrzymały się pod drzewami. Słychać było tylko warkot helikoptera. W snopach światła reflektorów fruwały ćmy. Przerażony Winkie zaczął dygotać.

– W porządku! – ryknął helikopter. – Wchodzimy!

Miś zobaczył, że idzie na niego tyraliera ludzi w hełmach, z wyciągniętymi pistoletami, wymierzonymi karabinami. Atak ten, choć tak niespodziewany, zrozumiał jako kolejne nieszczęście, idące w parze z jego żałobą. Mężczyźni skradali się bardzo, bardzo powoli przez zarośla. Zdawało się, że nigdy do niego nie dojdą. I mimo że miś trwał w absolutnym bezruchu, równie znudzony, co przerażony, oni nadal wrzeszczeli a to „Stój!", a to „Nie ruszaj się!" albo „Nie waż się drgnąć, sukinsynu!"

Winkie poczuł, że robi mu się słabo. Po tym wszystkim, co przecierpiał, dlaczego miałby się przejmować, co mu teraz zrobią? Nogi jednak się pod nim trzęsły. Mężczyźni podeszli bliżej.

– Zastrzelę cię! – mamrotał w kółko jeden. – Przysięgam, że cię zastrzelę! Myślisz, że nie? – Mężczyzna już prawie szlochał. – Żebyś wiedział, dupku, że cię zastrzelę!

Aż się prosi, żeby go przytulić, pomyślał Winkie. Wtem zobaczył błysk światła. Jedna z trzydziestu dziewięciu kul zwaliła go z nóg.

Mglistość stworzenia i przedsmak świadomości. W tej długiej chwili, kiedy padał na ziemię, Winkie przypomniał sobie nagle swoje życie sprzed Ruth. O tak, przecież zachował te wspomnienia: fabryka, pudełko, do którego go włożono, świeży zapach sośniny, opadające wieczko, a potem ciemność… Mijał czas… Męskie głosy, wstrząsy, dudnienie i warkot silnika, ostre podrygi, kołysanie, znów podrygi… Znowu wstrząsy, znowu głosy i cisza, a potem nagle wieczko się podniosło i zobaczył nad sobą sufit w domu towarowym, ozdobiony, rozgwieżdżony bożonarodzeniowymi gwiazdkami…

– Dostał!
– Ja cię kręcę, w sam środek!
Kroki…
– No dalej, dalej!
Szelest. Głosy coraz bliżej…

Dzień po dniu patrzył w oczy dzieciom o różowych twarzach, nachylającym się nad szklaną gablotą, w której go umieszczono. To były promyki nadziei, które delikatnie ogrzewały jego czyste, trocinowe serce i z nich tworzyła się jego dusza.

Żeby tak się komuś spodobać. Żeby dostać się w świąteczny nastrój. Żeby trafić na wystawę i przez to zyskać na wartości…

– Cholera!
– Ty debilu, nie mówili „żywego lub martwego”…
W jednym głosie brzmiały wyrzuty sumienia, w drugim gniew. Winkie uchylił powieki, zobaczył ścianę granatowych mundurów i wpatrzone w niego różowe i brązowe młode twarze. Byli niewiele starsi od dzieci. Znowu zamknął oczy.
– Dziwadło jakieś…

– Nie żyje?

Ktoś szturchnął go zimną lufą. Winkie znowu dał się ponieść nurtowi wspomnień.

…A jeszcze wcześniej, w fabryce, gdzie go wypchano trocinami i zaszyto, pamięta małe, zmęczone oczy szwaczki, która na chwilę przerwała pracę, żeby podziwiać własne dzieło. Położyła go i oczy mu się zamknęły – ciemność. Posadziła i otworzyły się – światło.

Zapragnął jednego i drugiego, i tej rozkosznej między nimi różnicy. Tak oto po raz pierwszy dostąpił poznania i tajemnicy. A także pragnienia.

Tur, tur, tur, zagadał helikopter.

– Wezwij szefa.

– Sam go sobie wezwij, dupku.

Winkie nie zwracał na nich uwagi. Jego umysł pracował metodycznie, i to sprawiało mu przyjemność. Chciał odnaleźć jeszcze dalsze nitki z przeszłości, ale wkrótce dosłownie się zamotał w tych nitkach – w pluszu, w trocinach, w całym kłębku tego, co miało go utrzymać w całości. I w tym wszystkim jego myśli rozsnuwały się w coraz cieńszą przędzę. Z jej włókienek plotła się jego dusza. Czy to nienormalne? Może magiczne? Jemu wydawało się to całkiem naturalne, wręcz nieuchronne – że tam, gdzie wcześniej woli nie było, powstała wola. Z nieznanej przyczyny znalazło się tu wszystko, czego trzeba do stworzenia duszy.

– Ej, ty, obudź się…

Znów go szturchnięto lufą. Chciał, żeby przestali. Pragnął nadal rozmyślać.

– Ej, ty, kimkolwiek jesteś…

Nerwowy śmiech.

Co tworzyło osnowę jego duszy? Winkie podejrzewał, że Bóg jeden wie, a może sama dusza, która zapragnęła powstać…

– On jest żywy?

– Chyba na napęd… może zdalnie sterowany…

– Aha.

Na te słowa ranny miś się ocknął. Z trudem otworzył oczy, zamrugał dwa razy, klik-klik, klik-klik, aby dowieść, że jest żywy i prawdziwy. Ściana twarzy też zamrugała, jak jeden mąż. Nad nimi krążył helikopter, reflektory przeczesywały teren wzdłuż i wszerz, jak gdyby przędły los Winkiego.

2.

Nadinspektor patrzył zmęczonym wzrokiem z helikoptera przez lornetkę w dół, próbując wyostrzyć obraz. Po pierwszym strzale nic już nie widział. W pewnym sensie nie chciał widzieć. Chwila schwytania przestępcy zawsze go zasmucała. Nigdy nie mógł zrozumieć dlaczego. Przetarł oczy, zmrużył i znów spojrzał przez lornetkę. Dojrzał tylko hełmy swoich ludzi, a między nimi… na ziemi leżał ten dziwaczny karzeł. Tak, z ogromnymi uszami. Nie myli się. Ale dlaczego jego ludzie stoją jak wryci? Najpierw strzelali wbrew rozkazom, a teraz…

Helikopter się zachybotał. Nadinspektor widział tylko drzewa.

– Wyrównać! – krzyknął.

Nadinspektor tropił szalonego zamachowca już od siedemnastu lat. W końcu ślady doprowadziły do tej chaty. Mieli już pewność, zrobili obławę. Opisy podejrzanego były skąpe i sprzeczne, ale zupełnie nie spodziewali się szaleńca wielkości niemowlęcia. Może to mistrz kamuflażu, rozmyślał nadinspektor. Może nosił maski, chodził na szczudłach albo używał innych sztuczek, żeby wydawać się wyższy, może ich tego uczą na Bliskim i Dalekim Wschodzie, w Afryce czy gdzie tam ćwiczą terrorystów... Ale kiedy nadinspektor po raz pierwszy zobaczył pyszczek wyglądający przez okno chaty, ogarnęło go dziwne uczucie... no właśnie, jakie? Współczucie, przemożne współczucie. Jak gdyby znał historię tego małego kryminalisty od początku do końca. Jak gdyby sam był tym kosmatym karłem z wielkimi uszami, który wytrzeszcza oczy na światło, pojmany i zdumiony, przerażony i pełen nadziei...

– Lądujemy – rozkazał.

Helikopter przechylił się, a wierzchołki drzew na szczęście przemknęły obok. Zbyt długo ścigałem tego przestępcę, uznał w duchu nadinspektor.

– Bokiem mi już to wyłazi – mruknął pod nosem.

Zwykle takie wyjaśnienia przynosiły ulgę, ale teraz łzy cisnęły mu się do oczu. Czyżby jego ludzie użyli gazu łzawiącego? Helikopter usiadł na polance. Nadinspektor wyskoczył. Nigdy jeszcze nie czuł się tak szczęśliwy, czując grunt pod nogami.

Natychmiast obstąpili go dziennikarze, fotoreporterzy, operatorzy. Żądali, żeby dopuścił ich bliżej chaty.

– Bez komentarza – oznajmił wyniośle. Zobaczył, że biegnie ku niemu jeden z jego ludzi, wywijając hełmem bojowym.

– Panie nadinspektorze, panie nadinspektorze!

Młody funkcjonariusz omal na niego nie wpadł.

– Spokojnie – przykazał mu surowo nadinspektor, ale chłopak nie zwracał na niego uwagi. Zdyszany, bredził coś o „gadającym misiu". Nadinspektor spojrzał z niepokojem na dziennikarzy, którzy filmowali, pstrykali zdjęcia, robili notatki. Gdyby teraz kazał im odejść, pogorszyłby tylko sprawę.

– I wtedy ten mały stwór zamrugał – opowiadał młody funkcjonariusz. Musiał się pochylić i oprzeć ręce na kolanach, żeby złapać oddech, ale paplał dalej. – Myślę sobie, co jest, do diabła… – W świetle fleszy nadinspektor widział przed sobą czubek łysej głowy młodego żołnierza, ogolonego niemal na zero. – Z początku sądziliśmy, że nie żyje… – Teraz wszyscy się tak golą, pomyślał szef, żeby wyglądać na twardzieli. A potem rozklejają się z byle powodu. I plotą bzdury tak jak ten. – No to im mówię, przecież nie chciałem go zastrzelić, aż tu nagle ten mały odzywa się cienkim, chrapliwym głosem i patrzę na niego, a on – znaczy miś – mówi, sam już nie wiem, mówi, że mi wybacza…

Gwoli ścisłości, Winkie wcale mu nie wybaczył. Właściwie powiedział: „No dobrze, już dobrze", i to tylko po to, żeby mu zamknąć usta. Najwyraźniej zadziałało, bo młody funkcjonariusz uciekł. Winkie poczuł ból w brzuchu. Domyślił się, że go postrzelono. Nie był pewien, czy nie może się ruszać, czy po prostu mu się nie chce. Nie wiedział, czy dręczy go ból, czy tylko strach. Jęknął na próbę, ale to niczego nie wyjaśniło.

Funkcjonariusze nie wiedzieli, co robić. Jeden powiedział:

– Już nie jesteś, gnojku, takim zamachowcem ważniakiem, co?

Winkie nie miał pojęcia, o czym ten człowiek mówi. Koledzy kazali się chłopakowi zamknąć. Zapiszczały radiotelefony.

– Szef idzie – rzucił ktoś. Na poły ostrzegawczo, na poły uspokajająco.

Rozległ się tupot nóg, szepty, potem ściana granatowych mundurów się rozstąpiła i środkiem przeszedł nadinspektor. Przez chwilę stał i patrzył na Winkiego z góry. Przystojny mężczyzna o wielkiej, kanciastej siwej głowie. Od razu się misiowi spodobał. Nadinspektor raptownie odwrócił się do swoich ludzi.

– No co tak stoicie?

Ten sam głos dochodził wcześniej z helikoptera. Miał w sobie tę samą cudowną władczość, jak gdyby grzmiał z wysokości.

W drodze z helikoptera do chaty nadinspektor wziął się w garść. Pomógł mu w tym rozemocjonowany młody funkcjonariusz. Kolejne oświadczenie sformułował bardzo ostrożnie:

– Podejrzany niczym się nie różni od innych przestępców.

Jak za naciśnięciem guzika policjanci zaczęli mówić i działać z pełnym przekonaniem, a każdy doskonale wiedział, co należy do jego obowiązków.

– Masz prawo zachować milczenie – powiedział jeden.

Drugi ścisnął Winkiemu łapy i skuł kajdankami, nie zauważywszy najwyraźniej, że srebrne obręcze są za luźne. Respektując reguły gry, miś złączył łapy. Kilku mężczyzn wpadło z krzykiem, z wycelowanymi pistoletami do chaty. Szamotanina, znów krzyki, w końcu jeden zawołał:

– W środku czysto!

Winkie przewrócił oczami.

– Niczego nie dotykać! – ryknął drugi rozkazująco.

Inni skwapliwie przestawili reflektory bliżej chaty, która tonęła teraz w świetle, jakby był biały dzień. Zjawili się kolejni mężczyźni w kombinezonach, z dużymi walizkami.

– Wchodzimy – oznajmili.

Włożyli białe rękawice, niebieskie papierowe ochraniacze na buty i weszli do środka. Nikt już teraz nawet nie spojrzał na misia. Chwilę potem do lasu zajechała karetka, wybiegło z niej dwóch osiłków w bieli z noszami.

– Postrzał – oznajmił jeden z policjantów pilnujących Winkiego. – Chyba w brzuch.

Jego opanowany profesjonalizm podpowiedział dwóm ratownikom, co robić.

– Puls zero – stwierdził jeden, puszczając szmacianą łapę misia.

– Ciśnienie krwi zero na zero – dodał drugi, gdy już z nadętego czarnego rękawa uszło powietrze.

Pierwszy błysnął małą latarką w szklane oczy Winkiego. Każde zrobiło klik-klik.

– Źrenice odbiegają od normy, ale reagują. Jak się nazywasz?

– Winkie – odparł machinalnie miś. Omal nie dodał: „Dawniej Marie", ale zbyt trudno byłoby mu to wyjaśnić.

– Płeć? – spytał drugi ratownik.

Również zbyt trudno wyjaśnić. Winkie nie odpowiedział.

– Płeć? – powtórzył mężczyzna już zdenerwowany.

Pierwszy szorstko przesunął skute łapy misia na bok, żeby odsłonić miejsce, w którym stykały się jego nogi – płaski szew na wytartym jasnym futerku.

– Żeńska – orzekł oschle, acz zdecydowanie.

Gdyby Winkie umiał się rumienić, na pewno by się zarumienił.

– Podpisz tutaj – zażądał drugi. Podsunął Winkiemu podkładkę i długopis. Miś postawił duże W.

– Nie, tutaj.

Ratownik wskazał miejsce.

Winkie napisał drugie W.

Teraz obaj mężczyźni złapali misia: jeden za nogi, drugi za łapy.

– Raz, dwa, trzy, hop! – zawołali i Winkie znalazł się na noszach. Zapięli białe pasy tak ciasno, jak tylko się dało.

– Dobra – powiedział jeden, poderwali misia w górę i ponieśli zarośniętą dróżką. Z przodu biegł truchtem jeden policjant, z tyłu

23

drugi. Winkiemu spodobało się to kołysanie, ale szybko się skończyło. Umieszczono go w karetce, a kiedy się odwrócił, zobaczył, że pod chatę podjechał wielki żółty wózek widłowy. Kiedy poderwał z metalicznym wizgiem odludną chatę z ziemi, wysypali się z niej jak myszy, jeden za drugim, mężczyźni w ochraniaczach na nogach.

W wielkim szarym szpitalu lekarze mogli tylko udawać, że leczą Winkiego. Deliberowali nad zdjęciami rentgenowskimi, na których widać było jedynie jego metalowe części – oczodoły, złączenia, piszczyk. Mamrotali długie skomplikowane słowa. Pielęgniarki udawały, że pobierają krew, a laboratorium odsyłało wyniki badań powietrza. Wszystkim przypominało to błogie czasy studiowania medycyny, kiedy ćwiczyli tylko na lalkach i zwłokach, a więc nic nie ryzykowali. Misia wożono wszędzie na wózkach, podłączano do rozmaitych rurek i urządzeń. Co najmniej raz dziennie stwierdzano u niego brak pulsu i oddechu, zlecano reanimację, a następnie defibrylację elektryczną.

– Odsunąć się! – krzyczeli i przykładali Winkiemu elektrody.
– Brak reakcji. Jeszcze raz!
Wstrząsy były ekscytujące, ale miś starał się nie pisnąć. A kiedy lekarze i pielęgniarki tracili wszelką nadzieję, kiedy już mieli określić czas zgonu, zaczynał cicho nucić:
– Piii… piii… piii.
Kiepsko udawał monitor pracy serca, ale nie miało to znaczenia. Wszyscy członkowie personelu medycznego kolejno podnosili z radością głowy. Ten etap całej zabawy podobał się Winkiemu najbardziej.
– Znów pan dokonał cudu, panie doktorze! – chwaliła urodziwa pielęgniarka.

– Ratowanie życia należy do moich obowiązków – odpowiadał przystojny lekarz.

Dopiero sprzątaczka Françoise, odkrywszy u Winkiego dwie dziury postrzałowe, jedną z przodu, drugą z tyłu, miała tyle rozsądku, żeby zaszyć je igłą z nitką, które trzymała wśród środków czystości. Zrobiła to drugiej albo trzeciej nocy pobytu Winkiego w szpitalu, kiedy pilnujący go policjant spał. Françoise usłyszała jęki misia i zakradła się na palcach do jego pokoju. Miała gładką cerę, bez zmarszczek, jasnobrązową tak jak Winkie, krótko ostrzyżone ciemne włosy, przypominające szczecinę, i mocno umalowane oczy tego samego płowego koloru, co oczy misia. Patrzyła na niego spokojnie, nie kryjąc zaciekawienia, a Winkie po raz pierwszy od niepamiętnych czasów poczuł do kogoś zaufanie. Podkasał szpitalną dziecięcą koszulę nocną i luźno skutą łapą pokazał, gdzie go boli, z lewej strony pokrytego wytartym futerkiem brzucha. I tu też, gdzie wysypywały się trociny, sprzątaczka zwróciła swój ładny brązowy wzrok.

Każde ukłucie igły trochę go bolało, ale Françoise szyła delikatnie.

– Od dziecka lubiłam sprzątać. Sama nie wiem dlaczego – wyznała mu po cichu, żeby nie obudzić strażnika. Chociaż imię miała francuskie, akcent był jakiś inny. – Ale w zeszłym roku nowi właściciele kupili ten szpital za bezcen. I teraz muszę pracować za dwie osoby… – Roześmiała się konspiracyjnie. – Będę miała kłopoty za taką przerwę w pracy… Dobra, misiu, pokaż mi plecy. – Uszczęśliwiony Winkie odwrócił się i Françoise zabrała się do drugiej rany. – Przyjechałam tu z Egiptu w tysiąc dziewięćset sześćdziesiątym siódmym. Wszystko przez moją dziewczynę, Marianę, rzuciła mnie w osiemnaste urodziny. Powiedziała: „Françoise, robimy coś bardzo złego". Tego samego dnia podjęłam decyzję. Cholera, no to jadę do

25

Ameryki. – Roześmiała się. – Nie chciałam jej już widzieć na oczy. Nie minęły dwa miesiące, a tu Mariana przyjeżdża za mną. Od tamtej pory się nie rozstajemy. – Françoise zawiązała ostatnią nitkę, różową jak jej fartuch. Po czym dodała melodyjnie, ze śmiechem: – Nigdy nie wiadomo, co nam pisane, prawda, misiu?

3.

Z dnia na dzień Winkie czuł się coraz lepiej. Przestały się z niego sypać trociny. Siadał na łóżku i oglądał telewizję. Kiedy wybitny lekarz zauważył różowy szew, powiedział tylko do stażysty:

– Najwyraźniej zabieg się udał.

Winkie pozwolił im udawać, że wrócił do zdrowia dzięki nowoczesnej medycynie. Zaczął jeść, a personel pozwalał mu się objadać do woli galaretką. W dowód wdzięczności Winkie dawał im próbki kału.

Policji nie dawał nic. Odkąd powiedzieli mu na początku: „Masz prawo zachować milczenie", przestał ich słuchać. Dotychczas nie rozmawiał właściwie z nikim poza swoją małą, więc milczenie wydawało mu się teraz nadzwyczaj stosowne. Z całą pewnością nie zamierzał się bronić.

Codziennie przychodził nadinspektor, żeby przesłuchać go w sprawie takich to a takich wydarzeń, w takich to a takich miejscach, w takim to a takim czasie. Winkiego nie zachwycała już jego duża siwa głowa.

– A zatem, panno Winkie, jeśli to pani prawdziwe nazwisko – zaczynał nieodmiennie nadinspektor. Następnie padały pytania tak niezrozumiałe, że do misia dopiero po kilku dniach zaczęło mgliście docierać, jakie zarzuty mu się stawia. – Znaleźliśmy tego staruszka, pochowanego w płytkim grobie obok chaty, tam, gdzie go pogrzebałaś – grzmiał oburzony nadinspektor. – Przyłapał cię na tym, co robisz, usiłował powstrzymać i dlatego go zabiłaś, co? Tak czy nie?

Miś się wzdrygnął – nie z powodu oskarżenia, lecz na wzmiankę o człowieku, który porwał mu dziecko.

Chciało mu się krzyczeć, ale mógł tylko patrzeć przez okno i wzdychać w duchu, bo prawdziwe westchnienia pociągnęłyby za sobą kolejne pytania o te westchnienia. Na dworze świeciło słońce. Słyszał oddech nadinspektora. Zaczynał czuć niechęć do wszystkich policjantów, chociaż wiedział, że to niedobrze uogólniać.

– Winkie, Minki, Kpinki, Szczynki czy jak ci tam – szydził nadinspektor. – Nie myśl sobie, panno czy pani czy kim tam sobie jesteś, że to wszystko, co zrobiłaś, ujdzie ci na sucho.

Winkie omal się nie poderwał na „Szczynki". Panna Szczynki, pomyślał, no nieźle.

Nadinspektor podążył za wzrokiem misia i spojrzał przez zakratowane okno, ale nie zobaczył nic oprócz nieba. Próbował zebrać myśli, ale one coraz bardziej dziko się rozbiegały. Robi mi tu niewinne minki. Dziwa jedna. Kpinki sobie stroi, a w duchu tylko myśli, jak dać nogę. A to obrzydliwe Szczynki – cuchnące jak jej zbrodnie.

– Dla kogo pracujesz?! – wrzasnął.

Winkie ziewnął. Korciło go, aby powiedzieć, że przedtem kłamał i że naprawdę nazywa się Szczynki.

Noc w noc nadinspektor przewracał się w łóżku z boku na bok.

To jakiś Obcy, roztrząsał w myślach. Jakiś demon. Jakiś duch. Antymateria. Jakiś dziwoląg, straszliwy materialny owoc niewyobrażalnej deprawacji. Nieudany stwór, szalony, spartaczony eksperyment. Ludzko-zwierzęca hybryda. Broń ostateczna. Przykrywka rządowych machinacji. Mutant, skutek odpadów chemicznych, globalnego ocieplenia, gazu paraliżującego, promieniowania. To jakiś wybryk natury. Kolejny etap w ewolucji nie do ogarnięcia rozumem. Dinozaur obudzony po eonach. Podróżnik w czasie. Byt z innej rzeczywistości lub z innego wymiaru. Stworzenie, które dotąd uchodziło za mityczne. Rzadka konfiguracja energii, błysk kwantowy. Przekaz z kosmosu ("Powiedział, że mi wybacza"). Skaranie boskie, dopust boży…

Nadinspektor spojrzał na fosforyzujące kanciaste cyfry zegara. Trzecia piętnaście.

– Co za ścierwo – mruknął.

Naciągnął poduszkę na głowę. Zadzwonił telefon, ale nadinspektor nie zwracał na to uwagi.

Może toto jest niewinne. Może to ostatni okaz swojego gatunku. Może renegat. Może prowodyr. A może jest z tej nowej rasy, która rozpleniła się koło Czarnobyla…

– Widziałam artykuł o tobie – szepnęła Françoise, siadając na brzegu łóżka Winkiego. Zaglądała teraz do niego prawie co noc, bo pilnujący go policjant zasypiał punktualnie o trzeciej nad ranem.

– Misiu, oni tam piszą, że robisz bomby!

Ledwo powstrzymywała śmiech.

Nawet do Françoise Winkie jeszcze nie zdecydował się odezwać, ale często się do niej uśmiechał, a teraz nawet zachichotał. Od dawna już się nie śmiał.

– I piszą, że jesteś dziewczynką! – Françoise zrobiła przesadnie zdumioną minę. – A ja byłam pewna, że jesteś chłopcem! Bo przypominasz mi brata.

Winkie wzruszył wymownie ramionami.

– No wiesz – powiedziała Françoise, która chwyciła w lot. Przebiegła ręką po swoim jeżyku na głowie. – Właśnie dlatego przypominasz mi brata.

Nigdy wcześniej nie wspominała o bracie, ale Winkie też w mig zrozumiał, co Françoise ma na myśli. Kiedy wyjmowała gazetę, miś cieszył się, że Françoise włączyła go do szczególnego kręgu osób, które rozumie i które są do niej podobne.

Odchrząknęła i przeczytała na głos fragment artykułu z pierwszej strony:

– „Jak się dowiadujemy ze źródeł zbliżonych do organów prowadzących śledztwo, zatrzymana Winkie prawdopodobnie dowodzi jedną z najpoważniejszych akcji terrorystycznych wykrytych w naszym kraju". – Dalej gazeta zamieszczała długą listę bomb, które podejrzana miała wysyłać pod różne adresy w ciągu ostatnich kilkunastu lat. – „Wyjątkowo mały wzrost i osobliwy wygląd Winkie źródła policyjne przypisują rzadkiej medycznej dewiacji, występującej jednak dość powszechnie w niektórych częściach świata, chociażby w Azji lub na Bliskim Wschodzie. »Nieprzypadkowo – stwierdził pewien wysoki rangą oficer śledczy – te właśnie tereny stanowią siedlisko terroryzmu«. Inspektor odmówił podania nazwy tej dewiacji".

Teraz już Françoise zaśmiewała się razem z Winkiem tak głośno, że strażnik się obudził. Wezwano nadinspektora. Françoise zawieziono na komisariat i całą noc przesłuchiwano. Winkiego przeniesiono ze szpitala do więzienia.

Skrzypce

1.

Więzienie znajdowało się co najwyżej jedną przecznicę od szpitala, ale nieoznakowany biały samochód kilka godzin kluczył po ulicach i autostradach. Co jakiś czas agenci FBI stawali, żeby zatankować, wciąż na tej samej stacji benzynowej Mobil, nie usiłując nawet ukryć faktu, że jeżdżą w kółko. I to nawet nie takie duże kółko. Winkie przypuszczał, że chcą mu w ten sposób pokazać, iż mogą mu zrobić wszystko, co chcą. Dwoje agentów, mężczyzna i kobieta, on w szarym garniturze, ona w granatowym kostiumie, na każdym postoju zjadało do spółki torbę chipsów ziemniaczanych, lecz ani razu nie poczęstowali więźnia, którego zostawiali przykutego plastikowymi kajdankami do podłokietnika. Czasami hamowali z piskiem na poboczu, po czym agentka, nie zadając sobie nawet trudu, żeby go rozkuć, uchylała drzwiczki i rzucała rozkaz: „Wyłaź". Za pierwszym razem Winkiemu chwilę zabrało zrozumienie, że ma się załatwić.

Kiedy podniósł szpitalną koszulę i kucnął, dygocząc, przy wozie, a obok w słabym słońcu śmigały rozpędzone samochody, nagle naszło go wspomnienie, jak pierwsze znane mu dziecko, Ruth, zaczęło nim trząść, aż rozbolały go oczy. Potem Ruth kazała misiowi, któremu kręciło się w głowie, położyć się i powtarzać takie uzdrowicielskie zaklęcia jak: „Materia nie ma mocy" i „Bóg jest pełnią i miłością, zaufaj mu…"

Kolejne szarpnięcie kajdankami i Winkie miał tylko chwilkę, żeby wciągnąć tyłek, bo zaraz walnęły z hukiem drzwiczki. Przytrzasnęły mu koszulę, był więc teraz spętany jeszcze bardziej. Myślał, że ta podróż nigdy się nie skończy. Chciało mu się pić. Kiedy po raz siedemnasty mignęła mu przed oczami ta sama kępa drzew, zastanowił się, dlaczego ani razu nie pomyślał o Ruth w szpitalu, gdzie bawiono się w jego leczenie, i gdzie nawet znów był dziewczynką, jak dawno temu dla Ruth. Aż się zdziwił, że dopiero teraz wraca do niej pamięcią.

— „Ponieważ materia nie ma świadomości, czyli ego, nie może ona działać"*. — Przypomniał sobie, jak Tata czytał na głos rozdział z książki *Nauka i zdrowie*. Cała trójka dzieci słuchała, ale najmłodsza Ruth najpilniej. Trzymała na kolanach misia, któremu dała na imię Marie. Było niedzielne popołudnie. — „Przyjmij istnienie materii — ciągnął Tata chrapliwym, drżącym głosem — a przyjmiesz, że śmiertelność ma podstawę w fakcie".

Przeciąg wydął kołnierz bluzki Marie, która zastanawiała się, czym jest materia. I śmiertelność. Była niemal pewna, że sama jest materią nieożywioną, chociaż myśli i czuje…

Kiedy za oknem podnosiły się i opadały druty elektryczne, Winkie zdał sobie sprawę, że nie potrafi nawet zliczyć lat, które minęły, odkąd siedział na kolanach Ruth. Z bólem zamknął oczy. I właśnie wtedy coś się w nim otworzyło. Był gotów przypomnieć sobie jeszcze więcej.

---

* Mary Baker Eddy *Nauka i zdrowie z Kluczem do Pisma Świętego*, przekład polski autoryzowany, Boston 1992.

Marie miała gęste, równe futerko i nigdy jeszcze nie była naprawiana. Zamykała i otwierała oczy gładko jak świeżo naoliwiona maszyna. Prawie nic nie wiedziała.

Nie była ani chłopcem, ani dziewczynką, więc mówienie o sobie „ona" uznawała jednocześnie za zaszczyt i za zniewagę. Lepiej być „nią" niż „tym", bo z pewnością nie była „tym", ale też nie była „nią". Czasem nienawidziła samej siebie za to, że reaguje na dźwięk imienia Marie. Najgłębsza część jej istoty pozostawała bezimienna, natomiast druga część, widoczna w blasku lśniących szklanych oczu, zdradzała ją i ulegała, przyznając skwapliwie: „Jestem twoja", jak gdyby oznaczało to, że jest kimś.

Marie właściwie nie była kimś. Często godzinami patrzyła bezmyślnie przed siebie, nie zważając nawet na dzwonek telefonu ani na ciche zawodzenie patefonu Victrola w salonie od frontu. Nie była kimś, dopóki Ruth nie weszła do pokoju, a czasem stawała się kimś dopiero wtedy, kiedy dziewczynka się do niej odezwała.

Wystarczyło, że powiedziała: „Cześć, Marie", a oczy misia zalewał melanż kolorów, uszy odległy brzęk dzwonka szlifierza noży, a całe ciało uśmiech połączony z dojmującym smutkiem i żal połączony z wdzięcznością, połączoną z pragnieniem ponownej śmierci.

– Moje ty słodkości! – mówiła Ruth, pocierając nosem o nos misia, a jej słowa naprawdę przypominały słodkie owoce toczące się po wyimaginowanym języku Marie. Jeżeli potem Ruth mocno ją przytulała, Marie wydawała pisk. Nie mogła się powstrzymać. Zawsze piszczała, kiedy ktoś ją przytulał.

Zupełnie jakby czerpała życie z szaroniebieskich oczu i długich rzęs Ruth. Czasem kochała tę dziewczynkę z żarliwością przyprawiającą ją samą o zawrót głowy. Mrugała wtedy oczami, bo Ruth kładła ją do łóżka, a cały świat migotał i gasł jak podczas awarii prądu. W ciemnościach dziewczynka mówiła za nią: „Kocham cię, Ruth", a prawda tych słów, pochodzących z zewnątrz, uderzała Marie jak obuchem w głowę, rozpalając kolejny przypływ koloru i błyskających świateł.

– Ja też cię kocham – odpowiadała Ruth, przyciskając brzuch Marie, żeby pisnęła… i to znowu było niemal nie do zniesienia, bo Marie wydawało się, że dotkliwa radość ją rozpiera, musiała więc pisnąć jeszcze raz.

– Boże Ojcze-Matko, kochaj mnie, na straży stój przy moim śnie i kieruj moje kroki do siebie tam w niebie – modliła się Ruth ze swoją siostrą Helen. Obie leżały z zamkniętymi oczami, każda w swoim przytulnym łóżku. Kiedy już mama zgasiła czarnym pstryczkiem światło, Marie mogła siedzieć po ciemku obok swojej ukochanej, a kiedy zimą pokój się wyziębił, patrzyła przez całą noc, jak kolory przemykają, wirują lub maszerują rzędami kropek przed siebie.

Rano Marie była wykończona i nieprzytomna, tak że dziwił ją własny pisk, kiedy Ruth tuliła ją i znowu mówiła: „Kocham cię".

– Marie, Marie, Marie – nuciła Ruth i żeby zapomnieć o porannym chłodzie, podnosiła misia za łapy do góry i nim wywijała.

Wówczas miś pytał sam siebie:

– Kto?

Wśród tych zagadek Marie przeobrażała się tak prędko jak prawdziwe zwierzęta dorastają na łonie natury. Sama jednak nie zdawała sobie z tego sprawy, bo nikt inny nie mógł dostrzec zmian, jakie się w niej dokonywały, a w jej wyglądzie nic się nie zmieniło.

2.

Ty to jesteś – wypaliła siostra, kiedy Ruth nie zgodziła się za nią odkurzać. Marie patrzyła ze zdumieniem, jak te magiczne słowa zmieniły wyraz buntu na twarzy Ruth w skruchę. Tak więc Ruth uległa i Helen wyszła pojeździć na wrotkach.

Teraz ostrożnie podnosiła różne przedmioty w salonie i ręką przecierała drewniane powierzchnie. Nie mogła znaleźć ściereczki do kurzu, a wstydziła się z tego powodu przeszkadzać Mamie. W domu panowała cisza. Była sobota, ale Tata pracował w soboty. Jej brat John wyszedł na lekcję klarnetu. Mama siedziała w kuchni i czytała *Naukę i zdrowie*, żeby jej przeszedł ból głowy, bo głowa tak naprawdę nie może boleć. Czasem Ruth zamykała oczy i dmuchała w kąciki półek.

– I już – szeptała z zadowoleniem.

Marie wprawdzie zdenerwowała uległość Ruth wobec siostry, ale teraz z przyjemnością przyglądała się jej z fortepianu. Lubiła patrzeć, kiedy coś wykonywano niewłaściwie. To był jej mały protest przeciwko światu. Z początku Ruth wzdychała z irytacją, że nie ma ściereczki, ale wkrótce odkurzanie całkowicie ją pochłonęło i w zalanym słońcem pokoju zaroiło się od fruwających pyłków.

Wtedy Marie zauważyła Tatę. Stał w szerokim łuku drzwi, milczący i wyprostowany jak wartownik. Przez chwilę obserwował córkę, zanim zapytał z właściwym sobie sarkazmem:

– Ruth, co ty wyprawiasz?

Zaskoczona dziewczynka schowała ubrudzone palce za plecami.

– Odkurzam – odparła.

Marie wiedziała, jakie pytania teraz padną, i żałowała, że nie może krzyknąć lub choćby pisnąć, żeby do nich nie dopuścić.

Gdzie masz ściereczkę, dlaczego wyręczasz siostrę w obowiązkach, gdzie jest twoja siostra…

– Czy to ty strąciłaś kartkę z parapetu? – zapytał Tata, co Ruth skwitowała skruszonym wzruszeniem ramionami. – A gdyby dostawca lodu przyjechał dziś wcześniej i nie zobaczył kartki? Matce zabrakłoby lodu.

Schylił się po kartkę i postawił ją znów w oknie. Marie próbowała siłą woli sprawić, żeby kartka spadła. Ruth zaczęła pociągać nosem. Tata oschle kazał jej poszukać siostry, ale najpierw umyć ręce, a potem… Marie nie chciała dalej słuchać. Dziewczynka pobiegła na górę, żeby się umyć, a miś został z Tatą, który oczywiście sądził, że jest całkiem sam. Marie patrzyła, jak Tata wygląda przez okno salonu z zatroskaną, ponurą miną.

Ruth włożyła Marie do czerwonego wózka i zabrała ze sobą. Miś czytał w kółko nagłówek pożółkłej gazety, którą wyścielono deszczułki na dnie wózka: „W »małpim procesie« sąd uznał Scopesa za winnego"*. Zastanawiał się, co też ta małpa zrobiła złego. To był jeden z pierwszych ciepłych dni tego roku i świeciło słońce. Ruth nie wyglądała już na tak przygnębioną, może dlatego, że Mama poprosiła ją o kupno nici, znów poczuła się więc potrzebna. Znalazły Helen i jej koleżankę Eleanor na Sto Siódmej ulicy. Jeździły leniwie na wrotkach po niedawno położonym, gładkim chodniku. Helen miała na sobie granatową sukienkę z białym kołnierzem w paski, której Ruth jej zazdrościła. Eleanor też była ubrana na granatowo.

---

* „Małpi proces" – proces wytoczony w roku 1925 Johnowi Scopesowi, nauczycielowi wykładającemu teorię Darwina uczniom liceum (przyp. red.).

– Tata kazał ci natychmiast wracać do domu – oznajmiła Ruth.

Marie wiedziała, że Ruth nie może się przeciwstawić zasadom narzucanym przez Tatę, ale też nie musi znajdować w nich przyjemności.

– Tere-fere-kuku! – zawołała Helen.

Marie uznała to za dobrą odpowiedź, ale Ruth wyglądała na wstrząśniętą.

– Powiem Tacie.

Helen nie zwracała na nią uwagi. Przybrawszy wystudiowaną pozę, rzekła:

– Do widzenia, Eleanor, muszę już iść.

I ruszyła na wrotkach w stronę domu.

Wcześniej Helen wspominała, że Ruth mogłaby pojeździć z nimi, kiedy skończy odkurzać. Dlatego teraz Ruth poinformowała Eleanor:

– A ja nie mogę teraz pojeździć na wrotkach, bo muszę kupić Mamie na Sto Trzeciej ulicy nici do cerowania.

Eleanor wzruszyła tylko ramionami i zaczęła zataczać małe kółka.

Ruth poszła sama z wózkiem w dół zbocza. Gdzieniegdzie krzewy już buchały jaskrawą żółcią, ale w większości jeszcze sterczały tylko nagie patyki. Marie zrobiło się żal Ruth. Ale wiedziała też, że dziewczynka wybiera jej towarzystwo z braku innego, więc i ona poczuła się samotna i niepotrzebna. Patrzyła na spękany, biegnący w dół chodnik.

– Kiedyś, jak byłam mała, zbiegałam tędy – powiedziała Ruth do Marie – i nie wiedziałam, że zbiegając z góry, trzeba odchylić się do tyłu. Pochyliłam się do przodu, i bach! Upadłam jak długa i zdarłam sobie skórę na kolanach.

Marie patrzyła z trwogą na stromy chodnik.

36

– Na dole stał wóz policyjny. Siedziałam, rozcierałam sobie kolano i myślałam, że już nigdy nie wstanę. Wtedy z samochodu wyjrzał policjant i zapytał: „Wszystko w porządku, mała? Może podrzucić cię do domu?" „Nie. Nic mi nie jest!" – zawołałam. Wstałam i wbiegłam na górę. Wyobraziłam sobie, co pomyślałaby Mama, gdyby zobaczyła podjeżdżający pod dom wóz policyjny!

Marie zauważyła, jak często Ruth udaje, że nic jej nie jest, choć to nieprawda. Uprawiała taką grę ze światem, w której prawda zamieniała się miejscami z nieprawdą. Marie lubiła wszystkie udawanki, ale ta przyprawiała ją o mdłości, które, co gorsza, też nie były prawdziwe. I wtedy czuła, że to wszystko jej wina. Bo skoro możemy sprawić, żeby wszystko było prawdą, jeśli tylko zechcemy, to wszystko naprawdę jest naszą winą.

Wkrótce ukazał się ogromny biały gmach z czterema potężnymi kolumnami nad rzędem szerokich białych schodów.

– To Kościół Jezusa Chrystusa, scjentystów – powiedziała Ruth. – Założony przez Mary Baker Eddy. Ale nie możesz tam wejść, Marie. Bo on nie jest dla zabawek. To miejsce kultu.

Marie chciała wiedzieć, dlaczego zabawki nie mogą wchodzić do kościoła. Usiłowała sobie wyobrazić, co się dzieje w środku. „Boże Ojcze-Matko, kochaj mnie…" Czy tak właśnie wszyscy modlą się w kościele? Ta zbitka słów na początku pacierza zawsze zbijała ją z tropu – Ojciec, Matka, Bóg. Do kogo właściwie modliła się Ruth – do Taty, do Mamy, do Boga czy do wszystkich trojga?

Tuż za rogiem znajdował się tani sklepik. Zażywny, jowialny właściciel potraktował Marie bardzo elegancko, posadził ją na ladzie, powiedział komplement na temat czarnej aksamitnej sukienki i potarmosił za białą bluzkę, uszytą przez Mamę. Zwykle Marie o tym nie myślała, lecz teraz raptem zawstydziła się stroju dziewczynki i wystających spod niego brązowych kosmatych nóg.

– Śliczne stworzonko – powiedział sprzedawca do Ruth. – Prawdziwa z niej dama.

Rozdarta między radością a wątpliwościami Marie chciała zrzucić to ubranie, a wraz z nim przypisywaną jej tożsamość.

Z jednej z kilkunastu małych szarych szufladek z mosiężnymi uchwytami sprzedawca wyjął szpulkę połyskliwych brązowych nici.

– Bardzo proszę – rzekł, odwracając się do Ruth... – O, nie! – warknął nagle w stronę drzwi. – Kolorowych nie obsługujemy!

Ruth odwróciła głowę, ale Marie, oczywiście, nie mogła. Usłyszała tylko trzask zamykanych drzwi i kroki na chodniku. Ruth wyraźnie się zdenerwowała.

– Nie chcę ich tutaj – wyjaśnił mężczyzna, już nie tak miłym tonem jak przed chwilą. – Poza tobą – dodał w stronę Marie.

Teraz Ruth się roześmiała.

– Przecież ona nie jest kolorowa, to miś!

Marie zastanawiała się, kim są kolorowi i jak wyglądają. Słyszała już kiedyś, jak rozmawiali o nich Tata z Mamą. Tata powiedział wtedy, że kolorowi ciągle pchają się tam, gdzie ich nie chcą. Jeśli tak, pomyślała teraz Marie, to chciałabym ich poznać.

Na ulicy nie zauważyła nikogo, kto pasowałby do tego opisu; sami zwykli ludzie. Marie zaczęła rozmyślać. Wybuch sprzedawcy to był jej pierwszy kontakt z szerokim światem krzywdy i ograniczeń poza rodziną. Ale cały ten świat znowu zniknął, kiedy Ruth skręciła za róg i ponownie znalazły się wśród drzew i domów. Nagle frustracja spowodowana niemożnością mówienia, zadawania pytań i uczestniczenia w czymkolwiek doprowadziła Marie prawie do szału. Ruth maszerowała przed siebie, podśpiewując i bujając w obłokach, jak gdyby nic szczególnego się nie stało. Ptaki ćwierkały. Słońce świeciło jeszcze jaśniej niż przedtem.

Wracała do domu inną drogą, przez mały park. Na zieleniącym się trawniku przystanęła, żeby obejrzeć żonkila, a Marie zobaczyła wtedy na drewnianym krześle z czterema kółkami przypominającym wózek młodą osobę, z ciemnym kocem narzuconym na kolana, a obok pielęgniarkę i starszego pana, najprawdopodobniej ojca. Marie nie była pewna, czy kaleka to chłopak czy dziewczyna, bo postać tak była skulona w fotelu na kółkach. Kiedy ojciec rozmawiał z pielęgniarką, Marie widziała, jak oczy kaleki rozszerzają się i mrugają. Zupełnie jakby chciała, żeby oczy stały się ustami, powiedziała sobie w duchu. Jakby tych dwoje oczu-ust mogło mówić. Ojciec i pielęgniarka roześmiali się, kaleka zaczęła się ślinić, a Marie poczuła szarpnięcie wózka.

Już po chwili pięły się pod górę i Ruth znów zaczęła opowiadać.

– Kiedy dziadek był bardzo mały – mówiła – jechał krytym wozem z rodzicami przez Kansas i napadli ich Indianie! Ojciec dziadka zginął od strzały. – Marie siedziała odwrotnie do kierunku jazdy, patrzyła, jak krzywy chodnik, drzewa i domy odsuwają się w dół. – Dziadek był wtedy niemowlakiem – wyjaśniła Ruth. – Miał szczęście, że przeżył. Oczywiście, jego mama nie wychowałaby sama tylu dzieci. Siostry dziadka wzięli krewni, a jego wychowali przyjaciele rodziny, państwo Severance'owie. – Westchnęła. – To były czasy pierwszych osadników na Zachodzie.

Marie poczuła wstrząs, kiedy gumowe kółka podskoczyły na wyjątkowo dużym pęknięciu chodnika. Ruth była wyraźnie zadowolona ze swojej opowieści, jak gdyby udzieliła właściwej odpowiedzi w quizie, ale Marie poczuła się przez to jeszcze bardziej samotna i pusta. Kiedy skręciły w ich ulicę, patrzyła ze znużeniem na znajome drzewa nad głową, na plątaninę gałązek. Kilka posesji dalej stał ich dom ze skromnie ściętym dachem. Czasy pierwszych

osadników. Marie też jechała wozem i próbowała przetrwać. Uko-
łysana rytmem obracających się kół, zrozumiała, że tak jak jest
uwięziona w nieożywionym ciele, tak też jest uwięziona w czasie
i przestrzeni. Tak samo jak Ruth, tak samo jak jej rodzina. Wszyscy
po prostu próbują przetrwać. Ale czy muszą to lubić?

Obok przemknął czarny samochód z czarną brezentową budą.
Z daleka dobiegały krzyki dzieci grających w klasy.

3.

Tak, tak, Marie też pojedzie na koncert! – wyśpiewał John, co
wywołało kolejny wybuch śmiechu Ruth i Helen.

– Nie pojedzie! – zawołała Ruth tak złowieszczym tonem, że
Marie przeszedł dreszcz.

Chłopiec nadal tańczył z misiem po pokoju sióstr, podśpiewując charlestona. Marie patrzyła jak urzeczona w czarno-białą
kratkę wełnianej kamizelki Johna, która w odróżnieniu od wiru-
jącego pokoju tkwiła nieruchomo przed jej oczami. Czuła, jak pi-
kuje i wiruje. Ruth nigdy się z nią tak nie bawiła. Obchodziła się
ze swoimi rzeczami tak ostrożnie, jak tylko jej ostrożni rodzice
by sobie życzyli, chociaż kiedy wszystko wokół migało, Marie zauważyła, że dziewczynka też trochę podryguje. Niebawem z dołu
dobiegło ich wołanie Mamy, ale bawili się jeszcze chwilę, bo John
pchnął z impetem misia w ramiona Ruth, i zaśmiewając się, wszyscy razem zbiegli po schodach.

– Marie, Marie! – wołał rozradowany John.

Zatrzymali się na dole w holu, gdzie Mama już czekała w swoim najlepszym szalu. Zmęczonymi, głęboko osadzonymi oczami
popatrzyła na Marie i głośno westchnęła, ale Ruth tylko mocniej

przytuliła misia. Marie nigdy jeszcze nie była tak wdzięczna. Teraz Mama popatrzyła na Johna, który poprawił muszkę pod szyją.

– Ruth chciała wziąć misia – powiedział, wzruszając ramionami.

Helen zachichotała.

Marie wcale nie zdziwiła jego zdrada, tylko oczy ją zapiekły na myśl o tym, że jeszcze mogą nie zabrać jej na koncert. Nawet nie wiedziała, co to takiego koncert. Mama już miała coś powiedzieć – a uścisk Ruth zaczynał się rozluźniać – kiedy Tata zawołał z podwórka z pewną irytacją w głosie, że spóźnią się na pociąg. Fuksem więc Marie pozostała w objęciach Ruth i cała rodzina pospiesznie zeszła ze wzgórza na stację. Kiedy czekali na pociąg, miś miał nadzieję, że wkroczyli w nową erę, w której Ruth łamie zasady, a Marie pozna nowe miejsca. W kłębach dymu nadjechała z łoskotem lokomotywa, aż załopotała ciężka sukienka Marie. W środku na brązowych pluszowych kanapach siedzieli elegancko ubrani obcy ludzie, czekając, aż dojadą do celu.

Miś – tak jakby mógł zachowywać się inaczej – starał się tkwić nieruchomo pod pachą Ruth, żeby Mama go nie zauważyła. Ale gdy tylko Tata znalazł im miejsca i dzieci usiadły naprzeciwko rodziców, Mama wróciła z dezaprobatą do tematu.

– No wiesz, Ruth, żeby brać misia na koncert – powiedziała, kręcąc głową.

Ruth, która nie znosiła, kiedy ją besztano, od razu się rozpłakała.

– Przecież nie powiedziałaś, że nie mogę – zaprotestowała.

– Bo takie rzeczy powinnaś wiedzieć sama.

– Ale…

– Nie muszę ci chyba przypominać, że nie wolno dyskutować z Mamą – dodał Tata.

Marie wzdrygnęła się, widząc, że Tata również się włączył. Oboje rodzice siedzieli wyprostowani z jednakowo znużonymi, karcącymi minami.

– Przepraszam – szepnęła dziewczynka, a łzy wstydu kapnęły na czubek głowy Marie, której oczy płonęły teraz oburzeniem.

– Ruth, jesteś już za duża na takie fanaberie – oświadczyła Mama. Miesiąc wcześniej Ruth skończyła dziewięć lat, ale Marie nie pojmowała, co to ma do rzeczy. – Nie możesz urządzać takich scen z powodu misia.

Wciąż pochlipując, dziewczynka przytuliła Marie mocniej, a Marie pisnęła. John i Helen parsknęli śmiechem.

– Ruth, jeżeli zaraz nie przestaniesz, wysiadam z tobą na następnej stacji i wracamy do domu – zagroziła Mama. – Tata pojedzie z Johnem i Helen na koncert, a ja też będę musiała z niego zrezygnować.

Ruth przestała płakać, najwyraźniej przerażona na myśl, że Matka miałaby ponieść taką ofiarę.

– No dobrze – ucięła Mama.

Ruth milczała, pociąg turkotał dalej.

Orkiestra strojąca instrumenty i szemrzący tłum tworzyły narastający chaos, aż wreszcie rozległy się oklaski, a potem zapadła cisza. Z kolan Ruth Marie widziała jedynie tylne oparcia poprzedniego rzędu składanych krzeseł, plecy wystrojonych melomanów, kapelusze, a nad nimi spokojne niebo. Skrzypce podały pierwszy ton, włączyła się orkiestra, najpierw jednym tonem, potem całym akordem, który narastał i zmieniał się. Znów oklaski, znów cisza – co się dzieje? Marie usłyszała w oddali śpiew ptaków, zrywający się wiatr – aż w końcu utwór się zaczął.

Kilka delikatnych uderzeń jak bicie serca. Kolejne dźwięki zabrzmiały cicho, lecz pewnie, tylko z kilku instrumentów, które jakby torowały drogę następnym. Marie słyszała już w domu muzykę z gramofonu, a także pianino Mamy i klarnet Johna, ale te dźwięki łaskotały jej uszy całkiem inaczej. Popłynęła smętna melodia skrywająca w łagodności wielką determinację, taką, jaką miała Ruth, kiedy szła pod górę, ciągnąc wózek. Nastąpiła nawałnica możliwości, jak gdyby setki drzew zatrzęsły się na wietrze, a potem spokój. Co jeszcze może przyjść?

Marie niemal rozdarło na dwoje raptowne pociągnięcie smyczka pojedynczych skrzypiec – wibrujące, chrapliwe, oszałamiające i samotne. Było jak błysk reflektora oświetlającego mroczny świat. Jak gdyby wołało: „Tu jestem!", i nie dbało o konsekwencje.

Sądziła, że podchwyci tę łagodną, lecz pełną determinacji melodię jako własną, tymczasem inne instrumenty utrzymywały swoją muzykę, a skrzypce jedynie krążyły wokół niej i czasem w nią wnikały. Kiedy wreszcie włączyły się, to tylko po to, żeby dokończyć kilka ostatnich fraz, jak gdyby od niechcenia kończyły znane już, choć piękne zdanie. Otaczający Marie świat zniknął. Siła grawitacji już jej nie wiązała. Wydawało jej się, że idzie swobodnie i radośnie przez pusty kosmos. Nawet nie tyle idzie, co tańczy, a może nie tyle tańczy, co tańczy na linie, naprężonej wysoko, drżącej jak struna skrzypiec pod jej serdelkowatymi stopami, które były teraz lekkie i pewne, jak gdyby zawsze ją tak nosiły. Trele skrzypiec nie ustawały, gdy nagle Marie zobaczyła, że kapelusze, krzesła i Ruth migają jej przed oczami, kiedy spadała z kolan dziewczynki. W ciągu tej jednej chwili przed wylądowaniem na ziemi była istotą poruszającą się sama z siebie, odrębną, oderwaną od Ruth, planetą obracającą się we własnej galaktyce.

Z cichym piskiem przeturlała się dwa razy w trawie, zanim Mama syknęła z irytacją, a Ruth podniosła misia i położyła sobie na kolanach. Skrzypce skończyły swoje trele, melodię przejęła orkiestra. Marie leżała oszołomiona, z zamkniętymi oczyma. Do tej pory noszono ją, ciągnięto i czasem nią potrząsano – dziś nawet z nią zatańczono – ale nic nie mogło się równać z tym wirowaniem w zwolnionym tempie poprzez pusty kosmos. Była przekonana, że zrobiła to o własnych siłach – sama zrzuciła się z kolan Ruth na trawę mocą swego omdlenia.

Z rozdzierającą determinacją skrzypce znów doszły do głosu. Każda fraza była teraz inna – rozjuszona, smutna, potulna, zuchwała, błagalna. Marie znała te uczucia, widziała też, jak Ruth nieraz pakowała się przez nie w tarapaty, ale tu one wszystkie po kolei stawały się częścią muzyki, której nawet Mama i Tata poddawali się tak chętnie. Orkiestra ucichła i przez dłuższą chwilę skrzypce ciągnęły swoje piękne wzburzenie. Młodego misia najbardziej oczarowała chropowata drewnianość przebijająca spod tej słodyczy. Słyszała ją wyraźnie, tę prawdziwą, namacalną istotę instrumentu, i gdyby pozwoliły na to szklane oczy, byłaby się rozpłakała – wzruszona tak mężną walką o to, by być czymś więcej, niż się jest – czymś więcej niż tylko drewnem, strunami, werniksem, materią.

Marie leżała na kolanach Ruth, wąchała trawę i jezioro, i przestała już zwracać uwagę na koncert. Gdyby każdego dnia ruszyła się choć trochę bardziej, w końcu, albo nawet niedługo, zaczęłaby chodzić. Mogłaby też nauczyć się mówić, najpierw siłą woli wydając pisk, następnie piszcząc coś w rodzaju słów, potem wymawiając prawdziwe słowa, aż wreszcie całe zdania. „Ruth, wychodzę". Już wyobrażała sobie zdziwienie dziewczynki.

Właśnie wtedy Ruth poruszyła się przy ostatnich, jak się okazało, tonach ostatniego utworu i wydawało się, że emanuje z niej jakaś nowa wibracja, która przypomniała Marie o popołudniowym buncie dziewczynki. Kiedy zaczęła naśladować dłońmi serię ostrych, wściekłych dźwięków, Marie zrozumiała, że także Ruth muzyka przyniosła coś nowego i bardzo ważnego.

Rodzina pospieszyła z powrotem na stację. Ruth szła tuż za ojcem, jak gdyby chciała go o coś poprosić. Marie wpatrywała się w obcasy jego butów podnoszące się i opadające na chodnik. W pociągu Ruth znów siedziała między Helen a Johnem, ale nie zwracała na nich uwagi, zignorowała nawet zaczepki Johna. Zawołano: „Proszę wsiadać", rozległ się gwizdek, lecz pociąg jeszcze nie ruszył, i w tej pełnej napięcia ciszy Ruth nagle wypaliła:

— Tato, chciałabym grać na skrzypcach.

Gruchnął śmiech. Wagon szarpnął.

— Coś podobnego! — zawołał Tata.

— Do dzisiaj jakoś nie chciała — zauważył John.

— Skrzypce są drogie — przestrzegła Mama. — I przecież mamy już pianino.

— Wiem — szepnęła Ruth.

Pociąg zaklekotał. Marie najchętniej wtuliłaby głowę w ramię dziewczynki. Rzeczywiście Ruth czasem prosiła o rzeczy, na których niezbyt jej zależało albo o których zapominała następnego dnia, a nawet w następnej godzinie... jak więc teraz miała ich przekonać?

— Oczywiście wszyscy znacie historię Ikeya i jego powozu — odezwał się Tata.

Był to dowcip z brodą, sprzed epoki samochodów, ulubiony żart rodziny. Znała go już nawet Marie, która była u nich dopiero od Bożego Narodzenia. Swego czasu opowiadał go przedwcześnie osierocony dziadek Ruth.

Była to bardzo zabawna historyjka o tym, co się może zdarzyć, kiedy ludzi poniosą marzenia.

– Pewnego pięknego niedzielnego poranka bardzo niemądra rodzina wybrała się piechotą do kościoła – powiedział Tata – bo złamało się koło ich powozu, a nie stać ich było na naprawę. Do kościoła mieli daleko, droga była błotnista, dlatego umilali sobie czas rozmową o tym, jak cudownie byłoby mieć nowy powóz.

– Już widzę, jak nim jedziemy – rozmarzyła się głośno matka. – To będzie piękny, lśniący powóz.

Mama, Helen i John zaśmiewali się, słysząc Tatę mówiącego falsetem. Na co dzień nie był rozmowny, ale kiedy chciał, umiał opowiadać.

– Zajedziemy do kościoła w okamgnieniu – powiedział ojciec. – Śmigniemy jak wiatr.

– I całe miasto będzie widziało, jak jadę na koźle – dodała dziewczynka.

– I ja – wtrącił mały Ikey. – Bo ja też będę jechał z przodu!

– Nie, Ikey, ty się już obok taty nie zmieścisz – obruszyła się dziewczynka.

Wtedy ojciec powiedział:

– Ikey, bądź grzeczny i usiądź w środku z mamą.

– Nie chcę! – zawołał Ikey.

– Musisz – powiedziała siostra.

Teraz już nawet Ruth się śmiała, a Tata zachichotał na myśl o puencie.

– Wtedy Ikey zaczął podskakiwać w błocie i wykrzykiwać, że za nic nie będzie jechał z tyłu!

– Ja chcę z przodu, na koźle!

Tak długo się awanturował, aż w końcu ojciec krzyknął:

– Ikey, w tej chwili wysiadaj z powozu!

4.

W inkie westchnął. Falujące druty telefoniczne utonęły w ciemnościach i tylko czasem powłóczyste światła samochodów przesuwały się po beżowej podsufitce usianej równomiernie dziurkami. Zobaczył siebie jako pełną nadziei i życia, dorastającą Marie, a przecież wiedział nie tylko, jak długo przyszło mu czekać na spełnienie marzeń, lecz również jak się to wszystko skończyło – tutaj, na tylnym siedzeniu białego sedana, który jeździł w kółko.

Dawno, dawno temu Marie nie mogła nic zmienić, ani w życiu Ruth, ani we własnym, tak jak teraz Winkie nie mógł nic zmienić w swojej własnej historii. Była sobie mała Ruth, byli jej rodzice, a przed nimi rodzice rodziców i tak dalej. Później Ruth została matką, sama miała dzieci. Takie były fakty. Nawet teraz Winkie chciałby się przeciwko nim zbuntować, odrzucić je, ale i tak się przewijały przed zmęczonymi oczami jego pamięci.

Można by powiedzieć, że całe życie misia jako zabawki tworzyło długą inkantację, która w końcu przyniosła ten cud, że ożył. Winkie miał trochę nadzieję, że wspominając, zrozumie tę inkantację, może nawet odtworzy jej magię i w ten sposób odzyska wolność.

Po raz osiemdziesiąty siódmy samochód skręcił z piskiem opon w lewo. Winkie szarpnął kajdankami, aż szorstki plastik wbił mu się w łapę. Nie chciał roztkliwiać się nad swoim życiem, nie chciał kochać tylko w retrospekcji. Mimo to nadal kochał Ruth, nawet teraz. To była kolejna rzecz, której nie potrafił zmienić.

5.

Wielka topola za oknem Ruth szumiała i trzeszczała.

– „Panujesz nad sytuacją, jeżeli rozumiesz, że śmiertelne istnienie jest stanem oszukiwania siebie, a nie prawdą bytu" – przeczytała Ruth, z trudem składając dłuższe słowa. Przy śniadaniu oznajmiła, że odtąd będzie codziennie czytała *Naukę i zdrowie*. Marie rozdrażniła ta wyraźna próba zaskarbienia sobie przychylności rodziców, ale musiała przyznać, że to może pomóc dziewczynce w zdobyciu skrzypiec. – „Mentalnie zaprzeczaj każdej skardze… a pokonujesz strach za pomocą boskiego Umysłu…"

Umysł Marie zasnuwał jej szklane źrenice nudą. W środku nocy postanowiła zmienić imię na Mowa. Za każdym razem, kiedy Ruth zwracała się do niej: „Marie", Miś wołał w duchu „Mowa", żeby wymazać imię nieszczęsnego stworzenia, które nie może odpowiedzieć.

– „…opanować skłonności…"

Mowa, Mowa, Mowa, myślała Marie, starając się poczuć, jak by to było, gdyby jej wydziergany pyszczek naprawdę wydał ten dźwięk. Przez chwilę nieomal sama w to uwierzyła, ale zaczęła ją już nużyć ta gra.

– „Zdław te błędy w ich wczesnych stadiach… zniszcz błąd…"

Marie sama poczuła się zdławiona i zniszczona. Te nauki były jak tapeta w domu i nagle Marie dojrzała w ozdobnym deseniu potworną twarz, wściekłą i złowrogą, z myszowatymi włosami Mamy i smutnymi, głęboko osadzonymi oczyma Taty – Boga Ojca-Matki…

Na szczęście Ruth właśnie odłożyła książkę i obraz zniknął.

– Codziennie kawałek – powiedziała Ruth, a miś poczuł znaczną ulgę. Potem podniosła Marie i zaczęła jej szeptać do ucha o swoich planach grania w orkiestrze, kiedy dorośnie, i o wielu wspaniałych przeżyciach, jakie ją czekają. Jej oddech łaskotał ucho Marie niemal tak samo jak przedtem muzyka. Misia zaczęło trawić gorączkowe oczekiwanie przyszłości nie tylko Ruth, lecz także własnej.

– Ale nie ma co mu wiercić dziury w brzuchu – ostrzegła się nagle dziewczynka, mając na myśli ojca. – Lepiej siedź tu cicho – dodała, odkładając znów Marie. Jej słowa bynajmniej nie uspokoiły misia. Ruth wyszła na dwór się bawić, a Marie nasłuchiwała, co się mówi i co się dzieje w domu. Koncert jeszcze bardziej uwrażliwił jej wielkie uszy. Zdała sobie sprawę, że jeśli się skupi, jest w stanie dużo usłyszeć. Wodę kapiącą z tacki z lodem, kiedy John niósł ją do zlewu. Pojedyncze słowa uzdrowiciela, który przyszedł wyleczyć Mamę z bólów głowy: „Myślowa zła praktyka... myślowe zarażenie... myślowy miazmat..."

Kiedy wieczorem Tata wrócił z pracy, Marie wątpiła, czy Ruth będzie mogła się powstrzymać i nie wypowiedzieć swojego wielkiego pragnienia. Nie wystąpiła z nim od razu, ale w środku kolacji wypaliła:

– Tato, mogłabym dostać skrzypce?

Marie na górze aż się wzdrygnęła. Liście topoli za oknem pociemniały jak aksamit.

– Zobaczymy – odparł Tata po namyśle.

Marie już wcześniej słyszała z jego ust taką odpowiedź. Ale może tym razem Tata naprawdę to przemyśli. Marie tego nie wiedziała, ale czekała z jeszcze większą niecierpliwością. Zupełnie jakby to jej los i jej pragnienia igrały z nią, odmawiając odpowiedzi.

Szczęk widelców o talerze.

– Gdybym miała skrzypce – powiedziała rozmarzonym głosem Ruth – grałabym Beethovena, Mozarta, i jeszcze Haydna.

– Uhm – mruknął Tata.

Jego oschły ton wcale się nie zmienił, ale Ruth już nie mogła się powstrzymać.

– Będę grała w Orkiestrze Filharmonii Chicagowskiej, będę siedzieć obok innych skrzypiec i…

– Jasne, Ikey – powiedział jej brat i wszyscy się roześmieli.

Marie jak zwykle poczuła złość, ale kiedy Ruth po kolacji wróciła do pokoju, wcale nie wydawała się przygnębiona. Przeciwnie, bił od niej wyjątkowy spokój. Miś przyglądał się jej uważnie, kiedy wyjęła kredki i zaczęła rysować skrzypce. Interesowało go, jak Ruth sobie radzi z marzeniami. Czy jeśli ktoś marzy w szczególny sposób lub ze szczególną żarliwością, rzeczywiście dostanie to, czego pragnie?

Nazajutrz rano, po przeczytaniu fragmentu *Nauki i zdrowia*, Ruth zabrała Marie na dół do sutereny, najwyraźniej w jakimś celu. Miś nigdy przedtem tam nie był. W środku panował półmrok. Sufit podtrzymywały dwa średniej grubości pnie drzew. Były nieokorowane i miało się wrażenie, że dom wyrasta z nich niczym gałęzie z liśćmi. Ruth posadziła misia na warsztacie i zaczęła szperać w ciemnym, pełnym skarbów kącie. Wróciła ze starym pudełkiem po cygarach, dwoma mieszadłami do farby, młotkiem i garścią innych rzeczy. Od razu zabrała się do roboty, przykleiła wieczko do pudełka po cygarach, przybiła do niego jeden koniec mieszadła. Teraz przedmiot wyglądał jakby miał tułów i szyję. Marie chciała bić brawo, ale Ruth nie potrzebowała zachęty.

– Świetnie – powiedziała dziewczynka do siebie. Wbijała gwoździe krzywo, potem je zaginała, ale nie zwracała uwagi na te niedoskonałości. Choć zwykle była bardzo skrupulatna. Marie przyglądała jej się uważnie. Z obu stron po cztery pinezki, na których zaczepiła długie gumki… i gotowe! Ruth szarpnęła jedną gumkę i przedmiot wydał głuchy dźwięk.

Marie poczuła mrowienie w uszach. Przedmiot wykonany na jej oczach był lepszy od prawdziwych skrzypiec. Sklecony z byle czego, kanciasty zamiast zaokrąglony, był jedynie ideą skrzypiec, a więc samą istotą pragnienia. Ruth pociągała gumki, które ku radości Marie wydawały serię brzdęków nieprzypominających właściwie muzyki.

– Posłuchaj, Marie! – zawołała, chwyciła skrzypce za szyjkę, wepchnęła sobie kanciaste pudło niezgrabnie pod brodę i wolną ręką uniosła wysoko drugie mieszadło. Zastygła w teatralnej pozie, a potem jednym mistrzowskim pociągnięciem przejechała mieszadłem po gumkach.

Naciągnięte struny domowej roboty brzęknęły leniwie, a smyczek zachrobotał o pudło.

Dalej! – pomyślała Marie. Dalej!

Ruth ponowiła próbę z nie mniejszą siłą. Jej pewne pociągnięcia smyczkiem i rozczarowujące dźwięki, jakie wydobywał – to połączenie poraziło Marie między oczy, jak wstrząs elektryczny. Szur! Fluch! Tszyp!

Wtedy Ruth odłożyła swoje dzieło, skrzywiła się, czar prysnął. Wprawdzie nie rozpłakała się, ale najwyraźniej była rozczarowana. Marie nie rozumiała. Czyżby dziewczynka naprawdę oczekiwała, że te skrzypce zagrają?

Po chwili grymas wrócił na jej twarz, tym razem jednak figlarny. Wsadziła sobie skrzypce pod brodę i zaczęła znów grać, ale teraz przesuwała mieszadłem po gumkach tak lekko, że ledwo dobywała dźwięk. Kołysząc się w przód i w tył, uśmiechała się błogo jak w ekstazie. Najwyraźniej drwiła z własnego dzieła. Zasmuciło to Marie, lecz po chwili Ruth się ożywiła, przymknęła

51

oczy, udawała, że gra. Nuciła jakąś melodię, i z całą pewnością nie
był to już żart.

– Co to ma być? – zapytała Helen z obrzydzeniem.

Przed kolacją Ruth zaniosła pudełko po cygarach na górę do
swojego pokoju.

– Nic – odpowiedziała, kładąc swoje dzieło na komodzie,
a obok sadzając Marie.

Helen odłożyła książkę i podeszła ze złośliwym uśmieszkiem
do komody.

– To tym się zajmowałaś cały dzień?

– Nie – odparła ponuro Ruth.

Helen szarpnęła jedną gumkę.

– John! – zawołała brata. – Chodź, zobacz, co Ruth zrobiła.
Skrzyp-ce!

– No i co z tego?! – odkrzyknął John.

Dzisiaj był ponad to, zbyt dorosły, żeby zniżać się do proble-
mów młodszych sióstr.

Tyle sił działa w tym domu, pomyślała Marie, i czasem działają
na korzyść Ruth. Helen, wciąż z głupim uśmiechem, powtórzyła:

– Skrzyp-ce!

Nie mając jednak Johna za świadka, szybko przestała się nabi-
jać z siostry. Rzuciła się na łóżko i wróciła do lektury *Wichrowych
Wzgórz*.

Ruth usiadła na swoim łóżku, by poczytać *Naukę i zdrowie*.

– „Umysł bowiem może udzielić czystości w miejsce nieczy-
stości – mruczała – siły w miejsce słabości…"

Marie nie pojmowała, jak Ruth może się w takiej chwili do
tego zmusić. Kręciło jej się w głowie od muzyki w suterenie, ale
musiała przyznać, że książka to niezawodna metoda, żeby nie zwra-

cać uwagi na Helen. Po chwili miś usłyszał kroki Mamy na schodach. Stanęła w drzwiach.

– Któraś z was ma nakryć do stołu. Czy za każdym razem muszę prosić?

Ponieważ właśnie przypadała kolej Helen, więc Helen naskarżyła:

– Zobacz, mamo, co Ruth robiła dziś cały dzień w suterenie.

Marie zlękła się, że Ruth będzie miała kłopoty – bo na przykład użyła młotka albo kleju. Patrzyła, jak Mama bierze do ręki przedmiot wykonany przez córkę.

– To moje skrzypce – powiedziała Ruth, wzruszając ramionami, chociaż zabrzmiało to tak, jakby rozwierała ręce w błagalnym geście.

– No tak – rzuciła Mama, jak to ona, pełnym rezerwy, zagadkowym tonem. – Widzę, że się naprawdę przyłożyłaś.

Ale przynajmniej Ruth nie napytała sobie biedy. Mama wyszła, Helen za nią.

Ruth nadal czytała, dopóki na schodach nie ucichł odgłos ich kroków. Kiedy została sama, miś wpatrywał się w nią jeszcze bardziej uporczywie, z nadzieją, że pogra na skrzypcach. Chciał znów popatrzeć na jej wirtuozerskie pociągnięcia smyczkiem.

– Nie, Marie, nie pożyczę ci skrzypiec – odezwała się nagle Ruth. – Jesteś tylko misiem. A misie nie potrafią grać na skrzypcach!

Marie była zaskoczona i urażona. Przecież wcale nie chciała grać na skrzypcach. To Ruth chciała. A Marie chciała, żeby marzenie Ruth się spełniło.

– Głupi miś! – zganiła ją Ruth. Podeszła, wzięła Marie i zaczęła nią trząść, aż oczy jej kłapały, to otwierając się, to zamykając. – Głupi miś! Głupi!

Przypominało to ich zabawę w ból głowy, tyle że było gorsze, bo Marie nie wierzyła, że tym razem skończy się spokojnym leczeniem. Pragnęła, żeby wróciła ta łagodniejsza, obchodząca się z nią ostrożniej Ruth. Dziewczynka powtarzała w kółko: „Głupi!", potrząsając Marie w górę, w dół i na boki, tak że wielka nieożywiona głowa majtała się na słabej szmacianej szyi.

– Skrzyp-ce – dodała Ruth z obrzydzeniem, dokładnie tak samo jak wymawiała to Helen. Kazała Marie mówić: „Ja chcę mieć skrzyp-ce!", a jednocześnie pląsać zamaszyście na boki. „Skrzyp-ce!" Niezdarne piruety były przykrą parodią tańca na linie, który Marie wykonała w swojej wizji na koncercie, i to było tak, jak gdyby samo pragnienie – pragnienie czegokolwiek – było tylko dziwnym, śmiesznym, bolesnym tańcem. Między jednym zamknięciem oczu a drugim Marie dojrzała nienawiść na twarzy pogrążonej w transie Ruth. Dziewczynka powtarzała bez przerwy: „Głupi miś!" i „Skrzyp-ce!", a jednocześnie kazała Marie tańczyć jak idiotce w powietrzu. Miś próbował zmobilizować siłę woli, żeby się poruszyć jeszcze raz i wypaść z rąk Ruth. Kontury wszystkiego pociemniały mu w oczach. Potem to uczucie wezbrało w nim jeszcze bardziej i zaczął niemal czerpać radość z tego, jak szyja huśta się do przodu i do tyłu, a oczy omal nie pękną, gwałtownie otwierając się i zamykając.

„Mocniej!" – chciała zawołać Marie. – „Jeszcze!"

Nagle wszystko się urwało, jak burza, której nigdy nie było, i Ruth spokojnie odłożyła Marie na poduszkę na łóżku, wygładzając jej czarną aksamitną sukienkę. Na twarzy dziewczynki malowało się teraz skupienie jak u Mamy, gdy uważnie coś zszywała. Marie mogła tylko patrzeć, otumaniona i skołowana potrząsaniem, próbując zgłębić intencję. Ruth gładziła i gładziła aksamit, nic nie mówiła. Wydawało się, że o niczym nie myśli.

– Ruth! – zawołał Tata. Marie drgnęła. Ruth obejrzała się szybko, zawstydzona.

Marie nadal widziała wszystko w zamazanych konturach. Trudno jej było uwierzyć, że istnieje ktokolwiek na świecie poza nią i Ruth. Jednakże w progu stał teraz ten człowiek, wysoki i chudy jak tyka, ze swoją zwykłą smętną, zatroskaną miną. Jego widok zdziwił ją, tym bardziej że Tata nigdy nie przychodził do pokoju dziewczynek; to nie było jego królestwo.

Wskazał głową komodę.

– To są te skrzypce, które dzisiaj zrobiłaś?

– Tak – potwierdziła z ociąganiem Ruth.

Czy Tata się gniewa, czy pyta z ciekawości? Marie właściwie miała nadzieję, że Ruth zostanie ukarana za to, co przed chwilą z nią wyprawiała. Przebiegła w myślach wszystkie zasady, które Ruth mogła złamać tego dnia. Ale dziewczynka przybrała minę niewiniątka. W jej części pokoju jak zwykle panował idealny porządek, w przeciwieństwie do połowy Helen, i chociaż myszkowała po suterenie, udało jej się utrzymać białą sukienkę i białe skarpetki w nienagannej czystości.

Tata podniósł z komody prymitywny instrument.

– To ci dopiero skrzypce – zakpił.

Marie tak ich w tej chwili nienawidziła, że ten żarcik sprawił jej przyjemność.

– I naprawdę czytasz *Naukę i zdrowie*? – zapytał Tata, wskazując głową książkę leżącą na łóżku Ruth.

– Aha – odpowiedziała dziewczynka.

– Bardzo dojrzała lektura jak na dziewięciolatkę.

– Wiem…

Marie miała nadzieję, że Tata zacznie łajać Ruth, ale on dalej oglądał skrzypce.

– Właściwie to one nie grają – przyznała Ruth. Może uznała, że dowodząc braku złudzeń, zjedna sobie Tatę, bo najwyraźniej znalazła się w opałach. I zażartowała: – Marie pomogła mi je zrobić.

– No to już wiemy, dlaczego nie grają – rzekł Tata ze śmiechem.

Marie najchętniej zionęłaby żółtym ogniem wściekłości i frustracji. Może wówczas zwróciliby na nią uwagę. Bo poznała już z głosu Taty, co zaraz powie. Widziała, jak nagle wszystko się zmienia i Ruth w końcu postawi na swoim.

Tata ściągnął brwi.

– Myślę – powiedział, stukając w cienkie drewniane wieczko pudełka po cygarach – że sprawimy ci prawdziwe skrzypce.

Nieszczęsny miś miał wrażenie, że z góry posypały się kolorowe fale niezasłużonych cukierków. Ruth nie śmiała się ruszyć ani odezwać, a Marie patrzyła, jak te szczodre dary spadają na dziewczynkę i jej ojca.

Dlaczego pragnienie Ruth miało się spełnić, a pragnienie Marie nie?

Pomimo wszystko miś nie mógł nie dostrzec, jakie to niezwykłe – Ruth dostanie skrzypce. Poczuł ostry ból za oczami. Jak mógł zazdrościć dziewczynce cudu? Mimo nikłych szans Ruth wiedziała, czego chce, wytrwała w swym pragnieniu i osiągnęła cel.

– Naprawdę? – zapytała słabym głosem Ruth. Nie zerwała się ani nie uściskała ojca, bo wiedziała, że to by mu się nie spodobało. Patrzyła tylko na niego, nie zdradzając przesadnego entuzjazmu.

Misia zdumiały przebiegłość i siła charakteru tej nieśmiałej dziewczynki. Musiał przyznać, że bardzo się jej przydały. Ten dom przypominał labirynt, w którym Ruth umiała się doskonale poruszać.

Tata zapowiedział, że kiedy kupią córce skrzypce, poszukają jej nauczyciela. Już wycofywał się z pokoju, jak gdyby spędził w nim za dużo czasu. W progu jeszcze dorzucił, że kolacja jest prawie gotowa.

– Tylko doczytam ten kawałek – powiedziała Ruth.

Została sama z Marie. Deszcz dobroci ustał. Ruth nie wiedziała, co robić. Chwyciła Marie i mocno ją przytuliła, a Marie, choć wcale jej nie przeszła złość, i tak pisnęła – nic nie mogła na to poradzić – a rozradowana Ruth jej zawtórowała:

– Iik.

W objęciach Ruth Marie ani nie ulegała, ani się nie opierała. Tak jak Winkie w objęciach pamięci. Chociaż dzieciństwo Ruth miało jeszcze trochę potrwać, tego wieczoru jego własne dobiegło końca. Marie zrozumiała bowiem wtedy, że nie spadła z kolan Ruth o własnych siłach. Pozostała tym, czym była. Czy zawsze tak będzie? Czuła, jak łzy Ruth przesiąkają przez jej bluzkę. Wkrótce nabędzie nowych złudzeń, ale na razie była od nich wolna. Nie była takim niedobrym misiem, który by zapominał o swoich obowiązkach – słuchać, pocieszać, tulić. Kiedy Ruth przycisnęła ją mocniej, Marie pisnęła jeszcze raz. Przez wąskie okno nad ramieniem dziewczynki zobaczyła między liśćmi blask letniego zachodu słońca. Po raz pierwszy widziała takie światło, złoto przeświecające przez zieloną kratkę. Czekało ją jeszcze tyle letnich pór, a każda miała przywoływać tę pierwszą, spadzisty sufit, wąskie okno i poczucie, że coś się ma, a zarazem traci.

Winkie w więzieniu

Nieoznakowany samochód zatrzymał się z piskiem opon przed wielkim budynkiem bez okien, z prostokątnym białym dachem jak wieczko pudełka do butów.

– No, panna, wysiadamy, jazda, jazda, idziemy, idziemy – poganiało ją dwoje agentów, chociaż Winkie nie stawiał oporu, kiedy otworzyli tylne drzwi, wywlekli go z samochodu i pociągnęli tak szybko, że obie nogi zadyndały mu nad ziemią.

Też coś, pomyślał gniewnie miś.

W środku śmierdziało środkiem dezynfekcyjnym. Agenci wymienili burkliwe powitania z dwoma strażnikami więziennymi siedzącymi przy biurku za grubą szybą.

– Cześć, Al.

– Cześć, Joe.

– Cześć, Mike.

– Cześć, Mary Sue.

Wszyscy się najwyraźniej znali. Mówili urywanymi zdaniami i kończyli nawzajem swoje wypowiedzi.

– Dwieście dwadzieścia siedem?

– Tak.

– Oddział?

– Jasne, że B.

– Dać ci…?

– Aha, dzięki.

Duży, nijaki, okrągły zegar nad ich głowami wskazywał dokładnie czwartą, jak gdyby definiował ten szczególny świat – jak gdyby więzienie i strażnicy mogli istnieć tylko w tym właśnie momencie w środku nocy.

Małego misia wleczono szybko wieloma betonowymi korytarzami, wpuszczano przez wiele otwieranych z brzęczykiem bramek i drzwi, aż dotarli do wielkiego białego pomieszczenia z rzędem zielonkawych monitorów ukazujących więcej betonowych korytarzy z zakratowanymi celami lub solidnymi drzwiami. Po drodze padały takie same zwięzłe powitania, a teraz agenci przywitali się z parą rosłych strażników, którzy stali przy wielkiej konsoli pełnej przycisków i ekranów, jak gdyby pilotowali statek kosmiczny.

– Cześć, Bill.

– Cześć, Cindy.

– Cześć, Mike.

– Cześć, Mary Sue.

Winkie zdobył w ten sposób bezużyteczną informację, że jego agenci nazywają się Mike i Mary Sue.

– Dwieście dwadzieścia sie…

– Tak.

– B?

– Dzięki.

Naciśnięto guzik, rozległ się ten sam ostry brzęczyk i agentka Mary Sue pchnęła Winkiego do sąsiedniego pokoiku. Zanim zdążył się za nią obejrzeć, głośno szczęknęły zamykane drzwi i miś został sam. Odwrócił się do dużego okna, spodziewając się, że zobaczy monitory i strażników w głównym pomieszczeniu, ale w ciemnym lustrze ujrzał tylko siebie, skutego i zdumionego, ciągle w szpitalnej koszuli. Zobaczył, że wzdycha.

Nazajutrz o dziewiątej rano w pobliskim gmachu sądu federalnego sędziemu, potężnemu, korpulentnemu mężczyźnie w czarnej todze, wręczono listę adwokatów z urzędu, którym można powierzyć obronę ubogiej podsądnej, panny Winkie. Zaczął czytać:

Dławik
Guillotin
Kapuś
Karakan
Klekot
Mątewka
Monstrosky
Niewygrał
Pomrocz

Sędzia pogładził się po brodzie.

– No, no, ciekawe… – Podniósł wzrok na drobną, schludną urzędniczkę, która przyniosła mu listę, ale urzędniczka się nie odezwała. Była zdecydowanie ładniejsza od wszystkich jego asystentek.

– Pani jest tutaj nowa, prawda?

Wzruszyła ramionami. Sędzia czytał dalej:

Rozdraż
Smagula
Spryciuga
Strach
Śpioch

Wierutny
Zmora

Przewrócił kartkę, ale na drugiej stronie już nic nie było.

– No, nie są to najbardziej renomowani adwokaci w naszym hrabstwie – rzekł z zadumą. – Pomrocz, na przykład... Od ładnych kilku lat nie prowadził żadnej sprawy.

Urzędniczka przewróciła oczami.

– Panie sędzio, to wszystkie nazwiska.

Przy każdym słowie podskakiwał jej blond koński ogon, a sędzia poczuł się nagle bardzo, bardzo znużony. Westchnął. Rano dzwonili do niego trzej zastępcy prokuratora generalnego, żeby mu przypomnieć, że to głośna sprawa, która może złamać sędziowską karierę. Był zmęczony swoją karierą. Powiedział sobie teraz to, co ostatnio powtarzał wiele razy, żeby podtrzymać się na duchu: nie zawsze się wygrywa. I jego znużony wzrok padł na nazwisko w środku listy.

– Niewygrał? – zapytał niepewnie.

Urzędniczka skinęła głową.

– To pan mecenas Karol Niewygrał Czwarty – powiedziała, wyrywając mu listę z ręki. – Z kancelarii Niewygrał, Gderacz i Obleś. Natychmiast się z nim skontaktuję.

Białe betonowe ściany były prawie dźwiękoszczelne, lecz czasem Winkie słyszał dobiegające zza drzwi szyderstwa lub przekleństwa.

Zdawało mu się, że ktoś, chyba agentka Mary Sue, powiedziała: „...obrzydlistwo..."

Mimo pośpiechu, z jakim go tu przywieźli, teraz zostawili go w ciasnym pokoju na wiele godzin. Mały miś zaczął się martwić o Françoise – dokąd ją zabrali, czy ona również znalazła się w więzieniu tylko dlatego, że okazała mu dobroć. Wątpił, czy dowie się tego od tych, którzy go uwięzili, nawet gdyby miał okazję zapytać. Czasem jakieś dźwięki zapowiadały, że zaraz ktoś wejdzie, ale potem nic się nie działo. Winkie zapadł w niespokojną drzemkę. Śniła mu się Ruth i jej pięcioro dzieci, a każde było kartą do gry w ręce misia. Ruth siedziała naprzeciwko, wpatrzona w swoje karty. Na wpół rozbudzony, wiedząc, że zepsuje zabawę, jeśli to zrobi, położył na pokryty suknem stolik wszystkie karty awersem do góry – Carol, Helen, Paul, Ken i Cliff. Koniec gry, wszystkie karty zostały wyłożone i nie miały już szans zagrać.

– To była rodzina Ruth – mruknął smętnie i jeszcze bardziej się rozbudził. Zupełnie jakby podsumował wszystko, co nieodwołalnie zdarzyło się przedtem i potem, zwłaszcza nadzieje i straty z lasu, który nawet się nie pojawił w jego śnie.

Drzwi celi otworzyły się ze szczękiem i do środka weszła pulchna strażniczka, żaląc się agentowi Mike'owi, że więzienie nie ma na stanie odzieży, która pasowałaby na takiego cherlawego zdrajcę i zabójcę jak ten, i że trzeba było specjalnie coś zamówić, a to zabrało, cholera, prawie cały dzień, na co ten mały gnojek nie zasługuje.

– Ubieraj się! – wrzasnęła, rzucając misiowi szary niemowlęcy komplet. Ubranie wypadło mu z łap na podłogę. – Podnieś! – znowu wrzasnęła.

Winkie niemiłosiernie długo zdejmował szpitalną koszulę i wkładał mały bawełniany podkoszulek i spodnie, a kiedy już je włożył, agent Mike burknął:

– Chryste Panie, nareszcie.

Miś spojrzał na swoje niemowlęce ubranko i pomyślał, że nie można go było bardziej upokorzyć. Na przodzie koszulki widniał rząd cyfr.

– Odtąd to twój numer – wycedziła strażniczka, akcentując słowa, jak gdyby podejrzany mógł nie zrozumieć lub udawać, że nie rozumie tego prostego stwierdzenia. – I nie waż się go zapomnieć.

Następnie wraz z agentem Mikiem powlekli misia jeszcze jednym korytarzem, żeby zrobić mu zdjęcie i zdjąć odciski palców. Ustawiony pod białą ścianą z miarką wzrostu, czekając, aż fotograf przygotuje aparat, odchrząknął i zebrał się na odwagę, żeby zapytać o Françoise...

– Stul pysk i uśmiechnij się! – krzyknął Mike i wtedy błysnął flesz.

Plamki w oczach Winkiego musiały wyglądać jak słoneczne cętki, bo kiedy tak stał i mrugał, nagle opadło go wspomnienie sceny z lasu, oderwane od rzeczywistości jak sen. Razem ze swoją małą zszedł do cienistej kotlinki paproci, między którymi szemrał i bulgotał strumień. Mała aż westchnęła z radości na myśl, że zaraz się napije.

– Ta-a-k – zanucił Winkie jak co dzień, bo przychodzili tu codziennie i codziennie mała wzdychała już w połowie zbocza, najpierw kiedy ją niósł, a następnie kiedy szli obok siebie wśród nowych, jaskrawozielonych pióropuszy.

– A potem? – spytał Winkie jak zawsze o to, co chce robić, kiedy się napiją, a jego szkrab odpowiedział jak zawsze:

– Skrzypeczki. – Tak nazwała zdrobniale skrzypy, kiedy Winkie wytłumaczył jej dokładnie, jak obie nazwy są podobne. Oboje roześmiali się, jak co dzień, z jej żartu, bo przecież mała nigdy nie widziała skrzypiec i pewnie nigdy nie zobaczy tutaj, w leśnej głuszy...

– Ej! – zawołał Mike, szarpiąc Winkiego za łańcuch. – Rusz ten swój cholerny włochaty tyłek.

Drobny mężczyzna w obwisłym szarym garniturze był wyraźnie stremowany i mówił tak szybko, że miś ledwo mógł go rozumieć.

– Moje uszanowanie, panno Winkie, jest bardzo późno, nie mamy zbyt wiele czasu, nazywam się Karol Niewygrał, będę pani obrończą z urzędu, bo o ile wiem, nie stać pani na adwokata, mnie również miło panią poznać, chcę powiedzieć, że musiałem piekielnie się napocić, żeby dali mi się dziś z panią zobaczyć, bo wymyślali coraz to nowe wymówki, najpierw to, potem tamto, a zastępcy prokuratora okręgowego śmiali się za moimi plecami, dobrze wiem, zawsze się śmieją, więc dlaczego mieliby teraz przestać… ale mniejsza z tym, ehym, to już przeszłość i jestem pewien, że ja z panią, my oboje znajdziemy porozumienie.

Nagle usiadł, otworzył teczkę z aktami, skupił się bez reszty na stosie kartek maszynopisu, przez kilka minut tylko kiwał do siebie głową i pomrukiwał. Po chwili Winkie odchrząknął, żeby znów spytać o Françoise, lecz adwokat uniósł rękę, zmarszczył surowo czoło i zamknął oczy, jak gdyby przerywanie mu było najbardziej bolesnym na świecie doznaniem. Czytał jeszcze przez kilka minut. W końcu, nie podnosząc wzroku, podjął równie szybko jak poprzednio:

– Trochę z tym było ambarasu i doprawdy nie wiem, jak mi się udało, cha, cha, ale załatwiłem z FBI, żeby odtajniło przynajmniej część zarzutów wobec pani… jak pani widzi… – Podniósł gruby plik papierów i zaraz odłożył. – Jednakże moją prośbę o zwolnienie za kaucją odrzucono, ta możliwość nie wchodzi więc w grę… ale oczywiście już pani o tym wie, bo nie siedzielibyśmy teraz w więzieniu, lecz w moim gabinecie, w kawiarni lub gdzie indziej, prawda? – Niewygrał oblał się rumieńcem i zaczął nerwowo przekładać najpierw jedną, potem drugą kartkę papieru na wierzch. – W końcu udało mi się… chociaż doprawdy nie wiem jak, ale udało, tyle że zabrało mi to cały dzień, dlatego teraz tak mało mamy czasu, nad czym ubolewam... ale w każdym razie udało mi się wreszcie tu dziś przyjechać, żeby się z panią spotkać, ach tak, już mówiłem, zresztą widzi mnie pani teraz przed sobą, stąd pani wie, że udało mi się przyjechać, cha, cha, no więc, yyy, no więc, eee, no więc...

Na twarzy znowu wykwitł mu truskawkowy rumieniec aż po czubki uszu, wodniste oczy biegały z kąta w kąt, a głos wyraźnie mu słabł.

– Jak więc już mówiłem, ehym, jest pani oskarżona, jak pani zapewne wie, yyy, bo musi pani wiedzieć, o poważne, naprawdę bardzo poważne przestępstwa... – I chociaż czerwień na jego twarzy zaczęła blednąć, oczy nadal miał rozbiegane, więc miś nie wiedział, gdzie patrzeć. – I doprawdy jest tych zarzutów tyle, ciągną się i ciągną, strona po stronie, po stronie, że szczerze mówiąc, nie mogę się w nich rozeznać... to znaczy, oczywiście, mogę, bo na tym polega moja praca, a zatem, a zatem, a zatem, a zatem,... co to ja... a zatem muszę pani powiedzieć, panno Winkie... chociaż żaden oskarżony nie chce tego słuchać, a mnie jakoś niezręcznie mówić... ale cóż zrobić... w tym momencie muszę panią przygotować... tylko błagam, proszę nie strzelać do posłańca i proszę nie brać tego osobiście do siebie... chociaż ja wszystko biorę do siebie, ale pani nie powinna... no więc nie chcę przez to powiedzieć, że na pewno dostanie pani karę śmierci, istnieje jednak taka możliwość, dlatego trzeba się z nią liczyć, szczególnie zważywszy głos opinii publicznej... bo trzeba pani wiedzieć, że obecnie Winkie to niemal synonim „radioaktywnego psiego gówna pływającego w skażonej..."

Rozbiegany wzrok Niewygrała padł właśnie na gęsto zapisane kartki maszynopisu, adwokat znów więc pogrążył się w lekturze, wertując akta tam i z powrotem, i na oczach Winkiego z wymizerowanej twarzy mecenasa zniknęły jak za dotknięciem czarodziejskiej różdżki wszystkie oznaki udręki. Wyglądał wręcz chłopięco z prostymi siwymi włosami spadającymi mu na oczy.

– Coś takiego... coś takiego... – mruczał, grożąc palcem wskazującym w wyimaginowanej sali sądowej. Po czym znów umilkł i tylko przerzucał papiery, czytając szybko, z zapamiętaniem.

Winkie odetchnął więc z ulgą, a po chwili zaczął zapadać w kolejny wypełniony obrazami sen.

– Zawsze trzeba mieć nadzieję, prawda? – odezwał się nieoczekiwanie Niewygrał, zbierając szybko papiery. – Musi to sobie pani bez przerwy powtarzać: „Nie przejmuj się, nie przejmuj się, nie przejmuj się", wystarczy, że będzie sobie pani powtarzała, a na Boga, tak czy owak, sam nie wiem jak, bo nigdy nie wiem jak, ale jakoś panią z tego wyciągnę!

Winkie ucieszył się, że pan Niewygrał czuje się lepiej, ale musiał mu zadać swoje pytanie.

– Gdzie...? – spróbował zapytać, ale głos odmówił mu posłuszeństwa. Odchrząknął i ponowił próbę, lecz bezskutecznie. Adwokat już zbierał się do wyjścia. Winkie chwycił długopis i napisał na blacie z laminatu:

GDZIE JEST FRANÇOISE?

– Panno Winkie, co pani wyprawia? Niszczy pani własność publiczną, proszę mi to oddać...

Miś zaczął wskazywać energicznie imię przyjaciółki.

– Françoise? Kto to jest Françoise? – spytał Niewygrał. – Nic nie wiem o żadnej Françoise.

Machnął ręką.

SZPITAL – napisał miś.

Niewygrał wyraźnie nadal nie rozumiał, ale po chwili się rozpromienił.

– Aaa, chodzi pani o wspólniczkę.

Winkiemu nie chciało się tego prostować i po prostu oddał mecenasowi długopis.

– Panna, panna, panna… niech no pomyślę… tak, tak, tak, panna Fouad, panna Françoise Fouad – mruczał adwokat, przeglądając grubą teczkę. – Albo Faoud. Piszą to raz tak, raz tak. – Zerknął na jakiś dokument, wrócił do poprzedniego. – Pomocnictwo… Poplecznictwo… Tak, również przebywa w areszcie. W porządku?

Niewygrałowi spieszyło się do wyjścia, ale Winkie wyglądał na wstrząśniętego.

– Proszę się nie przejmować! – poradził Niewygrał, poklepując misia po ramieniu i zmierzając do drzwi. Winkie nie wiedział, co ma myśleć albo czuć. – A zresztą… – Adwokat zapukał trzy razy, drzwi się otworzyły i już z korytarza Niewygrał zawołał przez ramię: – Wiem, co mówię!

W innym mrocznym pokoju, na innym piętrze, Françoise siedziała naprzeciwko nadinspektora. Przez ostatnie dwa dni przesłuchano ją już kilka razy, ale bez rezultatu, więc nadinspektor postanowił ją przesłuchać osobiście.

Nadinspektor:

– Nić użyta do zaszycia ran panny Winkie odpowiada nici z pani przybornika do szycia. Jest identyczna, bez dwóch zdań. Nie ma co zaprzeczać.

Françoise Fouad:

– Mówiłam już tyle razy, że tak, naprawiłam go. I żądam adwokata.

– „Go"? O czym pani mówi? „Naprawiła" pani jeszcze jakiegoś terrorystę? Gdzie i kiedy?

– Nie, naprawiłam tylko tego misia. I już mówiłam, to chłopiec.

Nadinspektor śmieje się protekcjonalnie.

– Niech będzie. Więc kto pani kazał go „naprawić"?

– Nikt. Słyszałam, że jęczy i chciałam…

– Gdzie panią wyszkolono, jak posługiwać się igłą z nitką przy opatrywaniu ran postrzałowych?

Wzdycha.

– Przecież to miś.

– Tak brzmi pani wersja. Ale to tylko pani wersja.

– Jaka tam wersja! Przecież to zabawka!

– Ładna mi zabawka. Kto pani kazał tak mówić?

– Nikt.

– Tak brzmi pani wersja.

Znowu wzdycha.

– Moja wersja brzmi tak, że nie jest to żadna wersja, tylko prawda.

– Proszę się nie wymądrzać. Jasne, rozumiem. I ten „miś-zabawka", chodzi, mówi i wysadza różne rzeczy w powietrze?

– Nie wierzę, że wysadza cokolwiek w powietrze, ale owszem, chodzi i mówi.

– Jak pani to wytłumaczy?

– Nie potrafię tego wytłumaczyć.

– Ile misiów-zabawek chodzi i mówi?

Pauza.

– Matka natura kryje wiele tajemnic.

– Za chwilę przejdziemy do pani ekstremistycznych poglądów. Czy jest pani lesbijką?

– Tak.

– Bez obaw, może się pani przyznać.

– Już kilka razy mówiłam, że jestem innej orientacji seksualnej.

Krzyczy.

– Na tyle zboczoną, żeby uprawiać seks z trzydziestocentymetrową terrorystką?

– Co takiego?

– Wiemy ponad wszelką wątpliwość, że uprawiałyście seks, że panna Winkie panią uwiodła i w ten sposób wciągnęła do spisku. Wszystkich tak wciągała. To nie była pani wina. Proszę nam tylko powiedzieć prawdę, a na pewno pani pomożemy.

– Już mówiłam, że to chłopiec, a ja lubię kobiety, a poza tym to jest zabawka.

– Są gusta i guściki.

Milczenie.

– Czy islam tego nie zabrania?

– Czego?

– Seksu z trzydziestocentymetrowymi dziwolągami?

Wzdycha.

– Panie nadinspektorze, jestem agnostyczką i feministką, i chociaż wciąż wierzę w wiele nauk islamu, nie wierzę w nakładanie ograniczeń na seks między mężczyznami, kobietami lub, jak pan to nazywa, dziwolągami.

– Bardzo wygodne. Czyli dla agnostyków nie ma nic złego w seksie lesbijskim z terrorystkami?

– Powtarzam, że nie uprawiałam z tym misiem seksu, a on nie jest żadnym terrorystą. To dobry miś i mój przyjaciel. Chociaż nie widzę w uprawianiu seksu niczego złego…

Trze oczy.

– Ta rozmowa prowadzi donikąd.

– Właśnie usiłuję to panu powiedzieć.

– Mdli mnie, kiedy panią słucham.

– Przyjechałam do Ameryki, żeby uciec od takich ludzi jak pan, ale może popełniłam błąd!

– Owszem, popełniła pani błąd.

Głos jej się załamuje.

– Powiedziałam, że żądam adwokata.

– Panno Fouad, niewątpliwie już pani wyjaśniono, że ponieważ jest pani emigrantką, a nie postawiono pani zarzutu popełnienia przestępstwa…

– Jestem obywatelką amerykańską!

– Brawo, niech się pani teraz chowa za swobodami, które próbuje pani zniszczyć.

W drzwiach celi Winkiego stanęła gruba strażniczka i przeczytała na głos regulamin, zaczynający się od słów:

– Przyrzekam szanować siebie, współwięźniów, a przede wszystkim strażników… – Jej głowa pokryta krótkimi, cienkimi, fioletowymi lokami kiwała się z wysiłku z boku na bok. Winkie rozejrzał się po białych ścianach pokoju, jakby gdzieś mogła się kryć droga ucieczki, potem przeniósł wzrok na odznakę strażniczki, na której widniał napis: „Oddziałowa Skrzydło". – I najważniejszy punkt regulaminu – zakończyła od siebie, mrugając oczkami. – Pamiętaj, że mam cię na oku!

Oddziałowy Kszyk, potężny mężczyzna, którego wygolona skóra tworzyła na krągłej czaszce coś w rodzaju czepka, uśmiechnął się złowieszczo.

– Zdrajców i terrorystów mamy szczególnie na oku – dodał, podcinając Winkiemu nogi tak, że miś upadł obok betonowej pryczy. – Ty piździelcu.

A więc tak to będzie wyglądało, pomyślał miś ze strachem. Obliczył, że oddziałowy Kszyk jest od niego sześć razy wyższy i trzydzieści, czterdzieści razy cięższy. Powoli wdrapał się pryczę, sprawdzając łapami jej twardość.

– Mógłbyś próbować się powiesić albo co – rzuciła Skrzydło, najwyraźniej po to, żeby wytłumaczyć brak materaca, chociaż nie wyjaśniła tego dokładniej. Zaczęła wskazywać poszczególne przedmioty w celi i wymieniać ich nazwy, jak gdyby prowadziła lekcję języka. – Umywalka. Kran. Łóżko. Drugie łóżko. Drzwi. Okienko na posiłki. Taboret. Odpływ podłogowy. Drugi taboret. Blat. Tualeta. Papier tualetowy.

Nagle zamilkła i wyszła razem z Kszykiem, a ciężkie drzwi celi zamknęły się ze szczękiem. Winkie już miał sobie pozwolić na lekkie westchnienie ulgi, ale zobaczył, że oboje stoją za zakratowanym okienkiem w drzwiach, uśmiechają się do niego złośliwie i machają. Trwało to dobrą chwilę, a kiedy wydawało się, że się znudzili, w okienku ukazała się inna więźniarka i otworzono drzwi.

– Cześć! – przywitała się chuda kobieta o siworudych włosach i w okularach. Była pierwszą białą więźniarką, jaką Winkie dotąd widział. – Prezent na nowe mieszkanie!

Koło ucha gwizdnęła misiowi ciężka księga.

Wśród ogólnego śmiechu oddziałowy Kszyk krzyknął coś o „takich jak ty" i drzwi znowu się zatrzasnęły. Jeszcze jakiś czas obserwowali misia, ale wkrótce odwołał ich czyjś władczy głos, i po chwili w okienku znów ukazał się biały korytarz. Kiedy zapadła cisza, Winkie podszedł i podniósł księgę – to był Koran.

– Zasięgnąłem języka w sprawie panny, yyy, pani, yyy yyy… Fouad… – oznajmił kilka dni później Niewygrał, wyciągając dokumenty z wypchanej teczki.

Winkie trochę się rozpogodził.

– Chociaż obawiam się, czy nie pogorszyłem sprawy.

Winkiemu zrzedła mina.

– No, może nie pogorszyłem.

Winkie się rozpromienił.

71

– A może pogorszyłem. Nie wiem… – Niewygrał wyjął z teczki dużą rolkę srebrnej taśmy uniwersalnej i przyjrzał jej się badawczo. – Hm… dziwne, że nie zarekwirowali mi jej przy wejściu. Z pewnością jest to kontrabanda, jak zresztą prawie wszystko. – Wyciągnął dłoń z taśmą w stronę Winkiego. – Chce pani?

Miś pokręcił gniewnie głową.

– No tak, niby nie ma pani powodu. – Zarumienił się. – W każdym razie, w każdym bądź razie…

Winkie wytrzeszczał na niego oczy.

– Co to ja… a tak, panna Fouad… panna Fouad… yyy, boję się, czy nie pogorszyłem sprawy. Asystentka prokuratora zauważyła: „Strasznie się pan interesuje tym świadkiem", na co odparłem: „Eee, wcale się tak znów nie interesuję", na to ona: „To dlaczego pan o nią wypytuje?", no więc powiedziałem: „Bez powodu", a wtedy ona… – Niewygrał przytaczał kolejne kwestie, a jednocześnie przerzucał z roztargnieniem dokumenty. – W końcu zapytałem ją: „Yyy, no to gdzie teraz przebywa panna Fouad?", a ona na to: „Właściwie mieliśmy ją wypuścić, ale w tej sytuacji chyba będziemy musieli ją jeszcze przesłuchać", i tak dalej, z tym jej uśmieszkiem na twarzy… mówią, że z prokuratorem łączy ją, yyy, no wie pani… no więc, yyy, zaryzykowałem i powiedziałem: „Yyy, byłoby to z pewnością bardzo niesprawiedliwe wobec panny Fouad", a ona prychnęła: „Nic mnie to nie obchodzi", wówczas wybiegłem stamtąd. – Wyjął z teczki drugą rolkę taśmy, wzruszył ramionami i wrócił do przekładania papierów. – Choć tak sobie myślę, yyy, że wcale nie zamierzali jej wypuścić. Widocznie zadrwili sobie ze mnie. Tak podejrzewam, bo lubią ze mnie drwić…

Winkie miał poczucie, że wybuchnie płaczem z żalu i oburzenia, gdy wtem Niewygrał podniósł wzrok znad teczki. Na chwilę jego niebieskie rozbiegane oczy znieruchomiały.

— Mam nadzieję, że nie pogorszyłem sytuacji pani przyjaciółki — rzekł.

Teraz miś już nie wiedział, czy ma mu przebaczyć, czy go udusić.

— Yyyy, yyy, yyy, yyy — ciągnął Niewygrał. — W każdym bądź razie, w każdym bądź razie... No więc, w każdym razie... No więc, no więc, no więc...

*W imię Boga, Miłosiernego, Litościwego...**

Kiedy Winkie usiłował czytać, oddziałowa Skrzydło i jej podstarzała pupilka stały pod okienkiem w drzwiach celi z rękami złożonymi w parodii modlitwy.

— Szmaciana głowa — wyśpiewywała Randi, pupilka oddziałowej.

Tak było, odkąd znalazł się w celi. Gdy tylko brał do ręki książkę, natychmiast zjawiały się w oknie z drwinami, jedna albo obie, albo jakaś inna strażniczka z inną więźniarką. Winkie odwrócił się z obrzydzeniem, ale Randi jak zwykle zaczęła stukać pomalowanymi paznokciami w grube szkło i zawodzić w kółko:

— Szmaciana głowa.

Miś westchnął. Rzeczywiście mam szmacianą głowę, pomyślał. No i co z tego.

Przewrócił kilka stron i usiłował się skupić. Podczas wielu przesłuchań nadinspektor często cytował Koran, najwyraźniej sądząc, że miś go dobrze zna, a co więcej, mylnie interpretuje, żeby usprawiedliwić swoje domniemane przestępstwa. Winkie nie miał zamiaru odpierać takich argumentów, ale sama księga go ciekawiła — jedyna lektura, na jaką mu pozwolono, nawet jeśli za każdym

---

* Cytaty z Koranu w przekładzie Józefa Bielawskiego.

razem, kiedy do niej zaglądał, częstowano go szyderstwami. Niestety, książka była również trudna i nigdy nie udawało mu się zajść w czytaniu daleko, bo robił mu się zamęt w głowie, a oczy same się zamykały.

Czy wy sądzicie, że wejdziecie do Ogrodu, kiedy jeszcze nie doświadczyliście tego, czego doświadczyli ci, którzy już przeminęli przed wami?

– I owszem – mruknął miś, poniekąd urażony. – Niby dlaczego miałbym nie wejść?

A co, jeśli – myślał dalej – ktoś już wszedł do ogrodu szczęśliwości, lecz go utracił? Czy mógłby, poprzez kolejne doświadczenia, do niego powrócić? A jeśli tak, czy trzeba aż tylu doświadczeń? Zirytowany, Winkie przewrócił znów kilka stron.

I kiedy On coś postanowi, to tylko mówi: „Bądź!” – i ono się staje.

Zamknął oczy i znów otworzył, słowa przeszyły go na wylot. Bo jeśli to prawda, jeśli Bóg postanowił o jego istnieniu, jaki miał w tym cel? I po co dał misiowi wolność, żeby ją potem odebrać? Czy nie byłoby lepiej w ogóle nie mieć nadziei?

– Aka-maka ha-mug! – zawołała Randi po „arabsku". Oddziałowa Skrzydło zarechotała.

Winkie skulił się w kłębek nad księgą, żeby dręczyciele nie zobaczyli jego łez.

Z miłym dla ucha szelestem togi sędzia przeszedł ze swego gabinetu na salę sądową.

– Proszę wstać!

Uroczyste wejście – to był jedyny moment dnia, który sędzia naprawdę lubił. W cudownej ciszy wspiął się po trzech stopniach ku swemu dostojnemu fotelowi…

– Wysoki sądzie, ee, pragnę zapewnić… – odezwał się Niewygrał.

– Zapewnić o czym? – zapytał sędzia, wytrącony z równowagi.

– Panie mecenasie, przecież nie otworzyłem jeszcze ust.

I z demonstracyjną irytacją usiadł.

– Ależ oczywiście, wysoki sądzie, przepraszam. Widocznie… widocznie musiałem opacznie zinterpretować… pańską minę… jako wyraz…

Prokurator i jego ulubiona asystentka stłumili śmiech, a sędzia uderzył kilka razy młotkiem w stół.

– Panie mecenasie – zwrócił się do Niewygrała. – Teraz będę mówił ja. A potem udzielę panu głosu. Czy to jest jasne?

– Jak najbardziej, wysoki sądzie, ma się rozumieć…

Sędzia znów uderzył młotkiem.

– Na czym stanęliśmy? – Gniewnie zaczął trzeć oczy, nie tyle po to, żeby się skupić, ile żeby nie widzieć wysokiego, chudego, rozmamłanego Niewygrała, który stał przed nim tak żałośnie, jak gdyby stał nagi przed Bogiem. Sędzia przez to sam poczuł się tak, jakby stał nagi przed Bogiem. Wyobraził sobie, jak widzą go wszyscy zebrani na sali – różowa, nalana, rozjuszona twarz wystająca znad czarnej togi – i wzdrygnął się z nagłym, niewytłumaczalnym zażenowaniem.

– Zatajenie dowodów? – podszepnął prokurator z radosnym uśmiechem.

– A tak – podchwycił sędzia.

– Wysoki sądzie, wysoki sądzie, wysoki sądzie, wysoki sądzie! – powtarzał jak katarynka Niewygrał. – Czy mogę…?

Sędzia starał się na niego nie patrzeć.

– Czy co pan może?

– Zabrać głos. Chciałbym zabrać głos.

Sędzia uznał, że nigdy dotąd nie widział nikogo ani niczego tak odrażającego jak pan mecenas Karol Niewygrał Czwarty. Blady mężczyzna kiwał się w obwisłym szarym garniturze i rumienił. Sędzia jeszcze dotkliwiej niż zazwyczaj poczuł, że jego całe życie jest ohydnym oszustwem i że dłużej tego nie wytrzyma. Po… prostu… dłużej… tego… nie… wytrzyma! Czarna toga wydała mu się nieznośnie ciężka i gorąca. Zaczęło go swędzieć całe ciało. A gdybym tak zdarł ją z siebie i pod spodem miał damską bieliznę, a potem wybiegłbym z sali, krzycząc: „Ja pierdolę!" – pomyślał, żeby się uspokoić. Nie uspokoił się, ale przynajmniej mógł jednym ruchem ręki dopuścić Niewygrała do głosu.

Obrońca jednak stał bez słowa, marszcząc tylko czoło, ze wzrokiem wbitym w podłogę, jak w zatrzymanym kadrze.

– Panie Niewygrał! – zagrzmiał sędzia. Miał nadzieję, że mówiąc bardzo głośno, natchnie sam siebie poczuciem sensu. Ale nie zadziałało.

– Słucham? – spytał po chwili Niewygrał, jakby zaskoczony.

– Chciał pan coś powiedzieć sądowi?

– Nie wiedziałem, że już mogę.

Sędzia spojrzał w sufit pełen białych prostokątów i świateł.

– Przecież właśnie udzieliłem panu głosu.

– Och, och, och, nie usłyszałem. Dziwne, dziwne…

Z rozbieganymi oczami wyglądał, jak gdyby nigdy nie miał przezwyciężyć swojego zakłopotania.

– Dałem panu znak gestem – powiedział sędzia, nienawidząc się w duchu za to, że zniża się do udzielania wyjaśnień temu nieszczęśnikowi.

Ulga niczym balsam rozlała się plamą na twarzy Niewygrała.

– O, to wszystko wyjaśnia – wymamrotał. – No więc, no więc, no więc, no więc…

Sędzia zastanawiał się, czy uda mu się przetrwać cały proces, nie patrząc więcej na obrońcę.

Zgaszenie świateł oznajmiało ciszę nocną, ale jarzeniówka w kształcie obwarzanka nad betonową pryczą Winkiego paliła się całą noc. Brudne światło migało różnymi kolorami naraz, niebieskim, zielonym i pomarańczowym, setki razy na sekundę jak ćma skrzydłami. Obok tkwiło martwe oko małej kamery.

Która to godzina? Czas w więzieniu płynął dziwnie, a najdziwniej nocą. Gdzieś z oddali po korytarzu poniósł się krzyk młodej kobiety, Randi wrzasnęła: „Ty głupia dziwko!” – i krzyk ucichł.

Opatrzone numerem dziecięce ubranko Winkiego zalatywało przemysłowym detergentem i podrażniało wyliniałe futerko. Nie dokuczało mu to zbytnio za dnia, ale nocą, jasną jak dzień, uporczywe swędzenie to tu, to tam stawało się nie do zniesienia, zaczynał się więc drapać. W ten sposób wycierał sobie resztki futerka na brzuchu i choć nawet we śnie wiedział, że nie powinien, nie mógł się powstrzymać. Drapał się i drapał. Przynosiło mu to dziwną ulgę; kiedy się drapał, przestawał myśleć. Przed pójściem spać próbował wytłumaczyć sobie, że jeśli Skrzydło lub Kszyk znajdą futerko na podłodze celi, ukarzą go, ale i to nie pomagało. Noc w noc drapał się zapamiętale.

Kiedyś na początku zdjął ubranie i przez kilka minut leżał z ulgą, rozkoszując się chłodnym powietrzem na nagim ciele, ale zaraz potem nocny strażnik załomotał w okienko i kazał tej obrzydliwej kurwie włożyć tę pieprzoną koszulkę, i to już, bo jak nie, to on (strażnik) wyrzyga się na monitor.

Winkie przewrócił się na bok i leżał bez ruchu, ukojony na chwilę drapaniem, wpatrując się w szorstką białą ścianę. Chata, szpital, więzienie – jego życie weszło w fazę przechodzenia znikąd donikąd – a jeżeli to się nigdy nie skończy? Na tę myśl wszystkie linie i bezlitosne płaszczyzny celi wydały mu się jeszcze bardziej szorstkie, jak gdyby chciał się wgryźć w betonowe bloki, metalowy sedes, umywalkę i blat z wyjątkowo twardego, nakrapianego, beżowego tworzywa. Postukał w niego ot tak sobie, pazurkami, wiedząc, że nie zostawia śladu.

Znów krzyk, potem: „Ty głupia dziwko!" – i dudniąca echem cisza.

Żrący środek do czyszczenia podłóg zasechł w kątach celi w białoszarawe bajorka. Czasem miś próbował zamknąć oczy i wyobrazić sobie, że jest w lesie nad rwącym strumykiem, ale to oznaczało wspominanie małej, to oznaczało rozpacz. Czuł pierwsze swędzenie i nie mogąc się powstrzymać, znów zaczynał się drapać, najpierw powoli, a potem coraz szybciej, coraz bardziej rozpaczliwie. Od tygodni trzymano go w odosobnieniu i nie pozwolono mu nawet uczestniczyć w jego własnej rozprawie wstępnej, chociaż wcale go nie interesowała. Miał prawo do kwadransa ćwiczeń fizycznych dziennie na dworze, na betonowym podwórzu, w samotności, najczęściej zresztą cofano mu ten przywilej za naruszenie regulaminu, jak skrzywienie się przy Skrzydło. Nie miał żadnych wiadomości o Françoise. Miś zapadł w pełną niepokoju pustkę. I tylko się drapał.

– Tak, a jakże, oczywiście, a jakże, ma się rozumieć – mruczał sędzia udręczony przerywanym snem. – Pańska mina… – Przewracał wielką głowę z boku na bok, tylko oczy biegały mu pod powiekami w tę i we w tę. – Pragnę zapewnić… Pragnę… Pragnę… Wysoki sądzie, pragnę zapewnić…

Nadinspektor schował głowę pod poduszką, wwąchując się w jej stęchły zapach.

– Musi być sposób, żeby ich złamać! – mruknął.

Panny Winkie i Fouad przesłuchano już do tej pory dziesiątki razy, ale mimo wszystkich próśb i gróźb mała przywódczyni nie odpowiedziała ani słowem, a lesbijka ciągnęła swoje irytujące mataczenie.

Zostali świetnie wyszkoleni, rozmyślał nadinspektor. Snuta przez tę parę sieć zła rozrastała się w jego głowie, obejmując najrozmaitsze przestępstwa, wszystkie starannie obmyślane i wykonane, by zadać krajowi dotkliwy cios. Ich spisek wydawał mu się najbardziej oczywisty w środku nocy.

– Tak. Wszystko pasuje. Dopiero teraz widzę! – wołał na głos, jak gdyby po raz pierwszy zrozumiał. Spisek okazał się tak rozległy i zawiły, że nadinspektor musiał sam siebie nieustannie o nim przekonywać i za każdym razem nie posiadał się ze zdumienia. Wpatrując się w ciemność, widział, jak ta mała zbrodniarka i jej egipska wspólniczka łamią wszelkie prawa cywilizowanego społeczeństwa.

– Myślały, że nie będziemy w stanie sobie tego wyobrazić – rozważał. – Na tym poniekąd polegała cała ich cholerna genialność. Ale my jesteśmy w stanie to sobie wyobrazić. – Skopał z siebie kołdrę. – Cokolwiek one mogą sobie wyobrazić, my możemy sobie wyobrazić coś dwadzieścia razy gorszego!

Nadinspektor przewrócił się na drugi bok i walnął głową w poduszkę, wzbijając kurz, który zakręcił mu w nosie. Zbrodnie niewyjaśnione od lat wreszcie stawały się dla niego jasne. Zaczął planować, na które grupy etniczne zorganizować obławę, na ile z nich, w jakim wieku, których prezenterów wiadomości telewizyjnych i urzędników wysokiego szczebla zaalarmować, którym agentom może na tyle zaufać, żeby powierzyć im śledztwo w sprawie tych aspektów spisku, które właśnie wykrył… – Tak, tak, nie, cholera, jasne, że nie, tak – mruczał, sporządzając w pamięci listę.

Ale w takich chwilach dziwna twarz małej terrorystki wyłaniała się z ciemności, patrzyła na niego smutno, jasno oświetlona, zaszczuta, smagana podmuchem helikoptera, a mimo to pełna nadziei.

Nadinspektor zmusił się, żeby wrócić myślami do śledztwa.

– Prokurator generalny dał mi carte blanche. – Zaczął ćwiczyć, jak to oznajmi przerażonej pannie Winkie. – Carte blanche, do cholery. Carte blanche!

– Panno Winkie, jako pani adwokat, muszę, doprawdy muszę nalegać, doprawdy muszę – rzekł pewnego ranka Niewygrał. Kolejny raz próbował wydobyć z misia wspomnienia miesięcy i dni poprzedzających aresztowanie.

Winkie wzruszył tylko ramionami.

– Panno Winkie, nie mogę, no po prostu nie mogę pani pomóc, dopóki… – Wydmuchał nos w chusteczkę higieniczną w kwiatki. – Jako pani adwokat, pani jedyny obrońca, uważam za swój obowiązek, święty obowiązek, żeby zadać pani takie pytania, jakkolwiek mogą być drażliwe…

Miś patrzył w podłogę. Wiedział, że zachowuje się jak dziecko, ale nic na to nie mógł poradzić, tak jak nie umiał powstrzymać się nocami od drapania.

– No dobrze, już dobrze, spróbujmy, yyy, że tak powiem, yyy, cofnąć się do początku – rzekł Niewygrał z westchnieniem. – Gdzie, to znaczy, w jakim mieście pani się urodziła?

Ignorancja zawarta w tym pytaniu rozdrażniła misia, potrząsnął więc z zapamiętaniem głową. Przecież się nie urodził, został zrobiony. Dlaczego miałby to wyjaśniać?

– Nie poda mi pani swojego miejsca urodzenia? – spytał Niewygrał.

Miś przewrócił oczami i podniósł łapy do góry, i wtedy Niewygrał, pewnie pod wpływem frustracji, sam wpadł na odpowiedź.

– Czy chce pani przez to powiedzieć, że w ogóle się pani nie urodziła?

Winkie spojrzał zaskoczony na swojego obrońcę i kiwnął głową.

–Yyy, ale co by to miało znaczyć?

Winkie znów przewrócił oczami. Nie wiedział, co złości go bardziej – to, że musi odpowiadać na idiotyczne pytania, czy to, że w ogóle powołano go do życia. Zaczął wykonywać gwałtowne ruchy, jak gdyby ciął i szył, a potem wskazał na siebie gestem mówiącym *voilà*.

– Nożyce... Szycie... Uszyto panią? – Niewygrał odłożył długopis. Przyjrzał się misiowi uważniej, chyba po raz pierwszy, wybałuszył niebieskie oczka i ze zdziwienia aż wciągnął podbródek.

– No tak, oczywiście, oczywiście, wiedziałem. – Zaczął bawić się długopisem. – W takim razie, yyy, w takim razie... gdzie panią wyprodukowano? – Miś nie odpowiadał. – Domyślam się, że w jakimś zakładzie albo w fabryce?

Winkie kiwnął głową raz, a Niewygrał zanotował odpowiedź.

– Rozumiem. A może mi pani powiedzieć, gdzie znajdował się ten zakład?

Winkie musiał, aczkolwiek niechętnie, przywołać w pamięci to miejsce, chociaż wspomnienie, mimo że nadzwyczaj żywe, nie dawało odpowiedzi, o którą chodziło Niewygrałowi. Miś wzruszył ramionami. A czy to ważne, gdzie?

– Nie wie – mruknął adwokat, zapisując. – Ee... no dobrze, a co potem? Może będę wymieniał miejscowości, a pani mi powie, czy któraś brzmi znajomo? – Miś westchnął, ale Niewygrał nie zwrócił na to uwagi. W jego głosie pojawiły się teraz zdumiewający spokój i cierpliwość. – Londyn, Rio de Janeiro, Poughkeepsie, Bangkok, Chicago…

Winkie pokiwał energicznie głową.

– Bangkok?

Sfrustrowany miś otworzył szeroko oczy.

– Chicago?

Winkie znów pokiwał głową.

– A kiedy to było?

Miś machnął łapą za siebie.

– Rozumiem, dawno temu – powiedział Niewygrał.

Winkie najchętniej nic by nie czuł, ale nawet na tych kilka słów serce mu stopniało i zalały go wspomnienia.

– Widocznie mieszkała tam pani w bardzo młodym wieku – rzekł prawnik.

Winkie smętnie pokiwał głową.

Dzięki tej metodzie przez kilka następnych dni Niewygrałowi stopniowo udało się odtworzyć w zarysie życiorys misia. Wkrótce Winkie przestał się zżymać na pytania Niewygrała, bo im więcej adwokat wiedział, tym ciekawsze zadawał pytania. Okazało się, że jest zdolny do niezwykłego skupienia i empatii. W końcu umysły ich obu zaczęły ze sobą współgrać.

– Kiedy czujesz potrzebę zrobienia czegoś – spytał Niewygrał – czy to jest tak, jakbyś budził się ze snu, czy jakby wytrysnęła nagle gdzieś w tobie fontanna, czy jak zerwanie tamy?

Winkie wskazał środek stołu, wybierając, nie bez wahania, środkową możliwość.

– Czyli jakby nagle coś wytrysnęło, rozumiem – powiedział Niewygrał. – Powódź czy ciurkający strumyk?

Miś wzruszył ramionami.

– To zależy, rozumiem. I jest jak wytryskanie kolorowych bąbelków wody w słońcu czy raczej jak wzbieranie mrocznego podziemnego strumienia w jaskini?

Winkie pokazał prawą stronę.

– Rozumiem, w jaskini – stwierdził Niewygrał z satysfakcją i wszystko skrzętnie zapisał.

Dłuższe widzenia z adwokatem były jednym z kilku nowych przywilejów, jakich udzielono Winkiemu w tym tygodniu. Od poniedziałku na obiad i na kolację znajdował na tacy albo ciasteczko z masłem orzechowym, albo, niezbyt wprawdzie świeży, kawałek tortu z lukrem. We wtorek po południu wyprowadzono go na spacerniak, chociaż to nie był jego dzień, a wieczorem, kiedy zaczynała się cisza nocna, zgaszono mu nawet światło w celi. Miś przespał całą noc. Co dziwniejsze, zarówno Skrzydło, jak i Kszyk zaczęli odnosić się do niego nadzwyczaj uprzejmie.

– Panno Winkie, miło mi poinformować, że zgodnie z zarządzeniem naczelnika zostaje pani zwolniona z izolatki – oznajmił oddziałowy Kszyk, otwierając z uśmiechem celę misia w środę rano. – Za dobre sprawowanie.

Winkie nie przypominał sobie żadnej zmiany w swoim zachowaniu w ostatnim czasie, z wyjątkiem narastającej rozpaczy. Między nogami Kszyka zobaczył innych więźniów, zebranych przy metalowych stołach w świetlicy. Randi pomachała do niego wesoło.

– Śmiało – zachęcił go Kszyk dobrodusznie, wskazując stoły. – Pozwoli pani, że przedstawię ją współwięźniom.

Tydzień cudów obejmował dwa wieczory filmowe, turniej badmintona, lody domowej roboty i koncert miejscowego kwartetu skrzypcowego w świetlicy. W przerwie Randi nachyliła się do misia i szepnęła:

– Według mnie to kapitalne, że zamierzasz zniszczyć Amerykę.

Uśmiechnęła się i z zachwytem zmarszczyła nos. Takie próby wciągnięcia w kompromitującą rozmowę przypominały Winkiemu, że musi mieć się na baczności. Jak zwykle nie odezwał się słowem.

Ale muzyka poruszyła go tak bardzo, że pod koniec koncertu z trudem powstrzymywał łzy, kiedy pomagał odnosić metalowe składane krzesła. Właśnie odłożył piąte na stos, gdy oddziałowa Skrzydło zawołała:

– Panno Winkie, przyszedł ktoś, z kim na pewno zechce się pani zobaczyć!

Miś odwrócił się i zobaczył, że właśnie wprowadzono na oddział Françoise.

Wyglądała smutno i mizernie, ale na widok Winkiego uśmiechnęła się.

– Chodź, misiaczku – powiedziała i uklękła.

Winkie podbiegł, wdrapał się jej na kolana i zaczął płakać.

– Ciii – powiedziała, głaszcząc go za uszami. – Nie martw się, misiaczku. Nie martw się.

Winkie patrzył na nią błagalnie.

– Oczywiście, że u mnie wszystko w porządku – zapewniła go i dodała, że jej dziewczyna załatwiła jej adwokata przez związki zawodowe w szpitalu. – W przyszłym tygodniu mam rozprawę. Wszyscy tam będą – nasi przyjaciele z ośrodka gejów i lesbijek, związkowcy, znajomi Egipcjanie. Niektórzy szykują się też do protestu przed budynkiem sądu!

Winkie nie bardzo rozumiał, co to wszystko znaczy, ale jej głos bardzo go uspokoił. Usiedli przy stoliku, z dala od innych, i Françoise zauważyła, że ma szczęście, bo trafiła znów na ten oddział. Obstąpili ich więźniowie, podsłuchując, ale Winkie nie zwracał na nich uwagi.

– Nie mam nikogo oprócz przyjaciół – powiedziała Françoise. – Wczoraj dostałam list od siostry z Kairu. Dał mi go adwokat, ale szkoda, że to zrobił. Siostra pisze, że ona i rodzice mają nadzieję, że areszt przekona mnie, żebym się zmieniła. – Françoise westchnęła. – Bardzo mnie ten list przygnębił.

Winkie pokiwał głową, położył łapę na jej ręce.

– Piętnaście lat temu siostra przyjechała do mnie z Kairu w odwiedziny. Kiedy zobaczyła, że mieszkam z dziewczyną, a mam tylko jedno łóżko, zapytała: „Ale gdzie śpi Mariana?" Kiedy jej powiedziałam, że śpimy z Marianą w jednym łóżku, bo jesteśmy kochankami, rozpłakała się. „Nie wierzę! Nie, Françoise, natychmiast z tym skończ! Natychmiast!" A ja powiedziałam: „Proszę bardzo, płacz sobie, ja i tak się nie zmienię".

Winkie żałował, że nie wie, co powiedzieć.

– Musimy wspominać lepsze czasy. Wiesz, misiaczku, ja już siedziałam w więzieniu… z powodu wielkiego szczura. – Roześmiała się, a Winkie zrobił zdziwioną minę. – Nie widziałeś tego szczura? Mamy go na spółkę z innymi związkami zawodowymi i używamy podczas strajków – na znak protestu. Ma trzy albo cztery metry wysokości, specjalna maszyna napełnia go powietrzem. Szpital nienawidzi tego szczura, to nasza tajna broń! – Znów się roześmiała, tym razem Winkie jej zawtórował. – Idziemy raniutko z Marianą do szpitala, żeby nadmuchać szczura, ale maszyna nawaliła, no więc po godzinie pompowania w szczurze jest bardzo mało powietrza. Mariana w kółko go prosi: „Wstawaj, głupolu!", a ten nic, leży na boku. Skręcamy się ze śmiechu, aż tu przyjeżdża policja aresztować nas, bo szczur leży na terenie szpitala.

Kiedy śmiali się razem, Winkie poczuł dziwną, rozpierającą dumę z tego ogromnego szczura – że pokrewny mu półstwór może jednocześnie budzić odrazę i bawić. Ukołysał go perlisty śmiech Françoise i miś przez chwilę znów dobrze się poczuł.

Właśnie wtedy w oknie oddziału zobaczył Kszyka i nadinspektora. Oddziałowy miał kłopoty z otwarciem drzwi, a nadinspektor wrzeszczał na niego, żeby się pospieszył. Podbiegła Skrzydło i przesunęła swoją kartę. Zamek ustąpił z charakterystycznym pyknięciem i nadinspektor wpadł z wrzaskiem do środka.

– Ty cholerny, zafajdany tchórzu, ty mały zasrańcu, wynoś mi się stąd, skurwysynu, ty śmierdzący mały…

Podszedł i ściągnął przerażonego misia z kolan przyjaciółki.

Françoise krzyknęła, Winkie wyciągnął do niej łapy. Nadinspektor trzymał go za kark, Winkie mógł więc tylko przebierać nogami w powietrzu. Kszyk zatrzasnął mu miniaturowe kajdanki na przegubach, a drugie na wymachujących gwałtownie nogach. Miś zwisł bezwładnie jak szmatka.

– Twój mały przyjaciel myślał, że wywinie się sprawiedliwości, udając kobietę – powiedział nadinspektor, najwyraźniej do Françoise. Przekazał Winkiego Kszykowi. – Chciałeś nas nabrać, dupku? Chciałeś się tu lepiej urządzić? Lubisz obracać się wśród pań?

– Ohyda – mruknął Kszyk, trzymając misia z dala od siebie. Skrzydło prychnęła.

– Przecież mówiłam panu tyle razy, że ten miś jest chłopcem – powiedziała Françoise.

– Twoje szczęście. Potwierdziła to kryminalistyczna mikrospektralna analiza wysokiej rozdzielczości – przyznał policjant. – Idziemy.

Kiedy wynosili Winkiego z celi, zdążył jeszcze ostatni raz rzucić okiem na Françoise. Płakała. Skuty kajdankami mógł tylko unieść nieco jedną łapę w geście pożegnania.

— Zaczekajcie! — zawołała Randi. — Słyszałam, jak mówili coś o tajnej broni.

Nadinspektor stanął jak wryty.

— Co?

Kazał Kszykowi zabrać misia, a sam został, żeby przesłuchać informatorkę.

Winkie usiłował pojąć, jak to możliwe, że aresztowano go w więzieniu, skoro już wcześniej aresztowano go w chacie. Widocznie jest cała hierarchia aresztowań, pomyślał, niewykluczone więc, że tam, dokąd Kszyk go teraz zabiera, wkrótce ktoś go znów aresztuje i spuści jeszcze niżej na następny poziom kary. Oddziałowy cisnął go na zimną podłogę windy, a po dziesięciu sekundach jazdy do góry albo na dół — Winkie nie umiałby powiedzieć — ciężkie żelazne drzwi otworzyły się opornie na biały korytarz oddziału identycznego jak ten, który właśnie opuścili. Winkie zamrugał. Jedyna różnica polegała na tym, że teraz z oddali dobiegały gwizdy i krzyki w niższej tonacji.

Kolejne korytarze, strażnicy, zaryglowane drzwi. Zupełnie jakby powstawały tam, na miejscu, na użytek Winkiego, który zachodził w głowę, jak więzienie może tak wysnuwać z siebie niekończący się biały labirynt. Wreszcie Kszyk doprowadził go chyba do celu, ale przed nimi maszerowała grupa mężczyzn w czarnych kombinezonach bojowych.

— Co jest? — spytał Kszyk.

— Zamykamy wszystkich w celach — odkrzyknął jeden. Drzwi zatrzasnęły się za nimi i Winkie usłyszał tylko tupot buciorów w łączniku.

— Gówno — zaklął Kszyk. Odwrócił się do dwóch funkcjonariuszy stojących przy konsoli, ale ci nie odpowiedzieli. Po chwili jeden wskazał podbródkiem kolejne drzwi.

– Chłopaki – powiedział Kszyk, wzruszając ramionami. – A co ja mogę.

Chodziło mu o to, że to nie jego wina, że musiał przyprowadzić im tak obrzydliwego więźnia. Wstydzi się nawet, że mnie eskortuje, uświadomił sobie Winkie. Dwaj funkcjonariusze bez słowa otworzyli z brzęczykiem drugie drzwi i Kszyk pchnął misia do środka.

Nawet z oddali Winkie słyszał stłumione wrzaski. Razem z Kszykiem czekali dłuższą chwilę w małej poczekalni. W końcu rozległ się brzęczyk i zjawiła się oddziałowa Skrzydło.

– Słyszałam, że utknąłeś tu z tym małym kutafonem – powiedziała.

– Aha – rzucił ponuro oddziałowy. Już parę razy narzekał, że na jego zmianie wszyscy skończyli pracę.

Skrzydło odwróciła głowę w stronę dalekich wrzasków.

– Znowu ktoś rzuca gównem?

– Na to wygląda.

Winkie słyszał już wcześniej to określenie, ale dopiero teraz zrozumiał, że trzeba je brać dosłownie. Prymitywna, zwierzęca desperacja, która może doprowadzić kogoś do rzucania odchodami w dręczycieli, była dla niego jak najbardziej wytłumaczalna, choć napawała go prymitywnym, zwierzęcym obrzydzeniem. I w tym zawierał się cały sens. W tej samej chwili uświadomił sobie, że oddziałowa Skrzydło podkochuje się w oddziałowym Kszyku.

– Co robiliście z tym małym gnojkiem przez cały dzień? – spytała z zainteresowaniem. – Znowu się zamienił w dziewczynę?

Kszyk burknął coś pod nosem.

– Może to ci poprawi humor – powiedziała Skrzydło, podając mu kartkę; trzymała w ręce cały plik papierów i kopert. – Dostałam od kolegi z zakładu federalnego. Przeczytaj.

Kszyk pochylił głowę nad kartką.

– Nie… przeczytaj na głos – poleciła Skrzydło. – Chcę, żeby nasz więzień też usłyszał.

Kszyk odchrząknął.

– Kim jest strażnik więzienny? – zaczął. – Strażnik więzienny łączy w sobie cechy wszystkich ludzi, stanowi połączenie świętego z grzesznikiem, błota z boskością. Strażnik więzienny jest najbardziej ze wszystkich pożądany i niepożądany. To dziwna bezimienna istota, do której w twarz mówią „proszę pana" lub „proszę pani", a za plecami „klawisz"… – I tak dalej, w tym samym stylu, a Kszyk, czytając, bardzo się wczuwał. – Strażnik więzienny musi być funkcjonariuszem prawa, pracownikiem społecznym, osobą twardą, a zarazem łagodną. No i oczywiście musi być geniuszem, skoro ma wyżywić rodzinę ze swoich zarobków.

Kszyk pokręcił głową i zamilkł.

– To wszystko prawda.

Skrzydło wbiła wzrok w misia.

– Może teraz zrozumiesz, jak to wygląda z naszego punktu widzenia – powiedziała, jak gdyby za bardzo troszczyła się o więźniów. O dziwo, Winkie rzeczywiście zobaczył wszystko z punktu widzenia Skrzydło. Poczuł dla niej, niemal wbrew swojej woli, odwieczne współczucie i przez chwilę patrzył na oddziałowych Skrzydło i Kszyka z jeszcze większym smutkiem.

– Zobacz, przyniosłam naszej małej pannie czy tam panu Winkie pocztę! – zawołała Skrzydło z nagłym rozbawieniem. – Uwierzysz? Nasze małe ni to, ni sio dostaje listy!

I wystudiowanym gestem rzuciła plik kopert na laminowany stół.

Miś znowu ją znienawidził. W pierwszej chwili się nie poruszył, nie chciał dać się sprowokować, ale ciekawość szybko wzięła górę. Kiedy wyciągnął łapę po koperty, Skrzydło znów je chwyciła, zdążył jednak zobaczyć adres zwrotny na kopercie na wierzchu: Cliff Chase.

– Chwila, chwila, chwilunia! – zaśpiewała Skrzydło. – Najpierw muszę je przejrzeć ja i oddziałowy Kszyk. Żeby upewnić się, czy nie ma tam nic trefnego.

Kszyk zachichotał. Koperty już były rozdarte, listy najwyraźniej przeczytane przez władze więzienne. Czy to możliwe, że jeden był od Cliffa, chłopca, którego miś kiedyś znał? Co mogło w nim być? Łzy rozgoryczenia trysnęły misiowi z oczu.

– Paczcie go – zadrwiła Skrzydło. – Naś mały tełołysta płacie!

Kszyk roześmiał się głośniej, jego małe usta ułożyły się w małe „o". Skrzydło wybrała ze stosu kolorową kopertę i przeczytała na głos:

– „Szanowny obywatelu! – To chyba do ciebie, wyjcu. – Nie przegap szansy wygrania luksusowej podróży dookoła świata! Weź udział w naszym konkursie!"

Kszyk zwijał się ze śmiechu, ale Winkie nie zwracał na niego uwagi. Wpatrywał się w plik listów, chcąc siłą woli przyciągnąć je do siebie.

– Trudno się wybrać w podróż, jak ktoś siedzi w komorze gazowej! – stwierdziła oczywistość Skrzydło. – Ale co tam! – Znalazła formularz, wyjęła długopis. – Co my tu mamy? Nazwisko: Mohammed Obrzydliwy Pedał Zdrajca Winkie Trzeci. Adres: Wydział Penitencjarny, hrabstwo…

Kszyk wył ze śmiechu.

– Wyślij! Wyślij! – wołał.

– Jasne, że wyślę! I zobaczysz, że ten fartowny kurdupel wygra! – Skrzydło zakleiła kopertę zwrotną, zgarnęła wszystkie listy do Winkiego i postukała nimi kokieteryjnie Kszyka w ramię. – Na razie.

I wyszła. Winkie odprowadził wzrokiem ją i swoją pocztę.

Dochodziła północ, kiedy Kszyk wraz ze strażnikiem z męskiego oddziału doprowadził więźnia do jego nowej celi.

– To jest Darryl – przedstawił strażnik otulone kocami wielkie cielsko chrapiące na dolnej pryczy. – Nie przejmuj się, jest odurzony prochami.

Winkie patrzył, jak ciężki tłumok wciąga powietrze i wypuszcza. Potem spojrzał na swoją pryczę; zastanawiał się, jak wejdzie na górę, nie depcząc śpiącego na dole, którym miał się nie przejmować.

– Podobno twój nowy współlokator to niezły numer – rzucił jeszcze Kszyk od progu. Ziewnął. – Ej, Walter, mógłbyś się pospieszyć?

Oddziałowy Walter ostrożnie zdjął misiowi kajdanki. Był dużo starszy od Kszyka i wyglądał na trochę milszego. Miał ogorzałą twarz pobrużdżoną zmarszczkami.

– Darryl przeważnie jest w porządalu – szepnął, podsadzając Winkiego na górną pryczę. – Ale dziś musieliśmy go trochę uspokoić. Bo rzucił... czymś w strażnika.

I znów w nocy nie zgaszono światła, a zbyt jasne więzienne godziny wlokły się w nieskończoność przy akompaniamencie pochrapywań i posapywań Darryla. Listy, których nie dostał, tańczyły misiowi w głowie. Zaczął się drapać. Przypomniał mu się ranek sprzed lat, kiedy siedział na kolanach Cliffa, najmłodszego dziecka Ruth, i razem patrzyli, jak Ruth piecze ciasteczka. Siostry chłopca wyjechały na studia, a obaj bracia mieli wrócić ze szkoły dopiero za kilka godzin. Kiedy Cliff miał cztery lata, często zostawał w domu tylko z mamą i Winkiem. Ruth, nucąc pod nosem, wyjęła z szafki kolejną blachę do pieczenia i natarła ją tłuszczem roślinnym Crisco. W radiu nadawano mierny koncert muzyki symfonicznej.

Na okno nad zlewem spadły ostatnie krople ulewnego deszczu. I tak jak wtedy, teraz misia przeszedł miły dreszcz. Na dworze było zimno i mokro, lecz w kuchni panowało ciepło i unosił się przyjemny słodki zapach pieczonego ciasta.

– Winkie upiecze nam niebieskie ciasteczka – powiedział Cliff.

– Niebieskie? – zdziwiła się Ruth.

– Taak.

Chłopiec wiercił się radośnie.

– A tak, rzeczywiście mówił coś takiego – potwierdziła Ruth.

I tak jak wtedy, teraz miś starał się nie uronić ani krztyny tej rozkosznej sceny, której nagle stał się szczęśliwym bohaterem.

– Czy Winkie zje potem niebieskie ciasteczka? – spytała Ruth, układając kolejny rząd placuszków na blasze.

– Nie, sprzeda.

Ruth się roześmiała.

– Przyda nam się parę groszy. – Przez cienką ścianę Winkie nieraz słyszał, jak Ruth narzeka na brak pieniędzy mężowi, który niedawno stracił pracę. Teraz jednak miała dobry humor nie wiedzieć czemu, jak zawsze nie wiedzieć czemu, bo nawet po trzydziestu latach miś nie potrafił zgłębić ani przewidzieć humorów Ruth. – Co będzie w ciasteczkach Winkiego? – zapytała, kończąc układać ostatni rządek. – Groszek?

– Nie! – parsknął Cliff. I jeszcze mocniej przytulił misia.

– Hamburgery?

– Nie! – Rozbawiony chłopiec śmiał się głośno. – Tak!

Zadzwonił minutnik, ale nie obwieścił ani końca, ani początku tego doskonałego popołudnia. Ruth wyjęła blachę upieczonych ciasteczek z piekarnika i włożyła następną. Znów nastawiła minutnik. Wszystko robiła z niesłychaną wprawą. Wzięła łopatkę i zaczęła szybko przekładać gorące, brązowe krążki z blachy na drucianą półkę.

– Ciekawe, komu Winkie sprzeda niebieskie hamburgerowe ciasteczka?

– Zwierzętom.

– No tak, zwierzęta lubią niebieskie hamburgerowe ciasteczka... – Blacha była już pusta, Ruth znowu nasmarowała ją tłuszczem. – I gdzie je sprzeda?

– W zoo.

– Po ile?

– Po cencie.

– Chyba przy takiej cenie niewiele nam to pomoże – mruknęła Ruth, bardziej do siebie niż do Cliffa.

Chłopiec zaczął powoli kołysać misia, któremu oczy zamykały się i otwierały, zamykały i otwierały, co go zawsze przyjemnie oszołamiało. Na dworze znowu lunął deszcz. Kiedy Ruth zaczęła kłaść placuszki ciasta na świeżo natłuszczoną blachę, Winkiemu wydawało się, że to on sam piecze te ciasteczka i że naprawdę są niebieskie, z hamburgerami w środku, a do jego straganu w zoo ustawiają się parami w kolejce wszystkie zwierzęta, bo wszystkie chcą je kupić...

Mały miś zapłakał na to wspomnienie i pokręcił głową. Nie dlatego, że był teraz więźniem, ale dlatego że i wtedy był więźniem – wprawdzie pełnym nadziei, ale jednak niewolnikiem kaprysów innych, milczącym i czujnym, zamkniętym w ciepłej klatce rodziny Ruth, owszem, kochanym, lecz tylko jako zabawka i tylko przez jakiś czas, zawsze tęskniącym za czymś więcej, nawet kiedy go przytulano, nie do końca go to zadowalało, często samotny, wręcz przestraszony, a wkrótce miał zostać odtrącony, zdradzony i odrzucony.

Płakał również, bo wiedział, że ma obowiązek to pamiętać, nie tylko tę jedną chwilę lub proste fakty, które przypominał sobie dla Niewygrała, lecz wszystko, co zdoła, aby wreszcie zrozumieć. Co da mu zrozumienie, tego nie wiedział, ale i tak musiał zrozumieć.

Myśl o tym, co było…

Już od miesięcy nie spełniał tego nakazu ze snu, zdał sobie jednak sprawę, że już dłużej nie może. Czekała go solidna praca, jasne zadanie do wykonania, nie mniejsze niż zgromadzenie zapasów żołędzi jesienią albo odszukanie ich zimą.

– Powiedziałem, wstawaj, do cholery!

Krzyk wdarł się w uszy misia. Winkie odskoczył w najdalszy kąt pryczy i oparł się plecami o ścianę. Wyobrażał sobie, że oczy świecą mu jak ślepia dzikiego zwierzęcia.

– Nic z tego – ryknął agent Mike, wyciągając po niego ręce. – Ty mały… – Winkie nie miał dokąd uciec, więc agent chwycił go po prostu za kark. – Niech cię szlag, łapałem już nie takie gnidy jak ty.

Przekazał Winkiego oddziałowemu Walterowi, który stał w pogotowiu z kajdankami. Miś nadal wyrywał się ze złością.

– Uspokój się, mały – zmitygował go bardzo łagodnie Walter. – Chyba nie chcesz przegapić swojej rozprawy?

Winkie zapomniał, że tego dnia ma się stawić w sądzie. Przestał się szamotać, patrzył tylko z urazą na Waltera.

– Wiesz, że muszę cię skuć – dodał funkcjonariusz, zatrzaskując kajdanki.

– No i nie chcemy obudzić Młodego, co? – warknął Mike.

Prawdę mówiąc, Darryl, zakutany w koce na dolnej pryczy, chrapał tak samo jak wieczorem. Zupełnie jakby zapadł w sen zimowy. Winkie nie widział jeszcze twarzy swojego współwięźnia i przez krótką, słodką, pełną nadziei chwilę przemknęło mu przez głowę, że może Darryl też jest misiem.

Ogromny tłum krzyczał i szydził przed gmachem sądu, protestujący potrząsali transparentami jak dzidami.

– Psiakrew – mruknął agent Mike, który siedział za kierownicą. Oblegli samochód tak ciasno, że miś musiał czekać z Mikiem i Mary Sue, aż policja utoruje im przejście. Przerażony i zdumiony patrzył na wściekłe twarze falujące za kuloodpornymi szybami. Ich wrzaski dochodziły stłumione, ale transparenty były wydrukowane fachowo, a na wszystkich widniało to samo:

ZABIĆ WINKIEGO
Księga Kapłańska 20,25

Poprzez tłum, potem drzwi, korytarzami, schodami, weszli do małego owalnego holu, w którym panowała idealna cisza, nie licząc głosu Karola Niewygrała.

– Yyy, no dobrze, yyy, panie Winkie... czy zwracam się do pana właściwie?... no dobrze, panie Winkie... będę musiał się przyzwyczaić... panie Winkie, proszę pana, proszę pana... no dobrze, yyy, w każdym razie naprawdę się staram, zapewniam, że staram się ze wszystkich sił, żeby dostał pan swoją korespondencję, bo przecież nie mogą tak przetrzymywać pańskich listów bez powodu. – Niewygrał wspominał o tym wcześniej, ale dopiero teraz Winkie zrozumiał znaczenie tej obietnicy i wpatrzył się w adwokata żarliwie. – Oczywiście w tym celu odbędzie się specjalna rozprawa, całkiem odrębna, jak pan zapewne rozumie, od dzisiejszej, może więc zostawmy na razie tę sprawę, to znaczy, tylko na razie...

Już jakiś czas czekali razem z agentem Mikiem i agentką Mary Sue, i dwoma policjantami na wezwanie sędziego. Winkie patrzył z nadzieją na zatroskaną twarz adwokata. Był jedynym człowie-kiem, który znał historię życia misia. Jakoś udało mu się zdobyć jego zaufanie. Czy w takim razie, zadawał sobie w duchu pytanie Winkie, ten człowiek go uratuje?

– Chyba pozostaje nam się tylko odprężyć, czekając na we-zwanie sędziego. Czasem nic innego nie da się zrobić. Czy może, czy może, czy może pan się odprężyć? – pytał Niewygrał. – No dobrze – odpowiedział sam sobie, kładąc zdecydowanym ruchem ręce na kolanach. Kilka minut wytrzymał w milczeniu. Po chwili jednak, zupełnie jakby miś na niego skinął, Niewygrał kiwnął gło-wą i nachylił się, żeby powiedzieć bardziej poufnie. – Chyba nie powinienem tego panu mówić – szepnął. Winkie zerknął ukrad-kiem na innych ludzi w poczekalni. – Ale zżera mnie potworny, nieopanowany strach przed przegraniem sprawy. Głupota, prawda? Wiem, wiem, wiem, czysta głupota.

Dwoje agentów i dwaj funkcjonariusze ze złośliwymi uśmiesz-kami wbili wzrok w swoje aż zanadto wypucowane buty, ale Nie-wygrał najwyraźniej tego nie widział. Głośno szumiała klimatyza-cja. Winkie zmarszczył brwi.

– Widzi pan, prześladuje mnie pech – ciągnął Niewygrał. – Wiem, że to idiotyzm tak myśleć, ale nic na to nie poradzę. Wciąż sobie powtarzam, żeby tak nie myśleć, ale zanim się obejrzę, prze-grywam kolejną sprawę. – Wyglądał na zmartwionego, a jego głę-boko osadzone, małe oczy biegały na wszystkie strony. – Szczerze mówiąc, nie wygrałem jeszcze ani jednej sprawy. Ani jednej! Ale nie powinienem panu tego mówić. – Przełknął kilka razy ślinę, odchrząknął, zakasłał. Winkie patrzył na swoje skute kajdankami nogi. – Najbliżej wygranej, yyy, byłem, gdy przysięgłym nie uda-ło się osiągnąć jednomyślności – ciągnął adwokat. – Doprawdy, coś cudownego! Coś wspaniałego! Kiedy to było… pięć lat temu?

Nie, yyy, siedem. – Westchnął. – Ale pamiętam to zupełnie, zupełnie, zupełnie jakby to było wczoraj. Kiedy sędziowie przysięgli wrócili na salę rozpraw, a przewodniczący ogłosił, że znaleźli się w beznadziejnym impasie, nagle przez jedną krótką chwilę miałem uczucie, że…! – Uniósł ręce w geście wdzięczności i uśmiechnął się. – Poczułem się lekki jak piórko! To było niesamowite, niesamowite. Ale… cóż zrobić?… miesiąc później tego człowieka sądzono ponownie i skazano go na dwadzieścia lat ciężkich robót.

Niewygrał zamilkł, jego czoło to rozjaśniała nadzieja, to zasnuwała rozpacz. Winkie opuścił powoli głowę na łapy. Klimatyzacja nadal świszczała. Co pewien czas miś podzwaniał kajdankami.

– Proszę wstać, sąd idzie…

Sędzia zasiadł z szelestem togi na swoim miejscu i spojrzał surowo na misia.

– Panie Winkie – rozpoczął ostro – niniejszym oskarżam pana o następujące przestępstwa. – Wyliczając, za każdym razem walił młotkiem. – Terroryzm. – Łup! – Zdrada. – Łup! – Spisek zmierzający do obalenia rządu Stanów Zjednoczonych. – Łup! – Udzielenie wsparcia finansowego zagranicznej organizacji terrorystycznej. – Łup! – Posiadanie materiałów, z których można łatwo skonstruować niszczycielską broń, taką jak bomba. – Łup! – Sto dwadzieścia cztery usiłowania zabójstwa. – Łup, łup, łup itd. Odczytanie całej listy trwało pięć godzin i czternaście minut. Sędzia musiał zrobić w połowie przerwę na obiad i wznowił posiedzenie po południu. – Podszywanie się pod kobietę. – Łup! – Oszustwa. – Łup! – Stawianie oporu podczas aresztowania. – Łup! Teraz już prawie wszyscy w sądzie zasnęli, najedzeni, ukołysani monotonnym, nosowym głosem sędziego i jego gęstymi czarnymi brwiami, które nawet nie drgnęły. – Psucie młodzieży w Atenach. – Łup! – Szerzenie fałszywej doktryny, jakoby Słońce było środkiem wszechświata, a Ziemia się kręciła. – Łup! – Bluźnierstwa. – Łup! Winkie jednak nie spał. Spuścił tylko głowę ze wstydem i słuchał każdego słowa, nawet słów, których nie rozumiał. – Uprawianie czarów. – Łup! – Nauczanie teorii ewolucji w szkołach. – Łup! – Odprawianie obrzędów satanistycznych. – Łup! W oknie sali sądowej słońce chyliło się ku zachodowi, rzucając ognistą łunę na samotnego małego oskarżonego. – Tworzenie niemoralnych dzieł sztuki. – Łup! – Rozwiązłość. – Łup! – I wreszcie... – oznajmił sędzia, przewracając z rozmachem ostatnią stronę i ogłaszając ze szczególnym obrzydzeniem – ...czyny nierządne z pewnymi młodymi ludźmi w Londynie. – Trzy wyjątkowo głośne uderzenia.

Cała sala ocknęła się, wstrząśnięta i oburzona.

– Panie Winkie, czy przyznaje się pan do winy?

Zapadła cisza tak niezmącona jak na początku czasu.

– Yyy – rozpoczął Niewygrał, prostując się. – Yyy, yyy. Oskarżony nie przyznaje się do winy. Nie jest winien żadnego ze stawianych mu zarzutów!

Na sali zawrzało.

– Potwór! – krzyczano, kiedy strażnicy wyprowadzali Winkiego. – Zbrodniarz! Obrzydliwiec!

Winkie nie śmiał nawet podnieść głowy. Skoro tak mówią, pomyślał, to musi być naprawdę bardzo złym, okropnym, podłym misiem.

Huragan

1.

Dzisiaj Cliff, tak jak i jego starszy brat Ken, od razu poszedł spać. Miś słyszał kroki Ruth w przedpokoju, potem po schodach w dół, a potem głos ojca Cliffa dobiegający z salonu. Obserwował z półki drobną sylwetkę chłopca pod ciemnymi kocami i zastanawiał się, dlaczego wszystko musi toczyć się właśnie tak.

Widział to już przedtem pięć razy, a teraz szósty – jak kształtuje się dziecko. Czasem to było cudowne, a czasem miś ledwo mógł utrzymać szklane oczy otwarte.

Dziecko kształtowano i dziecko samo się kształtowało. Działały tu dwie siły i nikt nie mógł przewidzieć, jaki będzie wynik ich oddziaływania. Dziecko było, kim było, a potem zdarzały mu się rozmaite rzeczy – Winkie przyglądał się temu bez zmrużenia powiek, bo nie mógł ich zmrużyć, jak dziecko staje się tym, kim miało się stać.

Czasem miał wrażenie, że świat i dziecko to dwa pędzące na siebie pociągi, które muszą się zderzyć. Dziecko mogłoby więc zostać zmiażdżone. Jak dotąd nie zdarzyło się to żadnemu dziecku w tej rodzinie, ale łatwo mogło się zdarzyć; na małą skalę z pewnością

99

powtarzało się raz po raz. Winkie to widział, a widząc, czuł i usiłował pomóc każdemu dziecku się pozbierać – w tej małej skali. I wtedy dziecko też stawało się czymś naprawionym, tak jak naprawiany był Winkie, choć oczywiście tylko na małą skalę.

– Nie, nie… to konieczne. Konieczne – mruczał miś do siebie. – Koniecznie trzeba przetrwać.

Ale nie był przekonany. Może Cliffowi śniły się potwory, i chociaż na pewno przeżyje ten sen, dlaczego musi go śnić? Po chwili rytm oddechu chłopca się zmienił i Winkie poznał, że Cliff jest na wpół rozbudzony. W nieruchomym nocnym powietrzu rozeszło się słodko-kwaśne pierdnięcie. Cliff powinien iść do łazienki, ale leżał bez ruchu. Starał się powstrzymać, ale mu się nie udało. Zdarzało się tak już wiele razy.

Winkie pragnął, żeby było inaczej, ale próbował zrozumieć, że tak już musi być, również z nim samym. I chociaż pięciolatek obudzi się ze wstydem, a potem będzie się starał ukryć brudne majtki na dnie kosza na bieliznę, nie mógł się powstrzymać, mimo że ostatnio ciągle miał przez to kłopoty.

Winkie wiedział również, że to wszystko kształtuje z kolei jego, misia, i że on sam kształtuje siebie. Tak było, kiedy Cliff nadał mu nowe imię. Nazwał go „Winkie", ale to mały miś, który stał się Winkiem, tchnął to imię w swoją duszę, zmienił się w chłopca, ale gdzieś w środku pozostał dziewczynką Marie, i był z tego dumny, bo to wszystko był jego los. Od tej pory patrzył na Cliffa szklanymi oczami, bardziej wiekowymi i wciąż odnawianymi.

Czy takie wypadki są konieczne, czy nie – czy są tym, czego miś najbardziej potrzebował – nie wiedział, lecz skoro bycie kształtowanym i kształtowanie samego siebie jest konieczne, to doświadczenia muszą też być konieczne, tak jak to, jak Winkie je wykorzysta.

Czasem się jednak zastanawiał, dlaczego musi to oglądać – jak dziecko dorasta w swoim świecie – tyle razy, wciąż od nowa. Najpierw Ruth, potem przez wiele lat i w wielu miejscach, pięcioro kolejnych. Tak samo jak Ruth i Dave miś myślał, że Ken, który urodził się pięć lat po Paulu, jest ostatni, a przed Kenem nawet myślał, że Paul będzie ostatni i że on, Winkie, już przeszedł swoje, aż tu nagle zjawił się Cliff, tym razem z całą pewnością ostatni, ale dlaczego właśnie on?

Los chciał, że było ich pięcioro i każde z nich po swojemu rozgrywało swój los. Byli jak pięć możliwych dróg, rozgałęziających się od Ruth, która wyznaczyła pierwszą drogę, jaką przyszło iść Winkiemu. Od czasów Ruth przez ponad dwadzieścia lat nikt nie pomyślał, by nadać mu imię – więc teraz obudził się jako miś Cliffa, choć na zawsze pozostanie misiem Ruth. Tak pewnie też chciał los.

Rozgałęzienia, rozgałęzienia. Nie można ich powstrzymać. Cliff znów zasnął i teraz oddychał miarowo. W ciemnościach Winkie widział rosnące wciąż drzewo życia, rozgałęziające się i kwitnące przed nim bez końca jak w kalejdoskopie, roztaczające światło. Przez uchylone okno poczuł delikatny, lecz aż za słodki zapach gardenii z Luizjany rosnących wzdłuż podjazdu i zastanawiał się, dzięki jakiej kombinacji zdarzeń on, Winkie, został powołany, żeby być tego świadkiem i żeby to zrozumieć. Ulicą przejechał samochód, a Winkie za zaciągniętymi zasłonami dojrzał ciemne błyski reflektorów.

– Wyjątkowy miś – zamruczał, zasypiając – widzi to, co wyjątkowe.

2.

C liff stał przy rozsuwanych szklanych drzwiach. Ściskał Winkiego i zaplatał nogi, starając się nie ruszać. Bracia leżeli na kanapie i oglądali mecz. Z piętra dobiegał dźwięk skrzypiec Ruth, szybkie gamy wiły się w górę i w dół.

– Nie musisz iść do łazienki? – zapytał Paul, który dzisiaj miał pilnować brata.

– Nie – odparł z oburzeniem Cliff, chociaż Winkie wiedział, że to nieprawda. Niedługo po przyjeździe rodziny do Nowego Orleanu chłopiec zaczął robić kupę w spodnie.

– Na pewno?

– Na pewno.

Zdarzało mu się to co najmniej raz na tydzień, zwykle częściej, czasem w nocy, czasem w dzień, i tak było od dwóch miesięcy. Z początku Ruth lekceważyła problem. Potem odbyła z Cliffem poważną rozmowę, przypominając mu, że ma już pięć lat, a nie trzy. Następnie w sprawę czystych majtek wciągnęła jego braci.

– Bo on wstrzymuje! – zawołał jedenastoletni Ken. – Wstrzymuje! Wstrzymuje!

– Zamknij się – warknął Paul, chudy nastolatek, chcąc zachować się odpowiedzialnie, ale Winkie czuł gniew gotujący się w piersiach Cliffa, gdy chłopiec przycisnął misia do siebie jeszcze mocniej.

– Nieprawda! – krzyknął Cliff i wybiegł z salonu.

– Patrz, co narobiłeś – przygadał Paul Kenowi.

– No to co?

Kiedy Cliff był już prawie na szczycie schodów, zwolnił. Gamy Ruth rozbrzmiewały tu głośniej, ale nadal były stłumione zamkniętymi drzwiami sypialni rodziców. Chociaż nikt nie śmiał jej przeszkadzać, zawodzące tony brzmiały swojsko i kojąco. Od lat, nieważne gdzie mieszkali, zawsze grała w miejscowych orkiestrach. Trąciła teraz fałszywą strunę, mruknęła: „A niech to", i zaczęła od początku, tak jak tysiące razy przedtem, wydawało się więc, że Winkie i chłopiec unoszą się w ponadczasowej, niekończącej się epoce zwanej Ruth.

Cliff spojrzał w dół, między tralkami balustrady, żeby sprawdzić, czy nikt za nim nie idzie. Oczywiście, nie było nikogo, ale Winkie wiedział, że chłopiec chcąc zachować twarz, odczeka jeszcze trochę, zanim pójdzie do łazienki i zrobi to, co musi.

W łazience Cliff zdjął brudne majtki, wrzucił do żółtego kosza na bieliznę i włożył nowe. I tyle. Po czym zszedł na dół.

– Dlaczego wszędzie wleczesz ze sobą tego głupiego misia? – spytał Paul. – Przestań być takim dzieciuchem. Jesteś na to za duży.

Cliff trzymał Winkiego pod pachą.

– Nie jestem żadnym dzieciuchem.

– Ale zachowujesz się jak dzieciuch – powiedział Ken. – Patrzcie, dzieciuch z misiem!

Winkie już miał się rozgniewać, ale poczuł, że Cliff przesuwa go, rozluźnia nieco uścisk. W tej samej chwili stary miś, po tylu latach smutnych doświadczeń służby jako zabawka, zrozumiał, że stał się przedmiotem niepożądanym. Zaraz potem Cliff rzucił go przez pokój. Winkie wylądował z cichym pacnięciem na podniszczonej brązowej kanapie.

– Na-na-na, na-na, na-na-na – zaśpiewał Cliff, papugując kpiny Kena. Wymaszerował z pokoju i trzasnął za sobą rozsuwanymi szklanymi drzwiami.

– Powiem mamie – przestrzegł go bez przekonania Paul.

Winkie wpatrywał się w guziki pikowanego obicia. Próbował skupić na nich wzrok, kiedy Ken podniósł go i popatrzył mu prosto w oczy. Miś nie zdążył nawet umknąć spojrzeniem.

– Głupol! – wypalił jedenastolatek. Po czym uderzył go w nos i puścił, tak że miś pod siłą ciosu poleciał do tyłu. I znów wylądował z pacnięciem. Paul parsknął śmiechem.

Winkie wiedział, że niełatwo jest rozśmieszyć starszego brata, skoro więc Kenowi raz się udało, na pewno znowu spróbuje.

– Głupol! – Buch. Pac. – Głupol! – Buch. Pac. Po pięciu czy sześciu razach śmiech Paula przycichł i Winkie miał nadzieję, że już po wszystkim. Leżał wściekły i oszołomiony. Ruth ćwiczyła na górze, ale gdzie się podziewa Cliff? Kątem oka dostrzegł, że chłopiec wchodzi z ogrodu za domem, tym razem ostrożniej zasuwając za sobą drzwi. Stanął przy telewizorze, nie odzywał się, nie patrzył w ich stronę i tylko bawił się zasłonami, unosił je i opuszczał na linoleum.

– Popatrz, co mu zrobię – wyśpiewał Ken z drwiącym uśmieszkiem. Podniósł misia i zamachnął się na niego pięścią. – Po-patrz, po-patrz.

Znowu uderzył Winkiego i zamroczony miś tak jak poprzednio upadł na kanapę.

Jeszcze wczoraj Cliff rozpłakałby się na taką niesprawiedliwość, ale dzisiaj tylko powiedział: „No to co?" i poszedł do pokoju obok. Winkie słyszał, jak otwiera szafki, w których trzymał przybory do rysowania.

Paul ziewnął z nudów i też wyszedł.

– Napiłbym się coli – mruknął. Ken zgasił telewizor i ruszył za nim, a Winkie został na brązowej poduszce zapomniany. Jedno oko mu się zamknęło, ale drugie było otwarte, gapił się więc w połowę białego sufitu. Na górze Ruth nie wyszedł szybki pasaż, raz, drugi, trzeci.

– A niech to!

W misiu wzbierało okropne uczucie i miał wrażenie, że nie zdoła tak leżeć ani minuty dłużej, ale Cliff nie przychodził. Z pokoju obok dobiegał tylko cichy skrzyp kredek po kartonie.

3.

Kiedyś podczas długiej jazdy do Nowego Orleanu, patrząc na wznoszące się i opadające druty telefoniczne, podczas gdy Cliff spał, a Ken z Paulem bili się bez przekonania na tylnym siedzeniu, Winkie zastanawiał się, czy jest aniołem stróżem tej rodziny. Wątpliwe. Choć z drugiej strony, może właśnie dlatego tyle jest na świecie kłopotów – wszystkie anioły są równie nieudolne jak on.

W Illinois Winkie widział, jak przez dwa lata rodzinie źle się wiedzie. Poskładał fakty w całość, podsłuchując przez ściany. Tuż po powrocie do Chicago ojciec Cliffa stracił nową posadę. Przez kilka miesięcy był bezrobotny, a potem znalazł tylko niskopłatną pracę w fabryce lakieru do włosów, trzy godziny drogi od domu. Rodziny nie stać było na kolejną przeprowadzkę, widywali więc Dave'a tylko w weekendy. Ruth bardzo narzekała – przy mężu, przy starszych dzieciach – na rachunki do zapłacenia i topniejące oszczędności, na złe decyzje Dave'a i na to, że nigdy nie ma go w domu. Od dziecka lubiła, kiedy wszystko było jak należy, a teraz wyglądało na to, że nigdy nie będzie jak należy. Całymi dniami w kuchni Winkie patrzył, jak Ruth narzeka i jak mały Cliff patrzy na nią.

– Tata tylko wzrusza ramionami – powiedziała do Carol, najstarszej córki – a ja muszę sama ciągnąć ten wózek.

Dziewczęta musiały zrezygnować z prywatnych uczelni i przenieść się na tańszy państwowy uniwersytet w okolicy. Ruth znalazła dorywczą pracę biurową w Chicago i w te dni, kiedy pracowała, Cliff musiał chodzić do przedszkola. W weekendy, kiedy Dave przyjeżdżał późno wieczorem do domu, a Cliff już spał, Winkie wytężał słuch, żeby dosłyszeć rodziców kłócących się szeptem.

– Nie rozumiem, dlaczego ty… A gdybyś tak…? Czy ja naprawdę mam…?

– Rozumiem, kochanie, ale… Wiem, ale nie mogę… Mam czterdzieści osiem lat… Ale muszę…

Wszystko przenikały opary chaosu, tak że nawet dom zaczął się rozpadać, bo wymagał rozmaitych napraw, na które zdaniem Ruth nie mogli sobie pozwolić. Pewnego dnia Dave omal nie zginął w wypadku samochodowym; wrócił do domu z zabandażowanymi żebrami. Kilka miesięcy później spadł z nabrzeża i omal się nie utopił. Może ciąg tych zdarzeń był w jakiś dziwaczny sposób szczęśliwy, myślał Winkie, bo Dave przeżył, a w Ruth coś jakby znów wskoczyło na swoje miejsce. Albo prawie wskoczyło. Trochę mniej gderała. W końcu pewnego piątkowego wieczoru Dave oznajmił, że znalazł dobrą pracę i że przeprowadzają się do Nowego Orleanu. A tam, powtarzała Ruth dzieciom, wszystko będzie lepiej.

Wkrótce Ruth przestała ćwiczyć, zeszła na dół i powiedziała Cliffowi, żeby skończył rysować, bo zaraz będzie kolacja.

– I nie zapomnij o Winkiem – dodała, a porzuconego misia przeszył gorzki dreszcz poczucia własnej wartości. – Tyle razy ci mówiłam, żebyś nie rozrzucał swoich rzeczy w salonie.

106

– To Ken miał go ostatni – pożalił się chłopiec, szybko jednak poszedł po misia. – Dobra, idziemy – powiedział z rezygnacją, jakby Winkie był jego irytującym młodszym bratem.

Mimo to wnoszony po schodach miś pomyślał, że może wszystko znów jest dobrze i westchnął w duchu z ulgą, że znowu należy do Cliffa. Nie zauważył, że choć jedno oko otworzyło mu się jak zwykle, drugie, prawe, pozostało zamknięte.

W sypialni Cliff jak zwykle potrząsnął nim trochę, żeby oczy mu się otworzyły i zamknęły, a widząc, że to na nic, zaczął trząść nim jeszcze mocniej. Za każdym razem misiowi chciało się krzyczeć z bólu.

– Winkie – spytał go chłopiec. – Dlaczego oczy ci nie działają?

W jego głosie brzmiało lekkie rozdrażnienie, jak gdyby miś specjalnie robił mu na złość. A robił? Kiedy Cliff potrząsał nim jeszcze mocniej, Winkie próbował siłą woli otworzyć bolące oko.

Nagle potrząsanie ustało i Winkie zobaczył zdrowym okiem wyciągnięty palec wskazujący chłopca. Palec skręcił w prawo, i miś poczuł go, wilgotny i ciepły, na uszkodzonej gałce ocznej. Po chwili palec wszedł głębiej. Uczucie było nie do wytrzymania, ale zastygła powieka ustąpiła i otworzyła się powoli, choć opornie.

Obojgiem już teraz oczu zobaczył tuż przed sobą twarz Cliffa, i bardzo blisko, bardzo skupione, wpatrzone w niego szare oczy.

– Hm – mruknął chłopiec, naśladując jednego z braci.

Zmarszczył brwi, a po chwili miś znów zobaczył wymierzony w siebie palec. I znów poczuł nacisk na gałce ocznej i chciało mu się krzyczeć. Powieka powoli zamknęła się znowu. Bez uspokajającego kliknięcia, lecz z takim odgłosem i bólem, jak gdyby ktoś przejechał papierem ściernym. Cliff kilka razy otworzył i zamknął misiowi oko na siłę. Przez chwilę wydawało się, że trochę pomogło... ale nie.

Nagle chłopiec przytulił Winkiego bardzo mocno i to wydało się misiowi warte wszystkich cierpień, jakich zaznał tego dnia.

– Zobaczysz, niedługo wyzdrowiejesz! – pocieszył go Cliff i te słowa podziałały jak kojący balsam na obolałe oko misia i na niego całego, tak że mimo wcześniejszego potraktowania serce Winkiego zaczęło się powoli i niemal boleśnie otwierać...

– Gadasz do misia? – zadrwił Ken.

Winkie słyszał przedtem kroki Kena na schodach, ale udawał, że nie słyszy, jakby to mogło powstrzymać jego przyjście.

– Nie – zaprzeczył Cliff, nagle odsuwając misia na długość ramienia.

– Cześć, Winkie, co u ciebie? – Ken przedrzeźniał brata dziecięcym głosikiem.

Cliff szybko odłożył misia na półkę, nie przejmując się, że jedno oko jest otwarte, a drugie zamknięte. Wypadł z pokoju i zbiegł na dół na kolację.

Wieczorem, kiedy Cliff przebrał się w piżamę, spojrzał na misia i już wydawało się, że ulegnie, ale potem z roztargnioną miną, jak gdyby nie mógł sobie przypomnieć, co chciał zrobić, położył się po prostu do łóżka. Z dołu dobiegła skoczna melodia z *Bonanzy*.

Przez kilka następnych dni Winkie patrzył i czekał, aż Cliff go podniesie i znów przytuli, lecz Cliff tylko wchodził i wychodził, wstawał i kładł się spać, nie odzywając się do niego słowem. Ale miś nie tracił nadziei, bo chociaż Cliff tak się starał być dużym chłopcem, wciąż robił w spodnie.

4.

T eraz protestują w... – oznajmiła z pogardą Ruth pewnego
wieczoru. Ze swojej półki w pokoju chłopców Winkie nie
dosłyszał gdzie, nie wiedział, czy daleko, czy blisko. Patrzył przed
siebie zdrowym okiem.

– Czego te czarnuchy chcą? – spytał Cliff.

– Niczego – odparł Dave. – To tylko banda nierobów.

– Sami nie wiedzą, czego chcą – ucięła Ruth.

Winkie, stropiony, poczuł zapachy kolacji – peklowanej woło-
winy z kapustą. Naśmiewanie się z Murzynów stało się w Luizjanie
rodzinną rozrywką. Przy śniadaniu Dave z upodobaniem czytał na
głos doniesienia prasowe o tym, jak to pewien Murzyn próbował
coś ukraść, ale go przyłapano, bo był taki głupi. Albo jak grupa Murzynów przeciwko czemuś protestowała, a policja rozganiała ich
lub aresztowała. Winkiemu nie wydawało się to w porządku. Od
tych historii kręciło mu się w głowie, jak gdyby półka, na którą go
zesłano, powoli się przechylała, a on miał zaraz spaść.

Tak się złożyło, że tego roku liceum Paula przystąpiło do pro-
gramu integracyjnego. Zgodnie z jakąś niepodważalną, choć nie-
zrozumiałą dla Winkiego logiką, oznaczało to, że wszystkie dziewczęta, i białe, i kolorowe, chodziły teraz do nowszej, ładniejszej
szkoły zbudowanej kiedyś dla białej młodzieży, podczas gdy Paul
wraz z innymi chłopcami musiał chodzić do obskurnego ogól-
niaka dla kolorowych na drugim końcu miasta. Paul nie lubił tej
szkoły, a Ruth i Dave obarczali winą Murzynów.

– Te brudasy zniszczą nowiuteńką szkołę – orzekł Dave. – Że
też ci politycy nigdy się niczego nie nauczą.

– Mie sie podoba ta klawa biała buda – powiedział Ken, a Cliff
się roześmiał.

Winkie nie lubił szyderczych żartów z ludzi. Słuchał szczęku widelców o talerze.

– Kiedy ja chodziłam do liceum, też zarządzono integrację, bo czarni zaczęli się wprowadzać do Morgan Hill. I zdewastowali moją szkołę. Żebyście widzieli, jak teraz wygląda.

Cichy brzęk sztućców nie ustawał, jakby dopełniając nieodwracalny proces zniszczenia, opisany właśnie przez Ruth. Misia zaczęło rwać chore oko. W tej samej chwili zauważył, że podczas rozmowy o szkole Paul jest dziwnie milczący. Nagle miś zrozumiał, dlaczego od chłopaka stale zalatuje starymi cukierkami i papierosami: najwyraźniej wagaruje. Nawet Cliff i Ken się nie zorientowali. Winkie wpatrywał się jednym okiem w ciemności, drugim w narzuty na łóżkach dwóch młodszych chłopców. Dziwnie było wiedzieć coś, czego nie wie nikt inny. Chwilami napawało go to dumą, a chwilami żałował, że nie może wyrzucić z siebie wszystkich tych tajemnic.

5.

O kurczę, myślał miś, wpatrując się zdrowym okiem w mrok panujący w pokoju chłopców. Nazywał to nudą, a nie brakiem miłości lub radości, bo nudę da się wytrzymać, od nudy można uciec. Dzisiaj zastrzelono prezydenta – tyle wiedział, bo Cliffa i Kena zwolniono wcześniej ze szkoły. Wypadki chodzą po ludziach, powiedział sobie Winkie, co najmniej z satysfakcją, że obawy się ziszczają. Patrzył na wiszącą u Kena na ścianie mapę Stanów Zjednoczonych, szare cienie w mroku. Wyglądała jak wielki zdeformowany krokodyl, poszarpany i wygłodniały.

Cliff i Ken spali. Co się miało stać, a co nie miało, co się mogło zdarzyć, a co nie mogło, co zostało wybrane, co nie do końca wybrane, a co wcale niewybrane, na co miało się nadzieję i nie miało, co można i czego nie można zmienić, co się przeżyło i przetrwało, a czego nie, i czego, o włos, dałoby się jednak uniknąć.

Cliff wyparł się Winkiego, ale nie zawsze udawało mu się w tym wytrwać. Czasem mimo wszystko nosił misia po domu, jakby zapomniał o drwinach braci, i czasem Ken i Paul też zachowywali się, jakby zapomnieli – widząc go z Winkiem pod pachą, nic nie mówili. Czasem nawet przyłączali się do zabawy, mówiąc:

– Winkie ma ochotę pooglądać telewizję – albo – Winkie się nudzi – albo – Winkie chętnie by coś przegryzł. – Miś jeszcze bardziej znienawidził Kena i Paula za te wyskoki, bo wiedział, że równie dobrze może usłyszeć: – Winkie powinien dostać lanie – albo – Ojej, Winkie spadł ze schodów. – Nigdy nie mówili: – Trzeba Winkiego przytulić.

Misia do szaleństwa niemal doprowadzało ciągłe zadawanie sobie pytania, czy Cliff dziś zdejmie go z półki lub pocałuje. Chore oko też było nieprzewidywalne. Czasem, kiedy Cliff potrząsał Winkiem, otwierało się, zamykało i znów otwierało, jak trzeba. Częściej jednak pozostawało zamknięte i bolało. Wtedy Cliff wpychał tam palec i naciskał, sprawdzając odruchowo raz po raz, jak ruszający się mleczny ząb.

– Biedny Winkie – mruczał chłopiec, a miś próbował wybrać między bólem przypominającym tarcie papierem ściernym a mimowolną radością, że znów jest w czyichś ramionach. – Biedne oczko.

6.

W krótce przyjechał do Nowego Orleanu z krótką wizytą ojciec Ruth, żeby zobaczyć nowy dom córki. Winkie widział go tylko przelotnie i wydał mu się wysoki i chudy jak zawsze, choć całkiem posiwiał i nie trzymał się już tak prosto jak otwarty scyzoryk. Prawie go nie było słychać, bo – jak z podziwem oświadczyła Dave'owi Ruth, a Winkie podsłuchał – większość dnia spędzał w salonie, czytając Biblię oraz *Naukę i zdrowie z Kluczem do Pisma Świętego*.

Na górze ryczał i skowytał odkurzacz, zmieniając tonację, w miarę jak Ruth schodziła powoli po schodach.

– Cholera – mruknęła pod nosem. Najwyraźniej któryś z chłopców przed wyjściem do szkoły zasypał beżowy dywan białym konfetti z dziurkacza do papieru. Winkie już jakiś czas temu słyszał, że ojciec zwrócił jej na to uwagę, tym swoim zwodniczo drwiącym, pełnym rezerwy głosem, z którego nawet Winkie nie potrafił wywnioskować, czy to żart, czy przytyk. W każdym razie Ruth natychmiast pobiegła po odkurzacz Eureka.

Takie niejednoznaczności sprawiały, że od przyjazdu ojca cały dom był postawiony w stan nieprzyjemnego pogotowia. Winkie wiedział, że cześć, jaką Ruth otacza swojego ojca, jest tak nienaruszalna jak komórki jej ciała i nie ma sensu chcieć, by to się zmieniło, więc z jednym okiem otwartym, a drugim boleśnie zamkniętym zaczął rozmyślać nad zdumiewającą i smutną niezmienną więzią pomiędzy dzieckiem i rodzicem. Podczas śniadania, obiadu i kolacji dobiegały go z dołu płomienne opowieści Ruth rozbrzmiewające w całym domu. Chwaliła się, jak rozwiązała problem księgowości w gabinecie stomatologicznym, w którym pracowała na pół etatu, albo jak udzieliła Helen rozsądnej rady, kiedy córka zrozpaczona zadzwoniła do niej z uczelni w Illinois. Winkie nie słyszał cichych odpowiedzi ojca Ruth ani pomrukiwań trzech chłopców, na górę dochodził tylko głos Dave'a, który mówił mniej niż zwykle i powtarzał: „Święte słowa". Co pewien czas miś słyszał śmiech Ruth i wiedział, że jej ojciec musiał popisać się swoim cierpkim poczuciem humoru, który tak ceniła.

– Ktoś wziął mój dziurkacz i zaśmiecił schody – powiedziała Ruth w holu, kiedy Cliff wrócił z przedszkola. – Rano musiałam znów przejechać całe odkurzaczem.

Miś nadstawił uszu, jakby wyczuwał, że Cliff usiłuje niepostrzeżenie przemknąć się na górę. Doświadczenie podpowiadało mu, że Ruth jeszcze nie jest w złym humorze, ale zaraz będzie.

Cliff wszedł do pokoju, niosąc przybory do rysowania, a to znaczyło, że zamierzał komuś zrobić prezent, pewnie planował niespodziankę dla dziadka. Winkie posapywał w ciszy. Ken nie będzie im przeszkadzał, bo wróci dopiero za jakiś czas, może więc Cliff nawet zdejmie go na chwilę z półki. Chłopiec usiadł przy biurku i długopisem obrysował sobie dłoń na białym papierze, potem pokolorował, aż powstał indyk. Winkie poczuł, że Cliff puścił bąka, wiedział, że chłopiec powinien iść do ubikacji, ale Cliff nie odrywał się od pracy, dopóki nie skończył napisu. Wykaligrafował dwa duże „D", jak Dzień i Dziękczynienia. Dopiero wtedy wstał, z irytacją i zdziwieniem na twarzy, jak zawsze, kiedy mu się to zdarzyło, jak gdyby łudził się, że się myli. Niedługo po jego wyjściu Winkie usłyszał szum spuszczanej wody – co zawsze niosło z sobą pewną nadzieję – ale Cliff wrócił do pokoju, zamknął drzwi i ściągnął granatowe sztruksy i majtki, których biel rzeczywiście zbrukała średnia brązowa plama. Jak zwykle wrzucił je do żółtego kosza na brudne ubrania i szybko zatrzasnął wieko. Wyjął z szuflady czyste majtki, włożył je, a potem spodnie. Wsunął w nie koszulę, wziął rysunek i zbiegł na dół poszukać dziadka.

Wkrótce na schodach rozległo się człapanie Ruth. Weszła do pokoju chłopców z pojemnikiem na kółkach, do którego zbierała rzeczy do prania. Winkie przygotował się na najgorsze. Kiedy otworzyła żółty kosz, przez chwilę miała zirytowaną, zdziwioną i głupią minę. Zaraz jednak gniew ściągnął jej twarz, a ciemne oprawki okularów uniosły się jak brwi u bohaterów komiksów. Pomachała nieszczęsnymi majtkami nad balustradą i zawołała:

– Cliff! Chodź do mnie i to już!

Winkie usłyszał, że Ruth wchodzi do łazienki, mrucząc do siebie z rozpaczą:

– Skaranie boskie! Sama już nie wiem, co z nim robić!

Odgłosy prania, na schodach ciche kroki Cliffa wchodzącego wolno i niechętnie, prawie na palcach.

– Chodź no tutaj – powiedziała Ruth.

Winkie usłyszał cichy skrzyp i szelest, kiedy chłopiec podszedł do mamy. Usłyszał też kroki dziadka, który wszedł na górę i przystanął u szczytu schodów.

– Tylko zobacz! – zawołała Ruth. Znów szum wody. – Sam zobacz, gdzie je muszę prać, bo są za brudne, żeby je prać w umywalce.

Dźwięk kropli kapiących z wyżymanego ubrania, ostry dźwięk wody spuszczanej w sedesie. Rezerwuar zaczął się napełniać i znów rozległy się odgłosy prania.

– Widzisz, co muszę robić? – spytała Ruth, niemal płacząc. – Widzisz?

Winkie też jakby to wszystko widział – brudne majtki i ręce Ruth w sedesie.

Widział to tak wyraźnie jak obraz rzucany na dno zamkniętego oka, które teraz zaczęło go rwać. Potem zobaczył stojącego tam małego chłopca, jego matkę klęczącą nad sedesem, a obok, u szczytu schodów, jej wysokiego, chudego ojca. Wszyscy troje wydali mu się figurami jakiegoś diagramu, a każda była skończona i niezmienna jak koło, kwadrat i trójkąt – cała trójca, ojciec, córka i syn córki, trzy istoty, trzy fakty. Tkwili tak, jakby zastygli przed oczami jego wyobraźni w bezruchu, chociaż wiedział, że to tylko złudzenie czasu spowolnionego w chwili katastrofy.

Intencje to jedno, a fakty, jak Winkie wiedział, to coś zupełnie innego. Fakty były niezaprzeczalne, tak jak tragedia, dlatego usiłował swoim trocinowym umysłem zamortyzować i spowolnić czas, zanim wydarzy się coś więcej.

Winkiemu zdawało się, że słyszy, jak dziadek podnosi nogę, żeby postawić ją na ostatnim stopniu, i zaraz po tym, jak Cliff, niczym odbita rykoszetem ósma biła, wybiegł zapłakany z łazienki, wpadł do pokoju, i rzucił się nie na swoje łóżko, lecz na podłogę między ścianą a łóżkiem, gdzie nawet Winkie go nie widział. W odbiciu na przekrzywionej tabliczce do rysowania miś zobaczył dziadka przechodzącego cicho, niemal ukradkiem, do swojego pokoju i zamykającego starannie drzwi. Po chwili znów rozległy się odgłosy spłukiwania toalety, jak gdyby na znak powrotu do normalności. Po ostatnim spuszczeniu wody Winkie usłyszał, jak Ruth szybko, niemal ukradkiem, schodzi na dół, zapewne do pralni.

Równie wyraźnie miś mógł sobie wyobrazić wyraz twarzy Ruth, jej wzburzenie i determinację, kiedy będzie udawała przed sobą, że jej ojciec nie widział tego, co się przed chwilą stało. Przekręcając pokrętło pralki i ściągając usta, nakaże sobie powrót do zaplanowanego porządku dnia.

Winkie wciąż chciałby, żeby Cliff podszedł i przytulił go mocno, jak za dawnych czasów, ale nikogo nie można było pocieszyć, a stłumione, urywane pochlipywanie chłopca brzmiało jak smętne rozdzieranie starego spłowiałego materiału.

7.

Patrzeć i patrzeć, słuchać i słuchać. Jak długo jeszcze wytrzyma samotność? Gdyby Cliff kochał go tak mocno jak kiedyś, Winkie chętnie na zawsze pozostałby zabawką. Ale pustka i oczekiwanie wlokły się w nieskończoność, i miś nie wiedział, kiedy się skończą. Może nigdy? Albo przyjdzie taki czas, kiedy już na pewno nigdy się nie skończą, i jeśli nawet to jeszcze nie jest ten czas, to właściwie bez znaczenia, bo tak czy owak czeka go wieczna samotność.

Szczurki były małymi plastikowymi stworkami, które Cliff kupował w automatach z gumą do żucia. Miś patrzył, jak Ken i Cliff budują im duży dom na podłodze między łóżkami. Wykorzystali prawie wszystkie czerwone plastikowe cegły, małe białe okna i drzwi. Winkie też chętnie by się pobawił, ale Cliff bawił się teraz tylko plastikowymi figurkami. Najwyraźniej Ken i Paul nie uważali ich za dziecinne, bo Ken właśnie sam się nimi bawił. Były za twarde i za małe, żeby je tulić. Były brzydkie i nic nie czuły. A jednak stały się teraz ulubionymi zabawkami Cliffa.

Z tych samych klocków bracia zrobili im meble – kanapy, łóżka, blaty kuchenne. Zwykle się kłócili, ale dzisiaj bawili się zgodnie. Zdjęli dach, żeby widzieć, co się dzieje w środku i przesuwać figurki.

Ken tak zbudował schody kuchenne, żeby rozpadły się przy najlżejszym dotyku.

— To je nauczy rozumu — powiedział, udając, że mówi to biała figurka, którą wywijał. — Oho, idą czarnuchy.

Winkiego znów zaczęło rwać chore oko. Widział już kiedyś tę zabawę, więc chciało mu się krzyczeć; oburzał go los ciemnych figurek, a mimo to zazdrościł tym jaśniejszym. Ken wsadził cztery czarne i brązowe figurki do modelu samochodu przy komodzie. Był to kabriolet z odsuniętym dachem, chłopcy mogli więc wkładać je i wyjmować. Ken szybko pchnął samochód.

— Łiii! — zawołał, tak jak piszczą opony, i kabriolet nagle zahamował przed dużym domem z klocków. Cliff zachichotał.

Wszystkie białe, żółte i niebieskie figurki chowały się na górze.

— Tu są! — krzyknął Cliff, stawiając jedną przy oknie.

Ken wcisnął czarną figurkę na miejsce kierowcy.

— Patrzajcie, ale chałupa!

— Ooo! — powiedział Cliff.

— Warto by co podprowadzić — zaproponował Ken. — Zajedźmy od tyłu, coby nas nie złapali. — Pchnął auto, żeby objechało dom, i udawał warkot starego, zdezelowanego silnika, który prychał, aż zgasł. — Trza ten złom wyrychtować! — Cliff znów zachichotał. Ken wyjął kierowcę z samochodu, doprowadził go do chybotliwych schodów. — Łup-łup-łup — zadudnił. — Hej, tam! Są tu jakieś białasy?

— Nikogo nie ma! — odpowiedział sam sobie, odgrywając również rolę figurek w środku.

— Klawo — ucieszyła się czarna i podeszła do domu. — Chodźta, prujemy na górę, po schodach!

Przy wtórze głośnego śmiechu chłopców chybotliwe schody runęły.

— Aaaa! — zawył Cliff.

Winkiego ogarnął taki gniew, że prawie się ucieszył, kiedy bracia znów zaczęli się kłócić.

– Dobra, trzeba posprzątać – zakomenderował Ken. Czerwone i białe klocki leżały porozrzucane po podłodze.

– Dobra – zgodził się Cliff i zaczął je zbierać. Ale Ken po prostu ruszył do drzwi. Sześciolatek dopiero po chwili się zorientował.

– Ej…

– To twoje klocki – oznajmił Ken. Z triumfującym uśmieszkiem już wychodził z pokoju, ale jeszcze zwrócił się do brata głosem rodzica z telewizji: – A teraz grzeczny Cliffy odłoży klocki na miejsce.

– Nie!

Winkie widział, że Cliff jest bardziej rozwścieczony niż zwykle, podniecony zabawą ze zdradzieckimi schodami.

– Daję ci je w prezencieee… – zaśpiewał Ken. Był już na szczycie schodów, poza zasięgiem wzroku Winkiego. – Są twoje.

Po czym zbiegł, tupiąc zwycięsko, na dół, a Cliff wypadł za nim z samochodzikiem w ręce, wrzeszcząc jak opętany.

– Nie! – krzyknął i w tej samej chwili rozległ się brzęk. Widocznie rzucił samochodzikiem.

Moment nieznośnej ciszy. W końcu Winkie usłyszał, jak Ken jęczy w drodze do kuchni:

– Mamo, mamo.

Oznaczało to, że jemu nic nie jest, za to Cliff niedługo będzie miał kłopoty.

Po chwili Winkie usłyszał, że Cliff wbiega do łazienki i zatrzaskuje drzwi.

8.

W przebłyskach majaczących jak mgła czas zaczął płynąć szybciej. Mijały kolejne święta Bożego Narodzenia i urodziny. Cliff nauczył się czytać i sam zaczął pisać opowiadania na kartkach bristolu, które potem składał w książeczki. Przestał robić w spodnie. Mardi Gras, Wielkanoc, Czwarty Lipca, Halloween. Winkie nadal tęsknił za przytulaniem; rzadko go tulono, potem jeszcze rzadziej, aż w końcu prawie wcale. Czasem bolało go oko, czasem nie. Czasem słyszał odgłosy – kroków, trzaskających drzwi, podjeżdżających i odjeżdżających samochodów – kiedy indziej nie zwracał na nie uwagi. Czasem nawet przez dłuższy czas nic nie czuł, nieważne, czy jego niesprawne oko było otwarte, czy zamknięte. Niekiedy za sprawą jakiejś sztuczki barometru lub wilgoci obolała gałka sama otwierała się albo zamykała, zależy, czy pozostawiono go siedzącego, czy leżącego, i wtedy świat znów wydawał się prawie normalny, bo oboje oczu działało zgodnie, bez wysiłku i bez bólu. Wtedy wszystko, co widział lub czego nie widział, nabierało sensu, miał wrażenie, że znów jest sobą, choćby na krótko, tym „ja", które znał od zawsze. Ale już wkrótce, jeśli Cliff podniósł go na chwilę, na przykład szukając czegoś na półce, Winkie czuł, że w czasie potrząsania niesprawne oko znów się blokuje – zamknięte, otwarte lub, co gorsza, w pół drogi, więc wyglądał, jak gdyby walczył sam ze sobą i pokazywał światu twarz wariata czy pijaka. Czasem Cliff śmiał się na jego widok i przez chwilę Winkiemu było dobrze. Zaraz jednak przychodził smutek przyprawiający go o zgrozę; przepełniał go całego, nie miał przecież prawdziwego serca, które pomieściłoby to uczucie – był tylko strach i palące pragnienie, żeby krzyczeć lub płakać. W takich chwilach pojmował, że jest szalonym, beznadziejnym misiem, nawet jeżeli Cliff właśnie go trzymał – niekochaną półistotą, wyczuloną na wszystko, co złe na świecie i w nim samym. Wtedy umysł Winkiego zaczynał szybko migotać, by po chwili zgasnąć. Czasem zapadał w stan nieświadomości na bardzo długo, a czasem wcale – wszystko stawało się po prostu matowoszare. Chłopiec dawno już go odłożył. Winkie siedział na wpół rozbudzony. Znów spokojny, lecz nasłuchiwał każdego odgłosu, wyłapywał najdrobniejsze zapachy – świecowych kredek, starych klocków, własnego zmechaconego futerka i trocin, a na ulicy środka owadobójczego rozpylanego z furgonetki dezynsekcyjnej…

Tak minęły prawie dwa lata.

9.

Reklamy telewizyjne i szyderczy śpiew Kena dochodzące z salonu, krzyk Cliffa: „Nie!", jego płacz na schodach, i już po chwili jest w pokoju, płacze głośno jak tyle razy przedtem – zwinął się na łóżku, i nawet teraz misiowi serce omal nie pękło z żalu nad chłopcem, który już w ogóle go nie dotykał.

Siedem lat, pomyślał Winkie, patrząc na niego i starając się zachować obiektywizm. Siedmiolatek płakał, usiłował przestać, nawet mu się udało, po chwili już tylko posapywał, ale nadal leżał zwinięty w kłębek. Krótki, urywany oddech, główka z prostymi, rudoblond włosami. Mały nos… Dlaczego miś nie może przestać się nim przejmować, jak przestał się przejmować najpierw Ruth, a potem każdym z jej kolejnych dzieci?

– Za wcześnie – odpowiedział sam sobie. Nie na to, żeby Winkie przestał się przejmować – w gruncie rzeczy wiedział, że już najwyższy czas. To Cliff odrzucił go za wcześnie i zbyt okrutnie, więc przy każdym ich spotkaniu misia przepełniało na nowo poczucie niesprawiedliwości.

– Mur – powiedział sam do siebie. – Dzieli nas mur, prawdziwy mur, mur, mur…

Te słowa były jak płacz, ale nie przyniosły ukojenia. Czy prawdziwy płacz może ukoić? Albo zwinięcie się w kłębek i posapywanie? Mur, mur, mur, powtarzał w duchu miś, i było prawie tak jakby przekonał sam siebie, jakby w końcu zrozumiał, że to dziecko jest dla niego rzeczywiście stracone, tak jak wszystkie inne, i że został naprawdę sam – fakt, prosty fakt.

I właśnie wtedy, jak za sprawą magii – jak gdyby pogodzenie się z tym faktem paradoksalnie zdjęło zaklęcie – Cliff usiadł na łóżku i zwrócił się do misia.

– Cześć, Winkie – powiedział. Spojrzał na niego szaroniebieskimi, wielkimi, wilgotnymi oczami pełnymi miłości. Od jak dawna tak na niego nie patrzył? Cliff podszedł do półki, zdjął misia, wziął go na ręce jak niemowlę w beciku. Zdrowe oko Winkiego zamknęło się gładko, drugie pozostało otwarte. Od jak dawna nie obejmowano go tak czule?

– W ogóle się już z tobą nie bawię – powiedział Cliff, patrząc na misia poważnie.

To prawda, pomyślał miś. Miał ochotę wtulić się jeszcze bardziej, a jednocześnie wyswobodzić się z objęć chłopca. Na wpół z uniesieniem, na wpół z oburzeniem, wpatrywał się niesprawnym okiem w chłopca, który go odtrącił. Widocznie w jego krzywym spojrzeniu musiała kryć się siła perswazji lub nawet prawdy, bo na twarzy Cliffa odmalowało się poczucie winy.

– Przepraszam, Winkie! – zaszlochał.

I przytulił starego misia jeszcze mocniej w drżących z żalu ramionach.

10.

Nie, nie, nie, to niemożliwe, żaden chłopiec nie zawróci z drogi ani żadna dziewczynka – żadne dziecko. Przez wszystkie te lata nikt nie wrócił do Winkiego, przez wszystkie te lata miłość dziecka nie odżyła, nie była taka jak przedtem, nie, to niemożliwe.

Skąd więc ten wybuch czułości Cliffa? Winkie głowił się do końca dnia, przez cały wieczór, a potem noc, kiedy chłopiec już spał. Wiedział tylko, że w tym tygodniu zaczął się rok szkolny, po południu Ken drażnił się z bratem (Winkie nawet nie wiedział dlaczego), aż Cliff pobiegł z płaczem na górę. Kiedy przestał płakać, zwrócił się do Winkiego... Ale to płaczliwe pojednanie skończyło się równie nagle i nieprzewidywalnie, jak się zaczęło. Pociągając jeszcze nosem, Cliff po prostu odłożył Winkiego z powrotem na półkę i zszedł na dół, chyba znów oglądać telewizję.

Miś także nie mógł wrócić do przeszłości i Winkie wcale tego nie chciał, bo nawet gdyby mógł, na nic by się to nie zdało, chociaż tak długo wydawało mu się, że tego właśnie chce. Nie, otrząsnął się, już za późno.

Ale następnego dnia po południu, gdy Ken był na próbie zespołu, Cliff przyszedł na górę i znów zdjął Winkiego z półki.

– Odtąd codziennie będę się z tobą bawił – szepnął. Ostrożnie otworzył misiowi prawe oko, żeby patrzyło tak jak lewe, i przeprowadził go po łóżku. A kiedy zanucił mu: du–di–du, miś się wbrew sobie zatracił, i było tak, jakby szedł o własnych siłach po łóżku, nucąc pod nosem zapomnianą melodyjkę tak piękną, że wydawała się płynąć z jego duszy...

Równie jednak szybko, jakby się pomylił, Cliff odłożył Winkiego z powrotem na półkę i bez słowa wyszedł z pokoju.

Teraz częściej niż kiedykolwiek przedtem, wbrew rozsądkowi, Winkie wypatrywał i nasłuchiwał nadejścia swojego jedynego towarzysza, którego głos daleko w kuchni lub salonie łaskotał wielkie uszy misia i przyprawiał go o dreszcz tęsknoty. Niecały tydzień wcześniej ta właśnie tęsknota przywołała Cliffa, teraz jednak mijały kolejne dni, a chłopiec nie zwracał na misia uwagi, najwyraźniej nie czuł się winny i w ogóle o nim nie myślał.

Pewnego dnia Ken wszedł do pokoju chłopców z mamą. Ruth stała i patrzyła, jak pulchny trzynastolatek wdrapuje się na komodę i zakleja na krzyż taśmą samoprzylepną wielkie panoramiczne okno.

– Dobrze? – upewnił się.

– Może tutaj naklej podwójnie – doradziła Ruth.

– Dobra.

Winkie słyszał przedtem ich głosy i trzask odrywanej od rolki taśmy w sypialniach i zastanawiał się, co robią. Ken nakleił drugi krzyż na oknie, kilka centymetrów od pierwszego.

– Dziękuję – powiedziała Ruth, kiedy Ken zszedł na podłogę. – Taty jak zwykle nie ma, dlatego wszystkim muszę się zająć sama...

Winkie westchnął w duchu, słysząc ulubione narzekanie Ruth. Dave wyjechał w tym tygodniu do Nowego Jorku w sprawach służbowych.

– Paul mówi, że może będziemy musieli się ewakuować – powiedział Cliff, który właśnie stanął w drzwiach. Wszystkich trzech zwolniono dziś wcześniej ze szkoły.

– Nawet nie wiedzą, czy rzeczywiście do nas dotrze – powiedziała Ruth, zdenerwowana tymi pogłoskami. – Może nas ominie.

Za zaklejonym na krzyż oknem niebo lśniło jasnym, niegroźnym błękitem. Prawe oko Winkiego, otwarte na siłę, teraz szczególnie spuchło i bolało, jak zawsze przy ładnej pogodzie. Mimo to się zaniepokoił. Ruth przeszła z Kenem do okna w łazience, a Cliff poszedł za nimi, naśladując szum wiatru. Winkiego dobiegły odgłosy naklejania taśmy także z dołu – tam widocznie działał Paul.

Z zapadnięciem zmroku Winkie zauważył, że ból w chorym oku nie tylko zelżał, lecz w ogóle ustąpił, po raz pierwszy od dwóch lat. Zwykle czuł się lepiej podczas deszczu, ale nigdy tak dobrze, i nagle poczuł, że gałka porusza się swobodnie w oczodole, tak jak powinna – siedział prosto, oko pozostało więc otwarte. Po raz pierwszy od dwóch lat nie było spuchnięte. Chciał powiedzieć do kogoś: ,,Popatrz tylko", ale wszyscy byli na dole przy kolacji, a w pokoju panował mrok.

Za oknem niebo szybko zasnuło się chmurami, potem zapadła noc. Wkrótce zerwał się wiatr, zaczęło padać. W deszczu światło latarni ulicznej i światła domu po drugiej stronie ulicy stały się zamglone, a sylwetki młodych drzewek, targane wiatrem, zaczęły się wyginać. Z każdym podmuchem panoramiczne okno łomotało. Winkie widział, że szyba, zaklejona na krzyż taśmą, wybrzusza się nieco do środka, po czym wraca z trzaskiem na miejsce, kiedy napór wiatru ustępuje, by znów wybrzuszyć się przy kolejnym porywie. Teraz już lunęło na dobre, a krople deszczu bębniły o okno jak garście kamyków.

Miś zaczął dygotać. Poczuł się bardzo mały, jeszcze mniejszy niż zwykle. Pragnął, żeby Cliff jak najszybciej przyszedł na górę, jeśli już nie po to, by go przytulić, to przynajmniej podnieść, a jeśli nie podnieść, to przynajmniej coś do niego powiedzieć, a jeśli nie powiedzieć, to przynajmniej na niego spojrzeć, a jeśli nie spojrzeć, to przynajmniej zapalić światło... Wydawało się, że zacinający deszcz i łomoczące okno wzięły się z samotności i gniewu misia. Niechby ta straszliwa zawierucha zniszczyła ten dom ze wszystkimi w środku. Czas mijał i wciąż nikt nie przychodził. Miś usłyszał czyjeś kroki na schodach, ale okazało się, że to tylko Paul. Jak gdyby nigdy nic chłopak zamknął się w pokoju i zaczął grać na gitarze *Dom Wschodzącego Słońca*. Między kolejnymi falami deszczu Winkie słyszał dobiegające z dołu dźwięki telewizora – muzykę, głosy aktorów, wiadomości…

– …porywy wiatru osiągają prędkość blisko… Huragan Betsy… Mieszkańcom zaleca się… najbliższy ośrodek ewakuacyjny…

– W taką wichurę?! – zawołała Ruth. – Mamy iść z jedzeniem i pościelą?

Wiatr i łomot. W telewizji powiedziano coś jeszcze, co Ruth skomentowała:

– Dlaczego mielibyśmy być bezpieczniejsi w jakiejś szkole, z kupą obcych ludzi?

Winkie zastanawiał się z niepokojem, czy Ruth ma rację, czy nie. Paul śpiewał kolejną smętną zwrotkę, z telewizji płynęły dalsze ostrzeżenia, aż nagle za zalanym deszczem oknem cały kwartał ulic pogrążył się w ciemnościach.

– O rany! – zawołali chórem Ken i Cliff. Paul przestał brzdąkać.

– To nic – powiedziała Ruth łagodnie i Winkie prawie się uspokoił.

Teraz słychać było tylko deszcz i wiatr grzmocący o szybę w pokoju chłopców i o inne okna w domu.

– Gdzie tata położył latarkę? – gderała Ruth. – Powinna leżeć na lodówce.

– Odsuń się – powiedział Ken, najwyraźniej do Cliffa.

– O, jest – oznajmiła w końcu radośnie Ruth. Winkie wyobraził sobie krąg światła na kuchennej podłodze, jego blask na twarzach Cliffa i Kena. W pokoju wciąż było zupełnie ciemno.

– Paul! – zawołała Ruth.

– Już idę – odkrzyknął syn i Winkie usłyszał, że Paul schodzi po schodach.

– I co teraz? – zapytała Ruth, jak gdyby zdarzyła się zwykła awaria. Tymczasem deszcz i wiatr nie ustawały, wręcz przybierały na sile.

Ruth powiedziała, że warto by poszukać świec i drugiej latarki. Okno Winkiego, niczym straszliwy przyrząd meteorologiczny, łomotało coraz gwałtowniej. W ciemnościach miś wyobraził sobie, że dwa krzyże z taśmy samoprzylepnej trzęsą się coraz bardziej. Dwa krzyże znaczą to miejsce...

– A jeżeli będzie powódź? – zapytał Cliff.

– Przecież mamy piętrowy dom, głupku – odparł Ken. – Uciekniemy na górę.

Pocieszył tym trochę Winkiego, który już był na górze, ale Ruth ostrzegła synów:

– Nie wchodźcie do salonu, boję się, że to okno poleci.

Okno salonu wychodziło na tę samą stronę, co okno Winkiego.

– Czas do łóżek – pogoniła młodszych chłopców Ruth. Między falami łoskotu rozległ się tupot nóg na schodach.

W fioletowych paciorkach z Mardi Gras miś zobaczył odbicie migotliwego światła, po czym weszła Ruth z latarką. Winkie poczuł, jak słabe żółtawe światło przesuwa się po jego wyliniałym pyszczku.

– Posłuchajcie – powiedziała Ruth, kierując latarkę na okno. – Ale wieje!

Wiatr dmuchnął znowu, szyby załomotały.

Zza jej pleców wyszedł Paul z własną latarką.

– O rany, w każdej chwili szyba może trzasnąć – stwierdził.

– Paul! – westchnęła Ruth z irytacją. – Lepiej, żeby Ken i Cliff tu nie spali. Potrzymaj.

Dała Paulowi swoją latarkę. Winkie patrzył, jak Ruth ściąga pościel i koce z łóżek, po czym znosi je do holu. Stamtąd dobiegły go denerwujące odgłosy jej krzątaniny.

– Mógłbyś trzymać porządnie to światło?

– Dlaczego nie mogą się przespać na kanapie w salonie? – zapytał Paul.

– Przy rozsuwanych szklanych drzwiach? Już zalewa tam podłogę. – Wróciła szybko po poduszki i rzuciła je na dół, do holu. – Przez całą noc będę zbierała wodę.

– No dobrze, już dobrze.

– Poszukaj radia tranzystorowego.

Paul zniknął i niedługo potem z jego pokoju zaczęły dolatywać strzępy wiadomości.

– …Groble… Jezioro Pontchartrain… na poziomie morza…

Najwyraźniej Ruth zeszła na dół, ale wkrótce Winkie znów usłyszał głosy jej i chłopców na schodach.

– Idziemy po piżamy – powiedziała i przez chwilę Winkie poczuł się prawie bezpiecznie, bo wyobraził sobie pościel, przytulne koce i poduszki rozłożone na podłodze w holu, jak dla gości. Zupełnie jakby sam już tam leżał utulony, otoczony opieką…

– Będzie powódź? – zapytał śpiącym głosem Cliff. O tej porze już dawno powinien spać.

– Tylko w dzielnicach czarnuchów – uściślił Ken. – U nas nie dopuszczą do powodzi.

Winkie zastanawiał się, czy to możliwe. Pewnie tak.

W pokoju znów rozbłysła latarka Ruth, Cliff i Ken weszli na palcach, jakby nie chcieli przeszkadzać oknu, które nie przestawało łomotać, bombardowane wiatrem i deszczem. Blade krzyże zadrżały i zabłysły. Ruth wycelowała wątły krążek światła w komodę, by poświecić Cliffowi… i wtedy właśnie, kiedy chłopiec otwierał drugą szufladę, Winkie zrozumiał coś, co od dawna powinno być oczywiste – że Cliff szuka piżamy, a nie misia.

Chłopiec wyjął to, po co przyszedł, zamknął szufladę i wybiegł. Ken i Ruth też wyszli i zamknęli za sobą drzwi, pozostawiając Winkiego w ciemnościach, z łomoczącymi szybami i burzą.

Bum-bum. Dziecko musi żyć i dorastać, a dorastając, porzucać różne rzeczy, tak jak zawsze porzucano Winkiego. Jak mógł sądzić, że tym razem nie zostanie porzucony?

Zdrada, wichura, ciemności, deszcz, łomot.

Jaki był głupi, głupi, głupi, wyobrażając sobie, że tym razem, z Cliffem, nie będzie tak jak za każdym poprzednim razem, tym razem, niewątpliwie ostatnim, a więc decydującym. Winkie został sam – samotny głupi miś, samotne trociny zaszyte w materiale, samotne głupie skrywane myśli, rozpływające się w tej burzy w nicość – tak miało być i tylko głupi miś mógł myśleć, że może być inaczej.

Szyba zadygotała, znieruchomiała, znowu zadygotała pod naporem wiatru, który dął wprost na misia i w ostatniej chwili został odwrócony przez tę przejrzystą, dygoczącą taflę szkła.

Ale jeżeli, ale co, ale czy, ale kto, ale przecież, ale o ile, ale dlaczego, ale w przeciwnym razie, ale jeśli nawet…

Z każdym podmuchem wichury przychodził również strach i Winkie sto razy widział w wyobraźni, jak w końcu ciemna szyba się roztrzaskuje – odłamki, wiatr, gniew, drzazgi, wir, który porywa misia i ciska go w dal, paskudnego, wściekłego, nad czubkami ociekających drzew, zalanymi trawnikami, nad chodnikiem, domami, błotem, niesie hen, w straszliwy, wietrzny, łomoczący mrok.

Nawet jeżeli miał zostać sam, nawet jeżeli tak właśnie miało być, miś przynajmniej miał nadzieję – przynajmniej miał nadzieję – przynajmniej miał… Nie mógł sobie uprzytomnić – ani wtedy, w tamtym strasznym pokoju, ani teraz, po latach, w swojej celi – czego tak pragnął, czego miał nadzieję nie utracić tym ostatnim razem i dlaczego to coś, co nie dawało się nazwać, jeśli naprawdę nie zostało utracone, miałoby ocalić tego chłopca od czegoś, co było udziałem całej ludzkości, a może także wszystkich innych istot, i dlaczego czuł, że ocalając Cliffa, cokolwiek by to „ocalenie" znaczyło, może jednocześnie ocali siebie.

Nie przed dobrowolnym okrucieństwem, nie przed utratą niewinności, nie przed wiarą w kłamstwa, nie przed zniweczeniem pragnień, nie przed odwzajemnionym gniewem, nie przed utratą wiedzy, nie przed smutkiem, nie przed brzemiennym wstydem. Nie, nie przed tym wszystkim chciał uchronić chłopca, lecz przed czymś większym   ale czym? Ni mniej, ni więcej tylko przed Porządkiem Świata, i miał nadzieję, wbrew rozsądkowi i doświadczeniu, że może ten jeden jedyny raz Porządek Świata nie zwycięży.

– Ten jeden jedyny raz – powiedział do siebie miś w tę burzliwą noc i teraz znów powtórzył w zbyt oświetlonej celi, po to by dręczyć samego sobie za to pragnienie, i po to by mimo wszystko znów tego pragnąć. Mimo wszystko, mimo wszystko. Głupi, głupi, głupi. Czy można zmienić Porządek Świata?

Winkie i Porządek Świata. Winkie i Porządek Świata. Deszcz bębniący o szybę. Winkie i Porządek Świata. Patrzył przed siebie na deszcz bębniący o szybę.

Przez całą noc okno szarpało się w ciemnościach i trzeszczało. Ale nie pękło.

Część druga

Ach, gdyby tylko dzieci rozporządzały odpowiednimi środkami, jakże inaczej ukształtowałyby siebie!

Frederic Tuten *Tintin in the New World* (Tintin w Nowym Świecie)

Winkie na swoim

Jak miś z półki w pokoju dziecinnym domu na przedmieściach zawędrował do chaty w lesie, w której został aresztowany? Jego niezwykłą podróż zapoczątkowała jedna myśl. Nachodziła Winkiego wiele razy wcześniej, ale tym razem wiedział, że zdoła tego dokonać.

Dom mruczał cicho, jakby w oczekiwaniu. Wszyscy wyszli. Pozostawiony sam sobie Winkie wstał, otrzepał pyszczek z kurzu, zsunął się z półki i skoczył na parapet. Miękkie łapy zamortyzowały lądowanie, zachęciły, żeby trochę poskakać. Wyjrzał przez czystą szybę. Świeciło słońce, wszędzie wokół panowała cisza. Przy chodniku rosło niedawno zasadzone drzewo, migocząc na wietrze nielicznymi bladymi liśćmi. Przejechał starszy pan na wielkim trójkołowym rowerze, i znów nikogo.

Winkie znał dobrze opowieści zaczynające się od słów: „W dawnych czasach, kiedy jeszcze życzenia mogły się spełniać…" Teraz zrozumiał, że życzenia zawsze się spełniają, w tej chwili też. Podniósł z parapetu wielką książkę i rzucił nią w szybę. Kierowała nim taka determinacja, że nie zaskoczył go huk pękającego szkła. Wyczołgał się przez okno między sterczącymi odłamkami.

Stał na podniszczonej, pustej skrzynce do kwiatów i rozglądał się, mrugając w słońcu. Nie był na dworze od prawie czterdziestu lat; wtedy ostatnio zabrano go na kinderbal w ogrodzie. Wspomnienie było tak mgliste, że przez chwilę zwątpił w siebie. Popatrzył na swoją miękką, okrągłą misiową łapę, którą rzucił książką. Nie miała palców ani pazurów, mięśni ani więzadeł, tylko wyliniałą, kosmatą sierść, a w środku trociny. A jednak ta łapa podniosła książkę i nią cisnęła.

– Ha! – Wzruszył ramionami. – Niejedno potrafię.

Zszedł ze skrzynki do kwiatów na żywopłot. Podreptał trochę po przystrzyżonych, kłujących gałązkach obsypanych ciemnozielonymi listkami. Kolce kłuły, ale nie raniły. Żywopłot trząsł się i dygotał pod jego szmacianymi krokami.

– Ha! – powiedział sam do siebie. – A więc to jest świat.

Czasami w celi Winkie wracał myślami do tamtego zdarzenia i zastanawiał się, dlaczego, skoro potrafił ożyć, nie może dostać skrzydeł lub zmienić się w silniejszego potwora, który przebiłby się przez mur? Albo przynajmniej w potwora, który by się nie przejmował.

Tam, w cichym domu, siedząc na swojej półce, Winkie zapomniał, że ktokolwiek kiedykolwiek go kochał. Rodzina przeprowadziła się do nowego stanu, a jego posadzono na nowej półce. Poza tym nic się nie zmieniło. Mijały lata, kurz wirował i opadał, w pokoju robiło się gorąco, zimno i znów gorąco, aż stracił wszelką nadzieję, że ktoś go kiedyś podniesie lub przytuli. Mijały kolejne lata. Już od tak dawna pozbawiony był nadziei, że w końcu osiągnął całkowitą czystość, pozwalającą na przemianę. W chwili gdy raz tylko zamrugał oczami, zyskał tę nową i straszliwą świadomość. I przy tym mrugnięciu – kiedy para szklanych oczu zamknęła się i otworzyła z jednoczesnym kliknięciem – po raz pierwszy wykorzystał, choć bezwiednie, swoją nową moc, zamrugał sam z siebie, nieprzechylany w przód czy w tył przez kogokolwiek lub cokolwiek. Zupełnie, jakby ziemia się zatrzęsła – bo rzeczywiście w życiu misia zaszła monumentalna zmiana – ale Winkie wiedział, co to trzęsienie ziemi, i że tym razem żadnego nie było.

Wyczerpany, bojąc się kolejnej myśli, zasnął na kilka dni, wciąż z szeroko otwartymi oczami. Po niezliczonych snach, natychmiast zapominanych, zaczął się budzić, wciąż oszołomiony. Wydało mu się, że siedzi na dnie przejrzystego stawu i patrzy w migoczące świetliste niebo. Zaraz jednak zorientował się, że jest jak zwykle w pastelowym pokoju, opiera się o tę samą starą książkę, patrzy smętnie na dwa niebieskie łóżka, porządnie zasłane, nieruchome. Może czas się zatrzymał. I wtedy przyszły mu do głowy trzy życzenia, a jednocześnie poczuł, że mogą się spełnić.

Po pierwsze, zapragnął uzyskać wolność, po drugie, znaleźć coś dobrego do jedzenia, a po trzecie, nauczyć się robić kupkę.

Teraz, na żywopłocie, po raz pierwszy zdany na siebie, Winkie się zawahał. Był przerażony. Nic zliczyłby, ile razy spoglądał tęsknie ze swojej półki przez okno na ten prostokąt zieleni. I oto go dotykał, wprawiał go w drżenie. Kolory wydały mu się żywsze. Rozbolały go oczy. Spojrzał w górę na błękitne niebo, w dół na pstry zielono-żółto-brązowy trawnik i na zaparkowaną po drugiej stronie ulicy, zardzewiałą białą półciężarówkę. Było w niej coś, co dodało mu odwagi.

– W porządku – powiedział sobie. – Próbujmy dalej.

I z głośnym pomrukiem zeskoczył z żywopłotu. Rozpostarł łapy na wietrze i poczuł, jak długa koszula furkocze mu w pasie. Spadając, zamrugał oczami, otworzył je i zamknął.

Spodobała mu się siła grawitacji. Ale z żywopłotu na trawnik było dużo dalej niż z półki na parapet. Biorąc pod uwagę wszystkie możliwości, jakie przyniósł ten dzień, Winkie zakładał, że nie tyle spadnie, ile ześlizgnie się na trawnik, kierowany bezpiecznie tą samą niewidzialną ręką, która dała mu życie i ruch. Tymczasem, choć spadanie trwało długo, lądowanie przyszło szybko i okazało się twarde. Przekoziołkował kilka razy i rozpostarłszy krótkie łapy, upadł na brzuch obok mlecza.

Wzdrygnął się, złapał oddech, wciągnął powietrze. Przewrócił się z jękiem na wznak i spojrzał w niebo wirujące nad jaskrawym żółtym mleczem. Tlen wprawił go w euforię. W całym swoim miękkim tułowiu, a zwłaszcza w kończynach, miał najrozmaitsze dziwne doznania – utajone ruchy, mrowienie, drobne drżenie. Wyraźnie czuł na swoim ciele białą flanelową koszulę, którą uszyto mu dawno temu.

– To nie ja – powiedział wolno, z pełnym przekonaniem. Zapragnął być nagi. Ta myśl pomogła mu się podnieść. Koszula należała do przeszłości, ściągnął ją więc z siebie i rzucił niedbale na trawę. Najlepiej by było, gdyby spłonęła, kiedy odbywał skok z domu na trawnik. Wydawało mu się, że podróżuje w czasie, choć nie wiedział, czy to podróż wstecz ku jakiejś wcześniejszej, czystszej istocie samego siebie, czy naprzód, ku doskonalszemu wcieleniu. Oszołomiony, rozpierany dumą, pochylił się i obejrzał obnażone, płowe futerko na brzuszku, wytarte, wyblakłe, wyświechtane.

– Krosty – rzekł z satysfakcją.

Odurzony, klapnął na tyłek i rozejrzał się dookoła. Zdumiał go świat i jego miejsce w nim. Zaczął kreślić w głowie fantastyczne trójkąty biegnące od niego do niedawno posadzonego drzewa, do szczytu dachu sąsiadów i z powrotem; następny do drugiego drzewa z czerwonymi kolczastymi kwiatami lub do nudnej, płaskiej ulicy, lub do białej zardzewiałej półciężarówki i z powrotem… i powtarzał to raz po raz. Zrozumiał, że za sprawą pięknej, nieskończonej, szczególnej kombinacji takich trójkątów znalazł się w odwiecznej, nagiej, parszywej egzystencji.

Zapomniał niemal o jedzeniu, ale tam na trawie, kilka metrów dalej, pod nowym drzewem leżało kilkanaście długich brązowych strąków. Parę dni wcześniej Winkie widział przez okno, jak stary Koreańczyk i jego żona schylają się i zbierają takie strąki do szarej papierowej torby. Poczłapali dalej, do następnego drzewka, spod którego też zebrali strąki. Wtedy Winkie nie zdawał sobie sprawy, że są jadalne. Dopiero teraz zrozumiał – wyglądały smakowicie. Ruszył więc uradowany na czworakach w stronę wonnego trawnika, gdzie skrył się w cieniu drzewa rodzącego te strąki. Podniósł jeden, usiadł i zaczął go ogryzać. Kiedy strąk się otworzył, wyssał ze środka duże nasiono. Miało smak czekolady.

Wkrótce spałaszował wszystkie grube nasiona ze strąków, które spadły z tego drzewa. Spojrzał w górę na nieliczne nowe gałęzie i zobaczył kolejne długie brązowe strąki zwisające kusząco wśród małych, spiczastych, szarozielonych liści. Najadł się, ale patrzył z rozkoszą na tę obfitość, po którą mógłby się wdrapać, gdyby chciał.

– Wyglądają jak bobki – rzekł do siebie z satysfakcją i wtedy przypomniał sobie trzecie życzenie na ten dzień.

Winkie nigdy wcześniej nie robił kupki, ale wiele razy udawał, że robi. Teraz, kiedy się najadł, jak prawdziwe zwierzę, powinno mu pójść łatwo. Pobiegł na skraj trawnika i kucnął, czekając, aż coś się zdarzy – bo w takiej pozycji często widywał psy najrozmaitszych kształtów i rozmiarów. Wbił wzrok w źdźbła trawy tuż przed sobą. A kiedy w tym skupieniu wydało mu się, że to morze poskręcanych, młodych łodyżek tworzy cały świat, jak okiem sięgnąć nic tylko zieleń i trawa, poczuł gdzieś w głębi siebie powolne, acz nieodparte poruszenie, bardziej dogłębne, niż kiedykolwiek zdarzyło mu się czuć.

Czuł ciężar i swoisty napór, rozpierało go ciepło, coś w nim skrzyło, wzbierało, a jednocześnie parło, powoli i nieuchronnie, żeby się z niego wydostać. Bolało, ale nie za bardzo. Coś nieznanego w jego wnętrzu torowało sobie majestatycznie drogę. Potem mały szew cicho puścił i po raz pierwszy coś ze środka zaczęło się wydostawać na zewnątrz. Zamknął oczy. Ta nowa prawie ekstaza przetoczyła się przez niego w ciemnościach jak powolna wielka, dudniąca ciężarówka. I po wszystkim. Przeszedł go dreszcz, odwrócił się, żeby zobaczyć, co zrobił, i ujrzał w trawie brązową lśniącą masę. Pociągnął nosem, a kiedy poczuł zapach brązowych strąków, ogarnęła go duma. To o wiele lepsze od udawania. Wstał, stanął na palcach, rozejrzał się, omiótł spojrzeniem rząd karłowatych drzew z brązowymi strąkami i żółto-zielone prostokąty trawników. Zapragnął pozostawić swój znak na każdym z nich.

Prawie wszyscy w tej okolicy byli starzy. W upalne dni nie wychodzili z domów albo wyjeżdżali przez automatyczne drzwi garaży w wygodnych, klimatyzowanych pojazdach, bezpieczni jak w łonie matki. Winkie objadał się strąkami i załatwiał; naznaczył tak dwadzieścia pięć trawników i nikogo dotąd nie zobaczył. Było gorąco, zrobiło się późne popołudnie i Winkie czuł zmęczenie, ale postanowił nadal oddawać się nowo odkrytej czynności, bo nie wiedział, czego więcej chce. Na chodniku pojawiła się starsza pani w turkusowym dresie. Winkie ostentacyjnie nie zwracał na nią uwagi i łuskał wyjątkowo soczysty strąk. Kątem oka widział, że turkusowa postać podchodzi bliżej i usłyszał szelest materiału.

– Powinna to zdjąć – powiedział do siebie z zadowoleniem, przypominając sobie, jak przyjemnie było kilka godzin wcześniej wyzwolić się z ubrania.

Kiedy duże czekoladowe nasionko w końcu wypadło mu na język, Winkie zdał sobie sprawę, że kobieta go nie minęła, lecz stoi kilka kroków dalej i bacznie mu się przygląda. Odwrócił się, popatrzył na nią gniewnie swoimi szeroko rozwartymi, brązowymi oczami.

– Cio to, cio to, cio to za dzidzi – zagruchała. Niesłychanie poruszył go jej piskliwy szczebiot, który wydawał się głosem gdzieś z otchłani czasu. Miała lśniące białe włosy, przytrzymane grubą turkusową opaską, a twarz tak zniszczoną i starą jak Winkie. Patrzyła na niego zza wielkich, grubych okularów. Najwyraźniej nie najlepiej widziała.

– Cio to za malusi bobasek? – gaworzyła, wyciągając rękę, jak gdyby podsuwała mu coś do jedzenia. – Maciupci, tyci-tyci pieszczoszek? Mały niuniuś? A ktio to pozwolił wyjść na dwór?

Winkie poczuł się boleśnie rozdarty między dwoma światami, ludzkim i zwierzęcym. Gruchanie kobiety zdawało się ciągnąć go wstecz. Do jego gniewnych, wytrzeszczonych oczu zaczęły się cisnąć zapomniane wspomnienia kołysek i lalek, małych policzków i obejmujących go rączek. Upuścił strąk.

– Coś ty za jeden, coś ty za jeden – śpiewała siwowłosa syrena. Uklękła na trawie, próbując mu się przyjrzeć. – I czyj ty jesteś, kosmatku? Czy mały kosmatek nie szuka domeczku?

I choć Winkie dokładnie wiedział, kim jest i co robi, więcej, rozumiał wszystko o wiele lepiej niż kiedykolwiek przedtem, naszły go wątpliwości i znów poczuł się samotny. Jego trzy życzenia się spełniły i nie wiedział, co dalej. Nadal do nikogo nie należał.

– Dzidzi-dzidzi? – gruchał głos. – Co to za dzidzi?

Winkie miał ochotę dotknąć jej bielusieńkich włosów i trącić nosem opaloną, pomarszczoną twarz tak podobną do jego własnej. Kobieta mrugała mlecznoniebieskimi oczami zza zaparowanych szkieł. Zrozumiał, że gdyby podeszła bliżej, zobaczyłaby, że nie jest ani zwierzęciem, ani zabawką, lecz czymś przerażającym i dziwnym, niewidzianym dotąd na świecie – proteuszową istotą, stale się zmieniającą, szkaradną, będącą własnym wymysłem, zszytą z ciała, ducha i woli, które zostały mu dane.

Starsza pani pochyliła się ku niemu ostrożnie na kolanach, nie przestając gruchać i szczebiotać, i w Winkiem zagotował się strach, a może rozpacz albo gniew. Z piersi wyrwał mu się bezwiednie piskliwy skowyt przypominający śmiech szaleńca. Nigdy przedtem nie wydał z siebie ani nie usłyszał takich dźwięków, a oto teraz...

– Hiinh! Hiinh! Hiinh!

Kobieta odskoczyła przerażona. Winkie nie ruszał się, tylko patrzył, a ona odwróciła się i podreptała w drugą stronę. Prawie miał ochotę ją zawołać, ale było za późno. Puściła się truchtem ulicą w panicznej ucieczce i znikła za rogiem. Ze smutnym triumfem Winkie znowu wydał z siebie dziwnie dźwięki.

Tej nocy, gnany nowym samotnym przeznaczeniem, Winkie wyruszył do lasu. Wypatrzył go z karłowatego drzewa przy chodniku, na które się wspiął, żeby sprawdzić, czy strąki na gałęziach nie smakują inaczej niż te na ziemi. W ten sposób miał nadzieję otrząsnąć się ze wspomnienia kusicielskiej staruszki. Uczepiony gałęzi, żując bez większego zainteresowania, spojrzał między liście i nad czerwonym dachem różowego domu zobaczył nikły wierzchołek błękitnego szczytu porośniętego lasem. Słońce właśnie się za nim schowało i pod czystym, żółtym niebem wznosiła się chłodna, pełna spokoju góra. Winkie zrozumiał, że musi tam dotrzeć.

Przez wiele godzin przeskakiwał z trawnika na trawnik, przechodził przez kolejne szare ulice, umykał spod kół samochodów, chował się przed psami i przed dziećmi. Miał wrażenie, że nie zbliża się do celu. Tego dnia spełniły się jego trzy życzenia: czyżby na więcej nie miał co liczyć?

– Zamieszkam w górach – powtarzał sobie jak w transie, idąc to na czworakach, to na tylnych łapach. – Jak prawdziwy niedźwiedź.

Tak długo był stary, że nie czuł się już ani staro, ani młodo. W każdym razie nie miał się z kim porównać. Kiedyś był zabawką jednego dziecka, a po latach zabawką pięciorga następnych. Każde dawało mu nowe życie, przynosiło ułaskawienie. W końcu jednak, wiele lat temu, łańcuch się przerwał. Od tamtej pory Winkie mierzył czas miarkami nudy. Dziesięć małych nud składało się na jedną wielką nudę, a dwadzieścia wielkich – na supernudę. Mniej więcej po dwudziestu supernudach stracił rachubę. Nigdy jednak oczekiwanie nie niosło ze sobą cierpienia, bo dawno zapomniał, że na cokolwiek czeka. Zatracił się w czasie i zaczął myśleć o życiu. Tak wyrobił sobie własny rodzaj mądrości.

Przydała mu się, kiedy brnął przez kolejne dzielnice, rozmyślając o górze i o życiu, jakie będzie tam wiódł pod drzewami. Miał już dość tej wędrówki, ale nie dawał za wygraną. W końcu trawniki zaczęły się robić coraz szersze, czasem na długich połaciach między przysadzistymi, rozłożystymi domami rosły tylko drzewa i wysokie trawy. Zaczął słyszeć dziwne głosy zwierząt, tajemnicze zawołania, które wzywały go i przerażały. A jeżeli dzikie zwierzęta go nie polubią? Cóż, gdyby nawet jeszcze tej nocy lwy albo tygrysy miały rozszarpać go na strzępy, przyjmie to z pokorą, skoro taki jego los.

I wtedy znikło mu z oczu jasne okno ostatniego domu, a nad głową w ciemności nocy zamknęły się wybujałe drzewa. Z lewej dobiegł go szmer strumyka. Winkie ruszył w jego stronę przez splątany gąszcz rozkosznie pachnącego leśnego podszycia.

Wyszedł na niewielką skalistą plażę, przy której w świetle księżyca wiszącego nad drzewami pluskała migocząca woda. Przykląkł, żeby się napić, i skubnął kilka ciemnopomarańczowych jagód, których kiść zobaczył na wysokości głowy. Ich smak przyniósł falę nieznanej dotąd przyjemności, jak gdyby gwiazdy wybuchły mu w ustach. Zachciało mu się spać, poczuł cudowną ociężałość. Dotarł do celu. Zapadając nad ranem w sen z głową na omszałym kamieniu, wiedział, że ma o wiele więcej niż trzy życzenia i że będą mu kolejno przychodziły do głowy, a potem – wcześniej czy później – wszystkie się spełnią.

Kiedy obudził się po kilku godzinach, poczuł straszliwy, przeszywający ból w pasie. Przewrócił się na brzuch i zaczął wciskać miękkie biodra w kamienie na plaży. Zaczął się tarzać i wierzgać, aż przeturlał się z kamieni na usłaną liśćmi ściółkę. Ale ból nie ustępował, zaczął więc znowu wcierać się w ziemię. Zupełnie jakby ziemia promieniowała ostrym, przenikliwym bólem, rozchodzącym się ciepłymi falami, które napływały coraz szybciej, zmuszając go do coraz szybszego przebierania nogami. Trwało to cały dzień, aż do wieczoru. Kiedy gorące fale przeszły w wibracje, miał wrażenie, że zamieniają się w światło, wszystko zamazało mu się przed oczami i poczuł się tak, jakby zaraz miał pęknąć w szwach. Przetoczyła się przez niego nawałnica potężnego bólu uchodzącego na zewnątrz, trwało to nieskończenie długo, aż wnętrze zlało się z zewnętrzem. Upadł na wznak, i było po wszystkim.

Cały mokry, zaczął się trząść. Zamrugał, żeby się obudzić. Żałował, że wieczorem zjadł tamte jagody. Obejrzał się za siebie, żeby zobaczyć, jaką okropną kupę musiał zrobić.

Ale to nie była kupa. W trawie i liściach leżało niemowlę, mała Winkie.

Przez wszystkie te lata spędzone na półce, a nawet przez dwa ostatnie dni w szerokim świecie, Winkie nie łudził się, że spotka drugą taką istotę jak on sam. Tymczasem leżała teraz przed nim, taka sama, tyle że mniejsza i całkiem bezradna, pokryta grubą warstwą świeżego płowego futra, i patrzyła na niego. A więc takie było zawsze jego najskrytsze życzenie, choć sam o tym nie wiedział. Przez cały czas formowała się jak perła lub diament, pomalutku, z ziarna samotności, pod lekkim naciskiem trocin wypełniających Winkiego.

Strumyk pluskał i bulgotał. Senne oczy maleństwa zamknęły się, a potem otworzyły i znów zamknęły z metalicznym klik-klik, tak jak oczy Winkiego. Otworzył się mały pyszczek i Winkie przycisnął go do swojego wyliniałego sutka, skąd zaczęły już się sączyć perliste krople pożywnego mleka. Nowo narodzona istota zasnęła, ssąc pierś.

Tak jak sny i opowieści zaczynają żyć własnym życiem, tak ożył Winkie. I tak jak z każdego sensu rodzi się jeszcze głębszy sens, tak Winkie urodził dziecko. Trzymał je teraz na kolanach i spokojnie podziwiał świat: drżące gałęzie wysokiego drzewa, trzepot tysięcy jasnozielonych liści w kształcie gwiazd. Na jego oczach przy silniejszym podmuchu wiatru kilka zielonych jeszcze liści oderwało się i z cichym szmerem spadło na ziemię. Winkie wszystko już rozumiał. Spojrzał na drugą stronę płytkiego strumyka, który rozlewał się, po czym porywał w wirze kolejne życzenia, i w tej samej chwili zdał sobie sprawę, że dokonała się w nim jakaś ostateczna przemiana, wykraczająca nawet poza cud narodzin. Coś się stało z jego mrugającymi szklanymi oczami. Były wilgotne, coś w nich wzbierało. Kapnęły krople. Winkie płakał.

Zapadał zmrok. Na niebie pomiędzy drzewami zaświeciły gwiazdy. Łzy Winkiego padały na miękki, kosmaty policzek dziecka i to pewnie je obudziło. Spojrzało z ciekawością na źródło chłodnych kropli, w wilgotne, mądre oczy matkoojca i zobaczyło odbite w nich galaktyki.

Niezwykłe życie
Winkiego i Małej Winkie

1.

U podnóża góry ciemne kulki lśniących fioletowych jagód wyzierały spomiędzy jasnych listków. Mała Winkie bez niczyjej podpowiedzi zaczęła przyciągać do siebie ciężkie od owoców łodyżki i skubać pyszczkiem najczarniejsze jagody, jedną po drugiej. Zadowolony, że jego latorośl żywi się sama, Winkie też zaczął zajadać. Był zwykły letni dzień.

Ale zupełnie niezwykłe były te dwie istoty – Winkie, który nagle ożył, i Mała Winkie, jego cudem powite dziecko, poczęte z samotności, tęsknoty i świeżo odkrytej wolności. Żaden człowiek nigdy ich nie widział, byli jedynymi okazami swojego gatunku. To, że przetrwali zimę w górach, było jeszcze większym cudem, bo Winkie musiał zmobilizować wszystkie swoje zwierzęce instynkty, żeby znajdować kryjówki do spania, zdobywać pożywienie, a przede wszystkim nauczyć się dbać o swoje doskonałe, kosmate płowe dziecko, całkowicie od niego zależne.

Z cierpkim smakiem w ustach Winkie wypatrywał niebezpieczeństw. Nie wiedział nawet, jak długo potrwa dzieciństwo małej, bo była jego pierwszym dzieckiem, ale widząc, że jest o połowę mniejsza od niego, domyślał się, że jest na wpół dorosła. Zastanawiał się często, jak potoczy się jej życie.

– Świat i los, świat i los – szumiały nad nim drzewa.

Patrzył, jak mała wypluwa szypułkę i zrywa kolejną jagodę. Jeszcze od niego zależna, wyrosła już na samodzielną istotkę, którą zresztą była od początku. Choćby dlatego, że była dziewczynką (aczkolwiek Winkie używał tego określenia dość swobodnie). Była ciekawa wszystkiego, zauważała robaki czy wzgórza, na które Winkie, zajęty rodzic, zwykle nie zwracał uwagi. Poznawała świat na swój własny sposób.

– A tam? – zapytała i wskazała głową kolejne wzgórze, na którym kłębiło się od najróżniejszych liści.

– Wzgórze zieleni – powiedział. To była taka ich zabawa: dokąd mogliby pójść, co mogliby znaleźć.

– A tam? – zapytała, wskazując zagajnik sosnowy.

– Cień i chłód.

Jeżeli chciała dokądś pójść, a Winkie nie, zwykle zadowalała się samą zabawą, ale teraz roześmiała się i ruszyła zdecydowanie w stronę zagajnika.

Winkie pokiwał głową, odpowiadając sobie na pytanie, czy powinien ją puścić. Powstrzymał się, żeby nie pójść za nią od razu. Łączyła ich niewidzialna nić: Mała Winkie udała, że nią szarpie – ich kolejny żart – co znaczyło, że chce zostać sama.

Miś zwolnił kroku i patrzył, jak jego dziecko znika za gęstym krzakiem. Kiedy była bardzo mała, a w pobliżu kręcili się myśliwi, Winkie chwytał ją za kark i biegł do kryjówki, którą urządził w dziupli drzewa. Jak ona wtedy wrzeszczała! Winkiego doprowadzało to do szału, próbował jej tłumaczyć, ale była za mała, żeby zrozumieć.

Teraz rozumiała, lecz często się nie zgadzała.

– To dobrze – mówił sobie Winkie. – Dobrze jest się nie zgadzać.

Na samą myśl o myśliwych przyspieszył kroku, minął krzak i wspiął się na dziko porośnięte wzgórze, gdzie jego mała stała pogrążona w zadumie pod chłodnymi, wysokimi sosnami.

Odetchnął z ulgą, ale Mała Winkie skrzywiła się na jego widok, niezadowolona, że przerwał jej chwilę skupienia. Winkie wzruszył ramionami i, na wpół odwrócony, udawał, że bardzo zainteresowały go paprocie i kłujące rdzawoczerwone igły u stóp.

Miś, który tyle lat pomagał opiekować się dziećmi innych rodziców, teraz sam stał się rodzicem.

– Misiaczka, mała misiaczka – mruczał do siebie, zanim odstawił ją od piersi, dla dodania sobie otuchy, kiedy skubał żołędzie tak małe i twarde, że nawet wiewiórki ich nie chciały albo kiedy w środku nocy grzebał w mokrych śmieciach przy drodze, a Mała Winkie spała przytulona do jego grzbietu. Kiedy podrosła na tyle, żeby iść obok niego, Winkie próbował ją nauczyć różnych rzeczy, chociaż większości dopiero niedawno nauczył się sam.

– Tak to się robi – powiedział tego ranka, pokazując, jak zbierać jagody.

– Naprawdę? – spytała i uśmiechnęła się kpiąco.

– Naprawdę – potwierdził, ale chichotał.

Odkąd Mała Winkie otworzyła po raz pierwszy oczy, potrafiła bez trudu przejrzeć go na wylot. Kiedy Winkie ruszył w świat, postanowił żyć życiem zwierzęcia, a nie zabawki, z dala od życzeń i ograniczeń ludzi. Tego samego pragnął dla swojej małej, więc prawie zapomniał, że kiedyś nosił ubranie, siadywał w bujanym fotelu albo udawał, że popija herbatę z miniaturowej filiżanki. Jednak Mała Winkie nie dała się zwieść.

Pewnego dnia późnym wieczorem, kiedy natknęli się na domek letniskowy, Winkie pokazał jej, jak przewracać kubły ze śmieciami i rozwłóczyć ich zawartość. Wcale nie musieli ich przewracać, żeby znaleźć słoiki z resztkami dżemu, stare bułki do hamburgerów albo inne smakowitości, ale Winkie chciał zrobić jak największy bałagan. To miało świadczyć o ich zwierzęcej naturze, przeciwstawić ich oboje wszystkim domom i ich mieszkańcom.

– Proszę – powiedział, oblizując opakowanie po batoniku.

– Proszę – odpowiedziała Mała Winkie, rzucając za siebie papierowy kubek.

Roześmiali się na widok papierowych talerzy, folii aluminiowej i różowych chusteczek higienicznych błyszczących w świetle księżyca. Wtedy pojawił się samotny szop pracz, który zaczął cicho, żarłocznie szarpać styropianowy pojemnik, nie zważając na misie i ich drwiące komentarze. Winkiemu wystarczyło jedno spojrzenie dziecka, żeby zrozumieć oczywistość – prawdziwe dzikie stworzenia nie żartują z własnej dzikości. Świat zwierząt nie obejmował Winkiego i Małej Winkie, tak jak nie obejmował ich świat ludzi. Oboje byli, i zawsze mieli pozostać, czymś na granicy tych dwóch światów i poza obydwoma.

Tak więc tego ciepłego sierpniowego dnia, kiedy Mała Winkie spoglądała z podziwem na drzewa, a Winkie starał się na nią nie patrzeć, szum sosen, nieme pasma chmur i rwący nurt pobliskiego strumienia zdawały się do nich wołać, niemal zawodząc:

– Kim właściwie jesteście?

Miał wrażenie, że cisza z zapartym tchem czeka na odpowiedź.

– Winkie? – zapiszczała mała, oglądając się na niego.

– Mała Winkie – odparł.

– Winkie? – powtórzyła.

– Mała Winkie – powiedział.

To niby był żart, a jednocześnie nie był. To była ich najdawniejsza zabawa, bawili się tak, odkąd mała zaczęła mówić. Całymi popołudniami wołali się nawzajem po imieniu albo każde wykrzykiwało swoje imię, i tak bez końca.

2.

W innej części lasu mieszkał szalony profesor, który ostatnio popadł w obsesję na punkcie Małej Winkie. Nie widział jej żaden inny człowiek – Winkie był bardzo czujny i oboje zawsze chowali się na najlżejszy zapach albo odgłos. Winkie, dawna zabawka, dobrze znał ludzką skłonność do sięgania po coś tak doskonałego i wyjątkowego jak jego dziecko.

Profesor wyniósł się do ustronnej chaty w lesie kilka lat wcześniej i dopóki nie ujrzał Małej Winkie, był przekonany, że nigdy już nikogo ani niczego nie pokocha. Całymi dniami konstruował bomby, które raz na miesiąc zanosił na skraj lasu i wysyłał pocztą jednemu ze swoich wrogów. Potem wracał do chaty, ze znużeniem włączał stary telewizor i czekał, co z tego wyniknie.

Przeżywał zawód za zawodem, bo chociaż bardzo się starał, jego bomby nie wybuchały. Miejscowy oddział saperów zawsze miał aż nadto czasu, żeby wywieźć paczkę na opustoszały parking, odbiec na bezpieczną odległość i do niej strzelić. Zwykle zresztą i wtedy bomba nie wybuchała.

Nie (przekonywał samego siebie w duchu pustelnik), nie był tylko namiastką Unabombera. Rzeczywiście obaj krótko wykładali w Berkeley, a potem zamieszkali w chacie w leśnej głuszy. Prawda, że obaj nienawidzili współczesnego świata, ale kto go nie nienawidził? Oczywiście łączyło ich też powierzchowne podobieństwo – wysyłanie bomb swoim wrogom. W przeciwieństwie jednak do Unabombera, tego pustelnika nigdy nie złapano, a co więcej nigdy go nie złapią (jak sobie mówił). Ponadto (i to był koronny argument) Unabomber był matematykiem, profesor natomiast wykładał kiegdyś pisarstwo. (Wyrzucono go w połowie semestru za wygłaszane pochwały *Mein Kampf*).

Rozpoczął wówczas krucjatę przeciwko władzom uczelni oraz wszelkim innym formom zła, która początkowo dawała mu cel w życiu, ale ostatnio musiał przyznać, że terroryzm przestał go satysfakcjonować. Nie wiedział, czy wynikało to z nikłych sukcesów na tym polu, czy i tak straciłby zainteresowanie.

Kiedy był mały, lubił zabijać jaszczurki i inne drobne stworzenia, które łatwo było złapać. W nadziei na powrót do młodzieńczego zapału, zwrócił się bardziej ku myślistwu i wędkarstwu. Nazywał to „życiem blisko natury", przy czym chodziło mu nie tyle o zapomnianą sztukę łowiectwa (bo nie miał do niej drygu), ile o ulotne poczucie jedności z przyrodą. „To jest prawdziwe życie!" – lubił wykrzykiwać, kiedy mierzył ze strzelby albo zastawiał sidła. Często zwierzęta go przechytrzały (co niweczyło to uczucie), jako intelektualista obiecał sobie więc, że je lepiej pozna. W tym celu zbudował skomplikowaną kryjówkę jeszcze głębiej w lesie, z której mógł przez dłuższy czas niepostrzeżenie obserwować ptaki i ssaki. Nagrał ich głosy na setki płyt, a wszystkie opatrzył napisem: „Życie blisko natury". Chociaż strofował się, że DVD jest wynalazkiem współczesnym, odpierał ten zarzut argumentem, że potencjalnie stanowi skuteczny środek upublicznienia jego przesłania, na przykład we własnym programie telewizyjnym. Zwykle ta myśl wprawiała go w przygnębienie. Bo jakie właściwie było jego przesłanie?

Karcił sam siebie dokładnie czterdzieści siedem razy dziennie (po jednym za każdy rok życia), nigdy jednak nie sformułował żadnego przesłania. Mimo tysięcy stron notatek sporządzonych równym pismem nie stworzył manifestu.

W tę rozgorączkowaną niepewność wkroczyła Mała Winkie.

Był mglisty dzień, zasnuty chmurami, i misie maszerowały wzdłuż strumienia, zasępione, milczące, bo Mała Winkie chciała się dalej objadać jeżynami, a Winkie stał twardo na stanowisku, że jeśli nie przestanie, pochoruje się. Teraz szukali owoców dzikiej róży, chociaż Mała Winkie okazywała wyraźną niechęć.

Pustelnik usłyszał po prawej jakiś szelest, wyjrzał ze swojej kryjówki i zobaczył dwie najdziwniejsze istoty, na jakie się w życiu natknął.

Przypominały niedźwiedzie, chociaż zupełnie inne od wszystkich, które widział na żywo lub w telewizji. Były wielkości niemowlaków, jedna nawet mniejsza. Czasem kroczyły wyprostowane jak ludzkie karły, zwinnie chwytając łapkami najczerwieńsze owoce dzikiej róży. Czasem sunęły na czworakach i zrywały żarłocznie owoce pyszczkami jak zwierzęta. Przełykając każdy owoc, otwierały i zamykały brązowe oczy z pełnym satysfakcji klik-klik. Co dziwniejsze, ich oczy wydawały się zrobione z metalu lub ze szkła, a poduszki łap ze spłowiałego materiału, pozszywanego na brzegach grubymi nićmi.

Trudno przecenić wpływ prawdziwie zdumiewającego zjawiska na umysł już rozstrojony ułudami. Profesor obserwował, jak dwa dziwolągi przeczesują w skupieniu kolczaste krzewy, niczym zbiegłe marzenia w gęstwinie sennych koszmarów. Na ten widok przepełniło go cudowne niewytłumaczalne poczucie zapomnianej tęsknoty. Miał ochotę zawołać ze swojej kryjówki: „Tu jestem!”

– tak jak najmłodsze dziecko podczas zabawy w chowanego, kiedy starszy brat przechodzi tuż obok i go nie widzi. Ku jego jeszcze większemu zaskoczeniu mniejsze z dwojga, piękne i doskonałe, zaczęło śpiewać:

Stale chciej
Marzenia zawsze miej
Niech prowadzi cię refren ten.

Profesor omal nie padł z wrażenia. Wysoki, melodyjny głos dziwnej istoty przypominał mały obój.

O szczęściu zawsze mów
Nie szczędź marzeniom słów
Bo jak inaczej spełni się twój sen?

Kiedy skończyła, rozległ się niesamowicie wyrafinowany śmiech większego, bardziej wyliniałego stworzenia – można by pomyśleć, że to śmieje się kierownik katedry na przyjęciu i przez chwilę profesor sądził, że tych dwoje z niego kpi. Czyżby cały czas wiedzieli, że tu jest? Może bawią się jego kosztem? Albo, co gorsza, same są jakimś okrutnym żartem – na przykład robotami lub hologramami przysłanymi, żeby doprowadzić go do obłędu?

Jednak oba misiopodobne stwory podeszły do kolejnego krzaka, a gdy skubały owoce, sprawiały wrażenie tak niewinnych i beztroskich, że pustelnik się uspokoił. Niezmiernie dziwaczne, wyglądały jednak na prawdziwe zwierzęta. I z pewnością go nie zauważyły.

Znowu zamilkły, skupione na jagodach. Wysoko nad nimi w gąszczu splątanych gałęzi wiatr się wzmógł, by po chwili ustać, i zapadła bezmierna cisza.

– Winkie? – zaszczebiotała mniejsza istota.

– Mała Winkie? – odparła druga.

– Winkie? – powtórzyła pierwsza.

Kiedy druga odpowiedziała, profesor również wyszeptał: „Mała Winkie". Rzeczywiście, nie wyobrażał sobie dla niej doskonalszego imienia. Pokiwał głową, usiłując zebrać myśli, ale coraz bardziej kręciło mu się w głowie. Powiedział sobie, że to tylko z powodu naukowego odkrycia, ale chyba chodziło o coś więcej. Na jego oczach zdumiewająca mała istota wyprostowała się i słońce padło na jej złotopłowe, oszałamiająco gęste, krótkie futerko.

Samotnik był olśniony. Twarz i ręce pokryła mu najdelikatniejsza gęsia skórka, jak gdyby nagle wyrosło mu futro delikatne jak aksamit. Pomyślał, że zaraz pęknie mu serce. Nigdy w życiu niczego bardziej nie pragnął. Czyżby miał zwidy? Nie, wiedział, że naprawdę jest świadkiem czegoś nadzwyczajnego, a zarazem prawdziwego, i z braku lepszych wyjaśnień uznał, że ten widok został mu dany dzięki misji, której się podjął tutaj, w lesie. Każdy może czegoś takiego dostąpić, pomyślał, jeżeli tylko wróci na łono natury. Włączył kamerę cyfrową.

Na kliknięcie kamery oba stworzenia czmychnęły.

– Kurwa!

Krzyk profesora poniósł się po pustym lesie.

Kamera zarejestrowała tylko szelest liści, który po powrocie do chaty pustelnik, jak zahipnotyzowany, odtwarzał raz po raz. Kiedy nie mógł już tego dłużej znieść, zbudował jeszcze kilka kryjówek i z każdej wypatrywał, aż znów się pokaże ta nadzwyczajna umiłowana istota, Mała Winkie. Jednak sprytne małe misie stały się jeszcze bardziej czujne i zgrabnie omijały wszystkie kryjówki profesora. Płynęły dni i tygodnie bez śladu Małej Winkie i pustelnik miał coraz bardziej zszarpane nerwy. Serce mu osłabło od przyspieszonego bicia. Zupełnie nie dbał już o konstruowanie bomb i całą swoją obłąkańczą energię skierował na pogoń za małym stworzeniem, które tak bardzo chciał posiąść na własność. Jak, jak, no jak, zadawał sobie pytanie, ukoi tę straszliwą tęsknotę? Przykucnął za stosem patyków, pogładził się po brodzie i wykaligrafował w zeszycie: *Mała Winkie – uwagi wstępne.*

Chwilę pomyślał, a potem rozpoczął:

Mała Winkie jest niczym klejnot w najdłuższym, najpiękniejszym zdaniu, jakie kiedykolwiek czytaliście. Mała Winkie znajduje oparcie i oprawę w bogactwie i urodzie języka.

Wtem usłyszał szelest i wstrzymał oddech, bo prawie uwierzył, że wyczarował swoją miłość. Wyjrzał z kryjówki… nie, to tylko głupi jeleń. Wrócił do pisania.

Mała Winkie płacze w taki sposób i w takiej chwili, że i tobie też od razu zbiera się na płacz. Masz ochotę ją pocieszyć. Ciśnie się na usta: „Biedna Mała Winkie!" Taka chwila jest osadzona w takich okolicznościach – zagrożenie, schwytanie w pułapkę – że doskonały płacz Małej Winkie staje się nieznośnie przejmujący.

Profesor ociekał potem. Przestał pisać, zaczął gryźć ołówek. Ale nie mógł wytrzymać tej przerwy. Rzucił się znów do pisania.

Mała Winkie idzie gdzieś na czworakach. Mała Winkie oddzielona od większego stworzenia, zwanego Winkiem. Mała Winkie w niebezpieczeństwie. Mała Winkie poznaje nowego przyjaciela. (Mnie?) Przez chwilę wydaje się, że nic jej nie grozi. Ale potem coś się dzieje, Mała Winkie skręca za róg i natyka się jednak na niebezpieczeństwo… które czyha z rykiem! (Ja?) Czy Mała Winkie przeżyje? A jeżeli przeżyje, to jak? Czy: a) dzięki nauczce wyniesionej ze złego doświadczenia, która

*pozwoli jej przechytrzyć przeciwnika?, b) przypadkiem, bezwiednie, tak
że całe zdarzenie potwierdzi tylko jej czystość i niewinność?*

Na pewno b.

Profesor musiał się powstrzymywać, żeby w podnieceniu nie
wyskoczyć z kryjówki. Pisał drżącą ręką:

*Jest dzikim zwierzęciem nieświadomości. Jest jak mały kosma-
ty Budda. Pojawia się we wszystkich twoich ulubionych książkach
– o których nawet nie myślałeś od lat –* Walden, Orlando, Portret
artysty*... ponadczasowa, fundamentalna wyrazistość bohatera komiksów z lat trzydziestych, samotnego na tle krajobrazu: kaczki na stawie,
królik w norze, mysz na parostatku. Co napotka, kiedy nie będzie już
sama w kadrze? Innymi słowy, w jaki nieoczekiwany i zabawny sposób
pokona i upokorzy swojego nieszczęsnego wroga?*

Wilk zostanie rozjechany na placek?

Kot zostanie porąbany na kawałki?

Myśliwy padnie od strzału z własnej broni?

Kartka papieru zaczęła drżeć pustelnikowi przed oczami, po
czym rozpadła się na strzępy. Zabrakło mu tchu. Zemdlał.

*Jakiż zachwycający to wieczór, którego rozkosz całe ciało wchłania
każdym swym porem niby jednym zmysłem. Mała Winkie przechadza
się pośród Natury, mając przedziwne uczucie wolności...**

Profesor szarpnął głową z boku na bok. Serce mu załomotało,
stanęło, załomotało znowu.

---

* Według: Henry David Thoreau *Walden, czyli życie w lesie*, przeł.
Halina Cieplińska.

Przymorski obszar Tamizy rozciągał się przed Małą Winkie jak początek nieskończonego wodnego szlaku. Morze i niebo w oddali spajały się z sobą bez śladu... *

Dźwięk trąbek zamierał w oddali, a Mała Winkie stała zupełnie obnażona. Od początku świata nie było istoty o bardziej zachwycającej powierzchowności... **

Małą Winkie nazywam zakochaną w niebezpieczeństwie, wyczekującą zuchwałość. Poznać ją można po spojrzeniu, po ruchach, po uśmiechu, a także po niepokoju, który budzi... ***

Nieposkromiony anioł ukazał mu się, Mała Winkie, anioł śmiertelnej młodości i piękna, wysłannik z królewskich pałaców życia, by w chwili ekstazy rozewrzeć przed nim bramy wszystkich szlaków błędu i chwały. Naprzód więc, dalej, wciąż dalej! ****

Profesor oprzytomniał, ocucony melodyjnym szelestem w pobliżu kryjówki. Gdzie jest? W książce, w wizji, czy w świecie? Wyjrzał przez patyki i liście. I oto była – Mała Winkie, zaledwie kilka kroków od niego piła niewinnie wodę ze strumienia. Wyglądała inaczej, niż ją zapamiętał – miała większe uszy, ciemniejsze futro – ale to mogła być tylko ona. Drugiej istoty, męskiej, nigdzie w pobliżu nie widział.

Serce profesora zabiło. Wyskoczył z kryjówki i pochwycił swoją ukochaną.

– Hiinh! Hiinh! Hiinh! – krzyknęła.

---

* Według: Joseph Conrad *Jądro ciemności*, przeł. Aniela Zagórska.

** Według: Virginia Woolf *Orlando*, przeł. Władysław Wójcik.

*** Według: Jean Genet *Dziennik złodzieja*, przeł. Piotr Kamiński.

**** Według: James Joyce *Portret artysty z czasów młodości*, przeł. Zygmunt Allan.

A z dna strumienia w odpowiedzi odbił się echem głębszy krzyk.

3.

Winkie zobaczył, jak brodaty szaleniec znika w wąwozie z wrzeszczącą Małą Winkie, przerzuconą przez ramię. Popędził za nimi przez chaszcze. Każdy krzyk jego dziecka był jak rysa w rzeczywistości. Dlaczego spuścił ją z oka? Biegł jak szalony. Jeżyny, błoto, obwisły tyłek porywacza migały wśród liści.

Obwisły tyłek uciekał z jego życiem. Nie może stracić z oczu tego oddalającego się skrawka khaki. Winkie ryczał i kwiczał. Ziemia, ziemia, trzaskające gałęzie. Dogania? Znów zaryczał. Czy krzyki jego dziecka słychać bliżej? Migały liście, gałązki. Nagle tuż przed nim skrawek khaki stanął jak wryty.

– Kurwa, ja pierdolę! – zawołał porywacz, usiłując złapać oddech.

Miś przedarł się przez gąszcz jeżyn i skoczył. Ugryzł pulchny zadek. Zadek trzymał jego małą, a jej krzyki jak szpileczki kłuły w oczy. Miś warczał i gryzł. Nagle go zamroczyło – coś go uderzyło. Czy zadkowi wyrosła pięść? Ale Winkie rozszarpie wijący się płat khaki, aż ten puści jego dziecko. Znów mroczki w oczach. Wpił się zębami, i to mocno, w wyjątkowo miękkie miejsce. Potwór ryknął, zachwiał się.

Czas zwolnił. Winkie poczuł w ustach coś dziwnego i wilgotnego. Z potwora coś wyciekało. Teraz podły stwór oklapnie, jak dwunożny wodny balon, sflaczeje i spłaszczy się, a Mała Winkie zsunie się łagodnie po zapadających się wypukłościach.

– Hiinh! Hiinh! – krzyczała wciąż. Nie martw się, chciał ją pocieszyć Winkie, ale musiał gryźć. Na jego głowę dalej spadały ciosy. Zasłużył na nie, bo zostawił swoją jedynaczkę samą, dopuścił do tego, co się stało. Mroczki nabrały barw. I wtedy poczuł, że coś ściska mu czaszkę i szarpie nim gwałtownie. Próbował dalej gryźć, ale miękkiego ciała potwora już nie było.

– Cholera! – zaklął mężczyzna. – Ty mały skurwielu!

Poderwał Winkiego do góry. Miś wypluł lepką ciecz. Zobaczył, że potwór trzyma główkę jego wrzeszczącego dziecka w mocnym uścisku tuż przy swojej twarzy. Winkie warczał i ryczał, wił się i wykręcał.

– Odpierdol się! – krzyknął szaleniec.

Winkie poszybował w powietrze, drzewa przemknęły obok. Za nim przenikliwe krzyki jego jedynaczki zmieniały się zgodnie z efektem Dopplera. Z piskiem uderzył o ziemię. Uniósł raz głowę, próbował jęknąć, ale oczy same mu się zamknęły z podwójnym kliknięciem.

Profesor przywiązał Małą Winkie sznurkiem do biurka i podsuwał jej różne smakołyki, ale ona jadła tylko kulki serowe i mrówki w czekoladzie. Żeby je zdobyć, musiał pokonywać kilkanaście kilometrów, i stawiał je przed nią codziennie z rana i po południu w dwóch złoconych misach. Ale Mała Winkie nie przestawała skowyczeć.

Przez wiele dni siedziała na biurku, wyglądała przez brudne okno na las i mruczała:

– Tata, Mama, Tata.

Bo tak nazywała Winkiego, kiedy była mała i bezradna, kiedy dniem i nocą trzymał ją przy piersi. Czekała, aż twarz Winkiego – jedyna podobna do jej twarzy – zjawi się w leśnym podszyciu.

Tymczasem dniem i nocą widziała nad sobą tylko smętne oczy i schludną siwą brodę profesora.

– Cii, cii – szeptał. Czasami go gryzła, chociaż wiedziała, że nic to nie da.

– No, no – mruczał i dawał jej po nosie. – Nie wolno!

Mała Winkie gardziła tymi próbami wychowywania, zwłaszcza że taki piekący prztyczek wręcz przynosił ulgę w jej osieroceniu, i trzy razy dziennie kucała na brzegu biurka i wypróżniała się, a bobek spadał na podłogę i trzy razy dziennie dostawała za to klapsa, po czym profesor stawiał ją przy kupionej specjalnie kuwecie i jakby nie rozumiała, krzyczał:

– Do kuwety! Załatwiaj się do kuwety!

Za setnym chyba razem odwróciła się do profesora i powiedziała zupełnie wyraźnie:

– Cykl zakazu: nie zbliżysz się, nie dotkniesz, nie spełnisz, nie zaznasz przyjemności, nie powiesz, nie ukażesz się, w końcu nie będziesz istniał, chyba że w mroku i tajemnicy*.

Porywacz nie wiedział, że Mała Winkie, kiedy nie rozpaczała za utraconym rodzicem, czytała. Nauczyła się czytać w jeden dzień; rozpacz ułatwiła jej naukę. Czytała w świetle księżyca, gdy profesor spał. W ciągu kilku tygodni przewertowała wszystkie jego notatki z nadzieją, że dowie się czegoś o Winkiem, a potem przyswoiła sobie całą wiedzę zawartą na zapchanych regałach pustelnika.

---

* Michel Foucault *Historia seksualności,* przeł. Bogdan Banasiak, Tadeusz Komendant i Krzysztof Matuszewski.

Nie liczyła, że z nim będzie dyskutować – wiedziała, że to niemożliwe – ale narastająca w niej z każdym dniem rozpacz po prostu domagała się ujścia. Uważała, że jej własne słowa są dla niego za dobre, wybrała więc słowa innych. Dziecko bawi się mimo nieszczęścia, powiedziała więc to, co pierwsze przyszło jej do głowy.

– Foucault – dodała.

To już zupełnie wytrąciło porywacza z równowagi, ale tylko na chwilę, bo zaraz jej nieoczekiwana przemowa utonęła w jego licznych teoriach na jej temat. Rozpalały jego wyobraźnię, chyba nawet bardziej teraz, kiedy ją miał. Wyjął nowy zeszyt i jak co rano zasiadł do obserwacji swojej podopiecznej. Napisał:

Z zewnątrz i w środku – roślina. Metal i szkło – minerał. Gryzie i wydala – zwierzę. Mówi i śpiewa – człowiek. Istnienie – niemożliwe!

Widząc, co napisał i jego wyraźne zadowolenie, Mała Winkie przewróciła oczami.

– Alboż ci się wydaje, że jeśli coś nie jest piękne, to musi zaraz być szpetne? A jeśli coś nie jest mądre, to zaraz musi być głupie? Czy też nie uważasz, że istnieje coś pośredniego pomiędzy mądrością i głupotą? Sokrates wedle Platona*. Dlaczego jest więcej dążenia, niż jest go w górze. Dlaczego. Stein**.

Przy ostatnim cytacie profesor doznał pewnego niepokoju, lecz zaraz się otrząsnął. Zauważył tylko, że jej oczy wydają się smutne i stare.

Stara, a mimo to młoda – zanotował. – *Przykuwająca, a mimo to przerażająca. Śliczna, a mimo to groteskowa…*

---

* Platon *Uczta,* przeł. Władysław Witwicki.
** Gertrude Stein *Czułe guziczki,* przeł. Anna Kołyszko.

– Powieść twa zdolna głuchego uleczyć – powiedziała chłodno jego obsesja. – Mów, co widzisz więcej na tle zamglonym, na przepaściach czasu? Szekspir, *Burza**.

Teraz pustelnik się zasępił.

Niepokojące – napisał. – *Czasami M.W. sprawia wrażenie, jakby rozumiała, co mówi, i rozmyślnie wybierała fragmenty zagadkowe. Jak gdyby żartowała ze mnie, bawiła się moim kosztem.*

Mała Winkie podeszła do swojej miski i nonszalancko zjadła mrówkę.

– Zebrał kolekcję motyli i poprosił matkę o arszenik, żeby je zabić – powiedziała. – Pewnego razu jakiś motyl długo fruwał po pokoju ze szpilką w ciele. – Usiadła z ponurą miną. – Freud. Marzenie senne przybiera żartobliwą postać, albowiem ma zamkniętą drogę do najprostszego i najbliższego wyrażenia myśli. Ibidem. Pieśń krwawiącego gardła! Whitman**.

Profesor wyobrażał sobie, że mała istotka stanie się w jego życiu czystym głosem niewinności, tymczasem przemawiała jego własnym językiem, językiem książek, który powracał echem przez bezmierny smutek. Pisał dalej z pewnym trudem:

Chociażby jej dobór jedzenia – prawdziwe upodobanie, pogarda czy może jedno i drugie?

Przez chwilę Mała Winkie usiłowała wczuć się w kompletną niezdolność pustelnika do wczucia się. Kiedy zajrzała w głąb jego duszy, dostrzegła mur, za którym wrzało. Aż rozbolała ją głowa.

---

* William Szekspir *Burza*, przeł. Leon Ulrich.
** Walt Whitman *Pieśń o mnie i inne utwory*, przeł. Andrzej Szuba.

– Albowiem wolne skojarzenia wiążą się z wielkim doprawdy wysiłkiem – szepnęła. – Tak wielkim, że niektórzy posuwają się do twierdzenia, iż wymagają nauki. Lacan.

Uznawszy, że po prostu odkrył możliwości swojej branki, pustelnik zaczął ją wprowadzać w tajniki nauki i sztuki. Tłumaczył, że będzie to przypominało zakończenie *Wichrowych Wzgórz*, kiedy to wykształcona panna uczy prostego chłopaka czytać – imiona obojga bohaterów wypadły profesorowi z głowy, ale nie były ważne – i ta relacja uczeń–nauczyciel zmniejsza dystans między chłopcem i dziewczyną, bo wyrównuje ich poziom wykształcenia, i zbliża ich do siebie, gdy ich pochylone głowy niemal stykają się nad jedną książką…

Mała Winkie pomyślała z goryczą, że pewnie by się roześmiała, gdyby nie czuła się tak straszliwie opuszczona. Przypominała sobie, jak to kiedyś wołała po imieniu rodzica, a ten odpowiadał – ale to się skończyło. Do czego doszedł ten świat? Spojrzała na siwe włosy w nosie pustelnika i powiedziała:

– Hobbesowski człowiek szaleje po ulicach, całkiem ostentacyjnie z połyskującym włosem…*

Profesor pacnął ją w nos i rozpoczął lekcję.

Właśnie wtedy, w trzynastym tygodniu niewoli, Mała Winkie postanowiła zniknąć. Pomysł przyszedł jej do głowy w środku nocy, wraz z nagłą, uspokajającą nieomal pewnością, że od zawsze potrafi znikać. I zawsze mogła zniknąć, kiedy chciała.

Widocznie jej wyraz twarzy bardzo się zmienił, bo nazajutrz rano szaleniec nagle przerwał lekcję i wypalił:

---

* Susan Sontag *O fotografii,* przeł. Sławomir Magala.

– Dałaś już sobie spokój z tym drugim, większym misiem, prawda? – Wiedział, że mówi to zbyt żarliwie, ale nie mógł się powstrzymać. – Na pewno! Widzę to w twoich oczach.

Chciał przez to powiedzieć, że teraz zechce z nim zostać, ale wcale tak nie było. Mała Winkie zaczęła skowyczeć, co nie zdarzyło się już od tygodni a potem, bardziej do siebie niż do niego powiedziała:

– Chciałbym skosztować owoców wszystkich drzew, jakie rosną na świecie. Wilde*. – Westchnęła, odwróciła się do brudnego okna i spojrzała na pusty las bez Winkiego, na który spoglądała już od tak dawna, jak na pożółkłe malowidło pokryte grubym werniksem. Ukryła twarz. – Jakież to godziny fioletu mimo wszystko można wyrwać z tego szarego, wolno sunącego bytu, który zwiemy Czasem.

To był jej ostatni żal. Obliczyła, że zniknięcie zabierze jej najwyżej kilka dni. Przez ten czas będzie mogła pokonać niezbędne poziomy akceptacji, ale nie będzie już mogła zawrócić. Zaczęła lekko jaśnieć. Słodkie mrówki i kwaśny ser przestały znikać z jej dwóch misek. Wyglądała przez okno z nie mniejszą tęsknotą niż przedtem, z nadzieją, że zobaczy swojego ojca nie w lesie, lecz w następnym świecie, jakikolwiek on jest, przeszły czy przyszły, i jakiekolwiek postaci przybiorą w nim oboje.

Czasami już tam była, choć nie wiedziała, czy to wspomnienia, czy przewidywania. Nietutaj i nieteraz objawiały jej się w tysiącach splątanych epizodów i epok, w kolejnych historiach, i każda z nich była nie tylko możliwa, lecz już istniała w całej pełni.

---

* Oscar Wilde *De Profundis, czyli krzyk z otchłani,* przeł. Bolesław J. Korzeniowski.

Pustelnik nie od razu zauważył, że Mała Winkie jaśnieje, z początku nie przyćmiewała blaskiem delikatnej aureoli, która zawsze ją otaczała. Nadal ją uczył, przekonany, że jej coraz rzadsze odpowiedzi to dowód, że pogodziła się z nowym życiem, jakie jej stworzył. Wyczekiwał już nawet dnia, w którym będzie mógł ją odwiązać.

Jednak pewnego wieczoru, gdy stawiał miskę świeżych mrówek, opróżniwszy poprzednią, niezjedzoną, zdumiał go złocisty blask małych brązowych czekoladowych grudek. Rozejrzał się za źródłem tego światła i zobaczył tylko swoją małą ukochaną. Chociaż jej szklane oczy, smutne i opuszczone, nie zdradzały nic z jej planu, pojął – w straszliwym niemal proroczym przeczuciu beznadziejnej tęsknoty – że mała go opuszcza, że już właściwie jej nie ma.

Na całym świecie tylko ona była tak rzadka i dziwna jak on sam. Miał nadzieję, że ta wspólna anomalia ich połączy, lecz wcale się na to nie zanosiło. Nie wytrzymała niewoli. Więdła jak polny kwiat, a więdnąc, jaśniała. Nie tylko nie posiadł tej szmacianej istoty na własność, strzegł teraz tylko więdnącego kwiatu.

A może to on sam wiądł? Serce załomotało mu nierówno. Od dawna już zamierzało wysiąść, ale dotychczas i na to nie zważał. Zagubiony, urzeczony profesor padł na kolana.

– Błagam cię – poprosił.

– Analizując taki przypadek, widzimy wyraźnie, że dostąpienie idealnej miłości stanowi owoc nie przyrody, lecz łaski – rzekło cudowne dziecko.

Pustelnik padł martwy.

Albo ona, albo jej blask, wywoływała szum, który niósł się po lesie, jakby emanował z każdej gałązki. Wkrótce ta pierwotna muzyka dotarła do uszu śpiącego Winkiego.

Gwałtownie otworzył oczy. Leżał tak od miesięcy i już zarósł pnączami. Prawie zamienił się znów w zabawkę.

Nawet jednak w tej niewzruszonej czerni, gdy tak leżał w leśnej głuszy, niezdolny ani do poznania, ani do działania, słyszał krzyki swojego drogiego dziecka. Osiągnęły crescendo i to go obudziło, ale kiedy się ocknął, zostało tylko uporczywe dzwonienie jak echo organów w katedrze.

Wstał z trudem i pokuśtykał wśród liści, połamanych gałęzi, paproci, starych opon, błota, plastikowych uchwytów sześciopaków, polnych kwiatów, stert śmieci, popiołów wypalonych ognisk, jeżyn – nie czuł ran i skaleczeń, przyciągany głosem swojego umierającego dziecka. Gwizd-dzwon-szum przybrał na sile i Winkie wpadł na polanę.

Tam, w brudnym oknie chaty, zobaczył Małą Winkie. Jej złociste futerko płonęło coraz żywszym blaskiem – buchając niemal czystym światłem.

Jego jedynaczka odwróciła się, a widząc, że rodzic wreszcie po nią przyszedł, zrozumiała, że od początku jej zniknięcie nie miało być aktem dokonanym w samotności, lecz szalonym spektaklem przeznaczonym dla oczu tego, który był jej źródłem. Było jak najbardziej komiczny taniec, jaki mogła sobie wyobrazić. Spowita blaskiem, wzruszyła ramionami, jakby chciała powiedzieć zgryźliwie:

– Zobacz, kolejny cud.

Czy Winkie ją zrozumiał? Patrząc na swe płonące dziecko, wiedział tylko, że wszystko sprowadza się do kwestii, co można odebrać, a czego nie. Okazało się, że urodził świętą. Swoim małym męczeństwem nie mogła odkupić nikogo ani niczego, chociaż symbolizowało – jak każde cierpienie – wszelkie cierpienie, a więc wszelki bezsens. Ze łzami Winkie przechylił z niedowierzaniem głowę. Na jego oczach mała nagle zgasła jak świetlik, raz jeszcze zajaśniała i znikła.

Przed zniknięciem Mała Winkie zaczęła przy księżycu pisać pamiętniki, w bloku papieru w linie – był w szufladzie biurka, do którego ją przywiązano. Winkie znalazł je później, schowane za biurkiem. W swoim krótkim życiu, tak okrutnie przerwanym, jego dziecko najwyraźniej wiele zapamiętało. Notatnik był zapisany z obu stron setkami urywków – o ludziach, miejscach, zdarzeniach. I chociaż Winkie nie znał tych ludzi, miejsc ani zdarzeń, w jakiś niepojęty sposób doskonale rozumiał. Notatki kończyły się tak:

Tego dnia po przyjeździe dotarła do nas wiadomość o śmierci Oscara Wilde'a. Moja jedyna towarzyszka Gabrielle przeżyła to jeszcze dotkliwiej ode mnie. W rzednącej mgle ruszyłyśmy do portowego miasta. Kiedy wracałyśmy wąskimi, krętymi uliczkami znad morza, zauważyłyśmy wszystkie zachodzące tam zmiany – nowe bistra i kawiarnie nigdy przedtem niewidziane w tej dzielnicy, eleganckie bary sezonowe, między innymi miniaturowy biały zamek z czterema atrapami wieżyczek – a wszystko zapowiadało nadejście nowej mody. Słońce świeciło promiennie. Weszłyśmy do jednego z tych nowych lokali i usiadłyśmy przy stole z widokiem na małe patio.

Wiedząc, że w takim dniu trzeba chwytać życie w całej pełni, Gabrielle bez wahania przyjęła propozycję kelnera, żeby wziąć udział w licytacji motyla. Patrzyłam z dumą, jak kobieta, będąca od ponad piętnastu lat moją kochanką, sunie w czarnej aksamitnej sukni przez szklane dni i przybiera monarszą pozę przy składanym stoliku na patio. Łzy stanęły mi w oczach, kiedy Gabrielle, uśmiechając się do tłumu, włożyła rękę do jednego z trzech pomarańczowych dzbanów przed sobą, a gdy ją wyciągnęła, na czarnym, umaczanym w miodzie rękawie błyszczał intrygująco wspaniały motyl.

Powtarzała ten gest kilkakrotnie i za każdym razem na jej rękawie zjawiało się nowe mieniące się stworzenie, zwabione przez miód i aksamit. Trzepotało łagodnie skrzydłami – misterny błękit na tle płomienistego pomarańczu, złoto w równej białej otoczce lub szartreza z domieszką szkarłatu na czerni. Wtedy coś we mnie pękło, bo choć tego dnia wydawało się, że prześladowanie i zniewolenie odniosły ostateczny triumf, wiedziała, że teraz nastąpi zwrot ku lepszemu – który nieba- wem przyniesie kolejną zmianę na gorsze, może niewyobrażalnie gorsze, a następnie znów na lepsze, może nawet niewyobrażalnie lepsze... i to po wielokroć. Gabrielle, moja najdroższa przyjaciółka, stała w blasku słońca nowego stulecia.

Nicea, 1900

Winkie w żałobie

Jednolita szarość zasnutego chmurami nieba otuliła świat. Wiele liści już spadło, drzewa wyglądały więc z oddali jak zdziesiątkowane, a jednocześnie zamazane i puchate. Z blaszek martwych, lecz niewiarygodnie żółtych liści biło światło. Między całkiem nagimi gałęziami błyskały płomiennie jeszcze nie do końca ogołocone drzewa – żółto-zielono, bladoróżowo, rdzawoczerwono.

Od zniknięcia Małej Winkie minęło kilka tygodni. Mając w pamięci ostatni obraz świetlistości swojego utraconego dziecka w oknie, Winkie widział teraz wszędzie światło i miriady jego refleksów.

Okrągłe, splątane drzewo obsypane rajskimi jabłuszkami rozpyliło jaskrawy pomarańczowy kolor w iskierki, które bez trudu przeniknęły do spokojnej szarówki przedwieczornego lasu. Wszystkie krzaki i gałęzie jakby się z czegoś otrząsały – ze światła oślepiających liści lub jagód, które oko rejestrowało jak licznik Geigera. Liście, zanim opadły, musiały zrzucić z siebie te wszystkie przenikliwe promienie; to światła, a nie liści trzeba się było pozbyć.

Szarość lała się ze skołtunionych chmur, a jednocześnie wsiąkała z powrotem w tę puchatą miękkość, która przypominała Winkiemu jego własne miękkie wnętrze. Miś musiał jakoś przyjmować otaczające go nagie i samotne fakty, w tym własną rozpacz. Widział nad sobą ażur ciemnozłotych i zielonych liści klonu, którego wielkie gałęzie wiły się jak nieszkodliwe włosy Meduzy. Wydawało się, że drzewo stara się bezskutecznie nakazać mu, by odszedł. Jak gest kogoś niespełna rozumu przestraszonego bez powodu, niedorzecznie ostrzegającego poniewczasie, że zaraz zdarzy się coś okropnego.

Gdyby nie zostawił jej tamtego dnia samej! Chciała iść w górę strumienia, więc ją puścił, a wtedy…

Winkie szedł pod jesiennymi drzewami. Matowe brązowe liście spadały wokół niego na ścieżkę. Przedtem chodzili pod tymi drzewami we dwoje, teraz był sam. Winkie szedł sam pod jesiennymi drzewami.

Wrócił do chaty, w której mieszkał już od ponad miesiąca, i czekał na jakiś znak, że jego dziecko powróci. Usunął zwłoki pustelnika. Zdecydował się tam pozostać, wybierając mniejsze zło: las bez Małej Winkie czy chata bez Małej Winkie. Pierwotny instynkt, który kazał mu kopać albo grzebać, teraz kazał mu zostać w tym okropnym miejscu, skąd zniknęła.

Zaraz po zniknięciu swojego dziecka z tego świata, zaciekawiony i oszołomiony Winkie odważył się obejrzeć z bliska martwe ciało jej dręczyciela. Leżało na podłodze chaty, której wnętrze już nie lśniło; wypełniały je przyziemne konkrety – drewno, kurz, stare zapachy kuchenne. Pustelnik przestał być potworem. Gdy tak leżał, wydawał się nawet sympatyczny – ot, spokojny, brodaty starszy pan, który mógłby karmić małe zwierzątka i pozwalać im, by siadały mu na ramieniu. Winkie nie miałby na to ochoty, lecz rozumiał, że wiewiórkom albo rudzikom mogło się to podobać.

Na pewno nie podobałoby się Małej Winkie, nawet gdyby pustelnik rzeczywiście był miły. Na tę myśl żyjący miś aż się wzdrygnął.

Natychmiast odsunął ją od siebie, bo wiedział, że świadczy o żałobie, a nie chciał się przyznać przed samym sobą, że ma powód do żałoby. Kopnął obłąkanego profesora, żeby się upewnić, czy naprawdę nie żyje. Po głuchym odgłosie poznał, że tak.

Winkie czuł w głębi serca, że Mała Winkie odeszła na zawsze, ale wmawiał sobie, że może jeszcze wróci, a skoro istnieje taka szansa, trzeba zabrać stąd złego pustelnika, żeby nie odstraszał przerażonego dziecka. W przypływie rozpaczliwej energii chwycił zębami brudny flanelowy kołnierz nieboszczyka i zaczął go ciągnąć w stronę otwartych drzwi. Szło mu tak wolno i opornie, że zrozumiał, że to na nic i się rozpłakał. Ale wiedział, że nie może się poddać, więc rozpłakał się jeszcze bardziej.

Ubranie profesora ze świstem tarło o drewnianą podłogę za każdym razem, kiedy Winkie przesuwał go o kilkanaście centymetrów. Odgłos konieczny w tej chwili. Winkie wiedział, że mógłby wybrać inny konieczny dźwięk, na przykład rozszarpywania ciała pustelnika zębami i wypluwania, gryzienia całej chaty i wypluwania jej kawałków. Zdecydował jednak, że będzie ciągnąć, taki więc był jego los, a odgłos ciągnięcia to jego wkład w tę straszliwą poranną ciszę w lesie, w którym nie było już Małej Winkie. W oddali zakrakał kruk. Odezwały się świerszcze. Szur, szur, szur. Winkie ledwo widział przez łzy, ale musiał brnąć dalej. Za chwilę rozlegną się odgłosy gorączkowego kopania, potem grzebania, potem udeptywania ziemi, trochę jak gdyby deptał dręczyciela. Nic mu nie powetuje straty, nieważne było więc, co zrobi, choć wiedział, że musi uwolnić świat od tego wielkiego martwego cielska, które spychał teraz po trzech betonowych stopniach chaty.

Wczesna jesień przeszła w pełnię jesieni, a potem w późną jesień. Codziennie rano Winkie patrzył przez brudne okno na mile zwierzątka uwijające się przy swoich miłych zajęciach – zajączki skikały i skubały, wiewiórki z czarnymi świecącymi ślepkami zwinnie i szybko zbierały orzechy – a jego ogarniał nieznośny smutek.

Umierająca Mała Winkie – jej śmierć wydawała mu się możliwa, a zarazem niemożliwa. Mała była dla niego samym życiem, samą miłością – jak życie i miłość mogą umrzeć? Szukał i nie znajdował odpowiedzi, tak jak po sto razy dziennie szukał i nie znajdował Małej Winkie. Udręka kochania-i-nieznajdowania, nieustanne zwracanie się ku nieobecnej. Pogłębiało ono i zakłócało już i tak niepewne istnienie Winkiego, zawieszone między misiem a zabawką, duchem a materią, człowieczeństwem a światem przyrody. Nie wiedział już nawet, ku czemu się skłaniać, czego pragnąć.

Pewnego dnia, chodząc po lesie, miś pomyślał, czy nie przenieść się w inny wymiar, i rzeczywiście po chwili w smutnym, złocistym zmierzchu zasnuwającym ścieżkę zaczął migotać, przybierając na krótko pod nagimi drzewami kształt jaskrawego trapezu. Ale to było równie bolesne jak jego własna rzeczywistość, może nawet bardziej, poza tym natychmiast zrozumiał, że tam również nie znajdzie Małej Winkie. Powrócił do swojej poprzedniej postaci i poszedł z powrotem do chaty.

Powinien zbierać żołędzie na zimę, tak jak przed rokiem zbierał z Małą Winkie, przytuloną do jego pleców. Ale skrzypiące półki pustelnika były zastawione po brzegi tanimi konserwami; dość zapasów dla misia na wiele sezonów. Jeszcze rok wcześniej Winkie nie zniżyłby się do użycia otwieracza do konserw, ale dlaczego teraz miały robić ceregiele? Pozwolił sobie wrócić do ludzkich nawyków, które niegdyś tak zdecydowanie odrzucił – do krzesła i stołu, miękkiego łóżka, koców, ciepła i makaronu w sosie pomidorowym. Jak w czasach, kiedy był martwą zabawką, często smutną i złą, żył teraz bardziej jak mały człowiek niż miś. I to jak brudny mały człowiek, bo pozwolił, żeby w kącie chaty urósł stos pustych puszek, nie mył łyżek, nie ścielił łóżka, wszystkie książki, ubrania, strzelby i papiery profesora zostawił upchane byle jak na półkach, podłodze i stole, nie przeszkadzały mu kręcące się po chacie szczury i ptaki, które wszędzie zostawiały odchody. Do późna w nocy oglądał telewizję – odbiornik pustelnika miał tylko jeden kanał, gdzie puszczano prawie na okrągło reklamy sprzętu gimnastycznego – a potem długo spał. Codziennie rano, leżąc w brudnym, pogniecionym barłogu, obrzucał wzrokiem rosnący bałagan i mówił sobie:

– Świetnie.

Tygodnie. W oddali ten sam ptak. Lament. Codziennie Winkie podchodził do okna i patrzył, jak spadają ostatnie liście.

W końcu spadły ostatnie i lament ustał.

Winkie odruchowo, bezmyślnie, zabrał się do sprzątania. Wiedział wprawdzie, że chata bez brudu i nieładu będzie pusta i straszna, ale nie mógł się powstrzymać. Od szorowania, noszenia, sięgania i schylania rozbolały go plecy. W stosie książek i papierzysk trafił na taśmy wideo z napisami „Mała Winkie pojmana". Wpadły mu w oko już wcześniej, ale wcale ich nie szukał. Nie chciał oglądać własnego dziecka w niewoli. Rozważał nawet, czy nie spalić taśm, ale uznał, że to też nie najlepszy pomysł. Wdrapał się na krzesło i wsunął je na najwyższą półkę, mrucząc:

– Jak najdalej, jak najdalej.

I właśnie wtedy, kiedy spojrzał pod nogi, zauważył pamiętniki Małej Winkie spisane w grubym żółtym bloku wepchniętym między biurko a okno. Zszedł, położył się na blacie i wyciągnął blok szmacianą łapą. Stronice były chłodne w dotyku i pomarszczone od atramentu, a jemu zakręciło się w głowie, jak gdyby zwolniła karuzela.

Wyciągnął blok ze skrytki, wygładził kartki starannie na biurku. Usiadł po turecku i zaczął czytać.

Znalazł tam dziesiątki historii z dziesiątkami postaci, ale w każdej narrator pozostawał ten sam. Poczuł coś niesamowitego – jakby dostąpił przywileju, dokonał odkrycia i dotknął przeznaczenia. Chciał, żeby te dzienniki nigdy się nie skończyły. Bo kiedy doszedł do ostatniej strony zapisanej drobnym pismem, i wszystkie motyle zostały wyciągnięte z dzbana, zrozumiał raz jeszcze, choć inaczej niż przedtem, że jego życie z Małą Winkie się skończyło. Nie udało mu się jej ocalić. Na żółte kartki liniowanego papieru kapały łzy.

Pustka. Winkie wyjrzał przez okno. Na dworze było ciemno, nawet nie padało. Nie działo się tam nic.

Ale w nocy miał sen: Mała Winkie unosi się przed nim, trzepot jej spojrzenia „myśl o tym, co było" i rozpływa się na zawsze.

Winkie naprawdę się wtedy obudził i poczuł ten sam smutek, zdumienie i dumę z dziecka, co przy jej pierwszym zniknięciu. Zrozumiał, że takie są teraz jego uczucia do Małej Winkie, i że są ostateczne. Telewizor grał, błyskając światłem i ciemnością, kusząc reklamami. Winkie go wyłączył. Zlękł się, że wpadnie w jeszcze większą rozpacz, wahał się. Próbował zgłębić sens słów swojego dziecka. Znów zasnął i znów miał sen.

To była druga część pierwszego snu. Ukazały mu się postaci z jego długiego życia zabawki, wszystkie kochane przez niego dzieci i ich obie rodziny, a wszyscy machali mu na pożegnanie; ta przejmująca kombinacja oczu i rąk obudziła straszliwe poczucie żalu i utraty. Od lat nie myślał o żadnym z nich – o małej Ruth, jej siostrze, bracie, rodzicach ani o rodzinie i kolejnych dzieciach, Carol, Helen, Paulu, Kenie i na koniec Cliffie. Każde z nich przychodziło na świat z pełnymi miłości, patrzącymi odważnie oczami, a potem każde dorastało i porzucało misia. Chociaż w tym śnie to Winkie ich porzucał – odpływał wielkim białym parostatkiem, zespół banjo grał na pokładzie, a dźwięki muzyki niosły się po drobnych falach szerokiej brązowozielonej rzeki. Był tańczącym niedźwiedziem w getrach i białym cylindrze, który wykonuje swój numer dla garstki gapiów, podczas gdy wszyscy bliscy z dziećmi machają mu z błotnistego brzegu na pożegnanie.

Od lat nie myślał o żadnym z nich, i może to właśnie było najgorsze – że można tak całkowicie zapomnieć o czymś, co się utraciło.

Uściski, sekrety, bajki, zabawy, kredki, świecidełka, prezenty, łzy, klapsy, zdrady, pieski, zdrobnienia, ręce, pieszczoty, dwa plus dwa, całusy, sztuczne ognie, wózki, spacery. Wszystko to zginęło w wirze na tafli wody za kołem parostatku, który buczał wesoło: „tut-tut", i dudnił pod roztańczonymi nogami Winkiego, niekojąco, niezłowieszczo, tylko po prostu tak, jak umiał.

Winkie tak rzucał się na łóżku, że się obudził.

Był wczesny ranek. Wyszedł na dwór, żeby się załatwić. Kucnął nad strumykiem, z goryczą przypomniał sobie, jaką przyjemność dawały mu kiedyś takie proste czynności. Rozejrzał się po lesie, który nadal kochał: wysokie drzewa, świergot wróbli, żółte promienie słońca między setkami nagich gałęzi. Na chwilę przestał myśleć i świat wraz z jego przyjemnościami znów wlewał się w jego umysł.

Z drugiej części snu zrozumiał, że mówiąc: „Myśl o tym, co było", zjawa dziecka miała na myśli nie niedawne, lecz o wiele bardziej odległe wydarzenia. Machanie z parostatku dało tylko początek wspomnieniom dzieci, które znał. W nowym życiu z Małą Winkie nigdy nie chciał oglądać się za siebie – nie czuł potrzeby wracać myślą do wielu lat spędzonych jako zabawka – teraz jednak pojął, że ta długa przeszłość również pełna była miłości i cierpienia, a więc te lata też stanowią część jego samego. Chociaż dawno przeminęły.

Idąc dalej tym tropem, roztrząsając swoje życie sprzed Małej Winkie, stary miś nagle zrozumiał, jaki jest mały pod tymi ogromnymi, rozłożystymi drzewami. Spojrzał w dół na swój zaokrąglony cień wśród cieni śpiących gałązek i znowu zachciało mu się płakać. Nawet gdyby prześledził od początku wszystkie zapomniane etapy, które doprowadziły go do tej samotni, i tak nie znalazłby ukojenia. Najwyraźniej jednak był to jego obowiązek, postanowił więc spróbować. Udzielił sobie odroczenia aż do zachodu słońca, ale wieczorem zaczął rozpamiętywać całe swoje życie – najpierw kapryśnie, na wyrywki, aż w końcu dotarł do smutnych, szczęśliwych, gniewnych czasów, kiedy nazywał się Marie.

Pojmanie przerwało, oczywiście, snucie wspomnień, ale wrócił do nich w drodze do więzienia. Stał się więźniem w połowie dzieciństwa Ruth. Potem wrócił do wspomnień dopiero po wielu miesiącach, w przeddzień rozprawy w sądzie. Proces Winkiego zaczął się więc w połowie dzieciństwa Cliffa.

Część trzecia

I że każdy przedmiot, choćby najlichszy,
może być piastą w kole wszechświata.

Walt Whitman *Pieśń o mnie*
przeł. Andrzej Szuba

Naród przeciwko Winkiemu

1.

Generał wycelował wskazówką laserową w zdjęcie wielkości plakatu.

— To zdjęcie satelitarne obiektu, będącego zapewne ultranowoczesnym laboratorium broni biologicznej, w którym, zgodnie z różnymi raportami wywiadu, tworzy się takich „misiów zabójców". — Obrysowywał światłem najpierw jeden niewyraźny prostokąt, potem drugi. — Tutaj, tutaj i tutaj — oznajmił autorytatywnym tonem.

— Rozumiem — powiedział prokurator przyciszonym, zatroskanym głosem. — Używając określenia „misie zabójcy", nie ma pan chyba na myśli zwyczajnych misiów?

Generał roześmiał się ponuro.

— Nie. Tak je po prostu nazywamy ze względu na powierzchowne podobieństwo do misiów.

— Chociaż wcale nie są puszyste i przyjemne, prawda?

— Nie są. Wręcz przeciwnie, stanowią armię wyszkolonych superbojowników, specjalnie wyszkolonych, żeby okaleczać i zabijać. — Generał wskazał kolejną tablicę. — Powstają, jak sądzimy, w wyniku procesu naukowego, którego dotąd nie zgłębiliśmy, ale niewykluczone, że do ich produkcji wykorzystuje się porwane dzieci w połączeniu z kodem DNA miejscowych zwierząt, takich jak węże lub gryzonie, albo odpornych na środki farmakologiczne drobnoustrojów, takich jak wirus ospy wietrznej lub bakteria wąglika.

Tablica przedstawiała z lewej strony rysunek małej dziewczynki w różowej sukience, pośrodku grubą czarną strzałkę z oznaczeniem DNA, a z prawej nagie stworzenie podobne do Winkiego. Po sali sądowej przebiegł jęk zdumienia.

– Dziękuję, wszystko jest aż nazbyt jasne – rzekł prokurator. – Nie mam więcej pytań.

– Dobra nasza, yyy, dobra nasza – szepnął Niewygrał do misia, przeglądając stos pękatych papierowych teczek. – Przysięgli nie dali, nie dali, nie dali się nabrać. Nie ma powodów do obaw, panie Winkie.

Właściwie trudno było określić reakcję ławy przysięgłych, bo ośmiu mężczyzn i sześć kobiet siedziało ukrytych za kotarą. Przed rozpoczęciem procesu oskarżenie zdołało przekonać sąd, że ze względu na ogromne zagrożenie, jakie stanowi terrorystyczna siatka oskarżonego, tożsamość przysięgłych trzeba utajnić. Winkie wpatrywał się teraz z lękiem w niebieską płachtę materiału wydymającego się delikatnie w przeciągu. Zupełnie jakby kotara ferowała wyrok, dając wyraz swojej nienawiści, lekceważyła go, karała udrapowanym milczeniem.

– Panie Niewygrał? – sędzia zagadnął niecierpliwie adwokata.

Niewygrał nie przestawał wertować stosów dokumentów, teczek, płyt komputerowych. Tego ranka prokurator nagle spełnił jego dawno zgłoszoną prośbę o udostępnienie dowodów i przekazał mu około dziesięciu tysięcy stron maszynopisu i dwieście trzynaście płyt CD. Aby jak najszybciej wymierzyć sprawiedliwość w sprawie wagi państwowej, odrzucono wniosek obrony o odroczenie sprawy, dlatego adwokat i jego klient siedzieli teraz otoczeni stertami zeznań, wyników badań laboratoryjnych i innych dokumentów, jak w byle jak skleconym gnieździe. Niewygrał miotał się od jednego stosu papierów do drugiego, a rzadkie włosy opadały mu na oczy.

– Panie mecenasie, czy ma pan pytania do świadka, czy nie? – spytał sędzia.

Rozległ się tylko szelest dokumentów przerzucanych przez obrońcę.

– Zapraszam – ponaglił prokurator, wznosząc oczy do nieba.

– Och – mruknął Niewygrał, zatopiony w myślach, i chrząkając, zaczął pośpiesznie kartkować gruby raport, który właśnie znalazł.

Sędzia bawił się młotkiem.

– Panie mecenasie… panie mecenasie…

Niewygrał, niepomny na cały świat poza kartką przed nosem, uniósł rękę nad głowę uciszającym gestem i nie przestawał czytać.

Sędzia przybrał tak srogą minę, że Winkie zaczął szarpać swojego adwokata za rękaw, lecz Niewygrał nie zwracał na to uwagi. Wodził tylko szybko oczami po stronie.

– Hę, hę, ee-hę… Co? Aaa. Hm, ee-hę… O Boże! Hę. Och… hę.

Przesłuchano kilku innych świadków, zanim obrońca podniósł oczy znad stołu zawalonego dowodami. Zeznania przepływały obok samotnego misia jak we śnie, w którym można tylko obserwować, lecz nie da się nic zrobić. Kiedy jednak wezwano nadinspektora, ten spiorunował Winkiego spojrzeniem tak nienawistnym, że miś znowu zaczął szarpać adwokata za rękaw.

– Jezu… co takiego? – warknął Niewygrał.

Przestraszony Winkie wskazał nadinspektora, ale morderczy wzrok już złagodniał. Teraz ten wysoki, przystojny mężczyzna stanowił uosobienie spokoju, gdy tak stał pod flagą i przysięgał mówić prawdę tym samym tubalnym głosem, którym po raz pierwszy przemówił do misia z helikoptera.

Nawet Niewygrał zwrócił na niego uwagę. Przesłuchiwany przez prokuratora nadinspektor opowiedział o latach szukania oskarżonego i przedstawił okoliczności jego aresztowania.

– Od pierwszej chwili, odkąd zobaczyłem go przez lornetkę, wiedziałem, że to właśnie on.

Niewygrał zerwał się z miejsca.

– Wysoki sądzie, yyy, przeświadczenie świadka nie ma, nie ma, nie ma żadnego znaczenia, znaczenia dla, dla…

– Oddalam sprzeciw.

Łup!

– Dziękuję, wysoki sądzie – rzekł prokurator, zamykając oczy i skłaniając głowę, jakby gotów był pokornie się poddać wszelkim atakom obrony, gdyby nie interwencja sędziego. Odwrócił się do nadinspektora. – A skąd pan wiedział? Skąd pewność, że to „właśnie on", jak pan to ujął?

– Bo idealnie odpowiadał opisowi poszukiwanego.

– Jak go opisano?

Nadinspektor wyciągnął przed siebie dłoń i zaczął stukać w nią palcem, potem dwoma, a potem trzema, wymieniając po kolei niepodważalne argumenty.

– Bardzo niski mężczyzna z tak zwanym kompleksem Napoleona, przypuszczalnie fizycznie zdeformowany, być może poważnie nieprzystosowany społecznie, włóczęga, paranoik, całkowicie odizolowany od rodziny i przyjaciół, oczywiście nieżonaty, niezdolny do normalnych, zdrowych stosunków seksualnych z płcią przeciwną, które mogłyby prowadzić do spłodzenia normalnych, kochających dzieci i do normalnego, zdrowego, satysfakcjonującego życia rodzinnego.

Po miesiącach przesłuchań Winkie przywykł do większości dziwacznych zarzutów, ale teraz bardzo chciał zaprotestować, że przecież urodził piękne, szczęśliwe dziecko...

– Ale jak... jak taki człowiek może w ogóle istnieć? – spytał prokurator. – Jak ktoś mógłby tak żyć?

– Powtarzam, to nie jest normalny osobnik. – Po sali przebiegł pomruk na znak zgody, a nadinspektor skrzywił się z obrzydzeniem. – Taki ktoś, pragnąc powetować sobie ułomności psychiczne i fizyczne, nieuchronnie schodzi na drogę działalności przestępczej, zwłaszcza konstrukcji bomb, co daje mu poczucie wszechmocy, jakby był Bogiem.

– Straszne, po prostu straszne – skomentował prokurator, kręcąc głową.

Niewygrał już miał zgłosić sprzeciw, ale się wstrzymał, bo nagle jego uwagę przykuło pewne sformułowanie w kolejnym dokumencie.

– Jak długo pracuje pan jako agent Federalnego Biura Śledczego? – zapytał świadka prokurator.

– Dwadzieścia osiem lat.

Jego gęste włosy połyskiwały srebrzyście w świetle lamp.

– Czy kiedykolwiek miał pan do czynienia z podobną sprawą? – spytał prokurator.

– Nigdy. – Nadinspektor z miną mędrca pokręcił wielką głową. – Nigdy w życiu nie spotkałem się z tak groźnym bandytą ani z tak wyrafinowanym umysłem przestępcy.

– Można chyba powiedzieć z całą odpowiedzialnością, że pańska opinia oparta jest na ogromnym doświadczeniu?

Nadinspektor wyglądał niemal chłopięco, kiedy opuścił brodę na znak skromnego potwierdzenia.

Niewygrał wręczył nadinspektorowi gruby zszyty tom akt. Kiedy przeglądał je bez końca i wydawałoby się na chybił trafił, udało mu się wyłowić kluczowy dokument FBI, sporządzony niedługo przed aresztowaniem misia.

– Proszę świadka, yyy, yyy, żeby przeczytał stronę, stronę, stronę... stronę tysiąc pięćdziesiątą siódmą, początek ostatniego akapitu – poprosił, ledwo skrywając podniecenie rewelacją, którą zamierzał ujawnić.

– Według rozmaitych relacji z terenu tak zwany szalony zamachowiec ma... – mruczał pod nosem nadinspektor.

– O właśnie! – zawołał Niewygrał. – Proszę dalej!

Nadinspektor ściągnął brwi.

– Szalony zamachowiec ma ponad metr osiemdziesiąt wzrostu, między czterdzieści pięć a pięćdziesiąt pięć lat, nadwagę, przeciętną twarz, niebieskie oczy, okulary, szpakowate włosy i brodę.

– A rysunek? – podpowiedział Niewygrał. – Proszę, yyy, nie zapominać o rysunku!

Nadinspektor podniósł policyjny rysunek gniewnej twarzy mężczyzny w okularach przeciwsłonecznych i bluzie z kapturem. Winkie w życiu nie widział takiej pomazanej, kanciastej twarzy, nawet bardziej przerażającej niż twarz sędziego.

– No więc czy ten, yyy, portret lub rysopis, który zechciał nam pan, pan, pan przeczytać, rzeczywiście przypomina oskarżonego?

Nadinspektor unikał wzroku mecenasa.

– Niezupełnie…

– Doprawdy, przyzna pan, że zupełnie nie przypomina?! – krzyknął Niewygrał, a policzki i czoło wprost pałały mu rumieńcem zwycięstwa. Świadek nie odpowiedział, lecz Niewygrał nie zamierzał na tym poprzestać. Takie triumfy zdarzały mu się tak rzadko, że pragnął przeciągnąć tę chwilę w nieskończoność. – Doprawdy bardzo panu dziękuję. To nam doprawdy wystarczy. Nie mam doprawdy więcej pytań. To już doprawdy…

Łup! Łup!

– Panie Niewygrał – zagrzmiał sędzia. – Doprawdy, jeśli pan zaraz nie usiądzie…

Wśród salw śmiechu Niewygrał wrócił jak niepyszny na swoje miejsce. Stropiony Winkie zerknął niespokojnie na niebieską kotarę bez wyrazu i na swojego adwokata, którego zbyt ożywiona twarz jakby nie potrafiła się zdecydować, czy triumfować, czy się wstydzić.

– A jakże, złapaliśmy ich teraz wie pan za co – szepnął Niewygrał.

Przez ostatnich dwadzieścia minut dwanaścioro asystentów prokuratora (siedzących za nim rzędem) wertowało gorączkowo w laptopach ten dokument i dzięki umiejętnościom asystentki numer dwanaście prokurator mógł się zwrócić do nadinspektora z jeszcze jednym pytaniem:

– Co mówi o przestępcy raport na stronie siedemset czterdziestej siódmej, przypis pięćdziesiąty szósty, akapit czwarty?

Nadinspektor ze znużeniem przerzucił stronice opasłego tomu i nagle twarz mu się rozjaśniła.

– Och tak. Mam przeczytać? – zapytał.

– Bardzo proszę.

Nadinspektor artykułował słowa wolno i wyraźnie.

– Ani opis, ani portret pamięciowy szalonego zamachowca nie mogą być przyjmowane bez zastrzeżeń, gdyż ten przebiegły przestępca uchodzi również za mistrza kamuflażu.

Wszystkie oczy zwróciły się teraz na misia – oczy tak przenikliwe i oskarżycielskie, że Winkie poczuł, jakby jego wygląd zmieniał się tu i teraz wbrew jego woli – był wysoki albo niski, był zwierzęciem albo człowiekiem, był przerażający albo uroczy – coraz szybciej, aż przeistoczył się w sekwencję zamazanych obrazków wirujących na bębnie automatu w kasynie gry.

2.

W inkie wpatrywał się w niewzruszone okrągłe oko lampy na suficie, które patrzyło na misia niemal z litością. Przestał już szukać w wydarzeniach swojego życia jakiejkolwiek pociechy – jakiejś prawidłowości, zapomnianej lekcji, szczypty nadziei – i miejsce wspomnień zajęła w jego umyśle pustka. Dochodziła chyba trzecia nad ranem. Wydawało mu się, że prycza zniknęła, a on sam unosi się, choć przybity, w zatęchłym powietrzu, które zgęstniało od wszystkich słów wypowiedzianych tego dnia przeciwko niemu w sądzie. Co wieczór, mimo nieznośnego swędzenia, kładąc się spać, postanawiał, że nie będzie się drapać ani nawet poruszać, i to mu się zwykle przez pewien czas udawało. Teraz jednak pomyślał, że może nie jest w stanie się poruszyć? Trociny w łapach zdawały się nasączone trucizną i była to pewnie zasłużona, odpowiednia kara. Jeżeli tego dnia wraz z procesem rozpoczął się nowy, straszny sen, to straszne uczucie było najgorszą jego częścią.

Z dołu, z pogrążonej w mroku dolnej pryczy, dobiegło go charkoczące chrapanie jego współwięźnia Darryla. Zaczynało się co noc o tej samej porze i zawsze przywoływało misia do rzeczywistości – takiej, jaka ona była, nie takiej, jakiej się obawiał. Winkie znów zaczął się drapać – to już inna, bardziej przyziemna kara. Skupił się na lewej stronie brzucha, dopasował rytm drapania do oddechów Darryla. Chrapanie przypominało pomruk kuguara dochodzący z jaskini, lecz w gruncie rzeczy było, tak jak sam Darryl, nieszkodliwe.

Chociaż na współtowarzysza celi specjalnie dobrano misiowi takiego osiłka, żeby dał mu wycisk, Darryl od pierwszej chwili polubił Winkiego, bo najbardziej w więzieniu brakowało mu jego pluszaków. Odsiadywał dożywocie za kradzież w sklepie. Źle znosił pobyt w więzieniu. Po ostatnim buncie podano mu nowsze, silniejsze środki uspokajające, ale najbardziej uspokajała go obecność misia. Chociaż nadkomisarz wciąż gderał, że Darryl nie wywiązuje się z „obowiązków" i powinno się go zastąpić groźniejszym więźniem, strażnicy oddychali z ulgą, że już nie muszą zeskrobywać ze ścian i z mundurów jego gówna, więc go nie ruszali.

– Mam świetny kontakt z Darrylem – powiedział z westchnieniem miś, jak gdyby to była jakaś pociecha. Trzymano ich w odosobnieniu, w dwuosobowej celi pilnowanej przez jednego strażnika, oddziałowego Waltera. Czas płynął tam dziwnie. Nie pozwalano im na widzenia z nikim, z wyjątkiem Niewygrała. Darryl spał po dziewiętnaście i pół godziny na dobę, a resztę dnia siedział po turecku na pryczy i w milczeniu kolorował obrazki w książkach, które co tydzień zostawiała mu babcia. Czasem kiedy z głównego oddziału dochodziły krzyki i odgłosy awantury, podnosił Winkiego i niezdarnie go przytulał. Czasem wkładał misiowi pomarańczowo-fioletową koszulkę w prążki ze swoim ulubieńcem Yosemite'em Samem. Czasem nawet dzielił się z nim śliską białą kapsułką lub dwiema, które zdołał ukryć w policzku aż do wyjścia Waltera. Połknięta gorzka substancja sprawiała, że Winkiemu przyjemnie opadały powieki, a swędzenie ustępowało na co najmniej pół godziny.

Przechodząc do drapania prawej, bardziej wyliniałej, strony brzucha, miś pozwolił sobie na zdumienie, że na to mu w życiu przyszło. Nie była to nowa myśl. Ale czasem, tak jak dziś, poczucie, że każde bolesne wspomnienie w końcu znajduje swój ponury koniec, nabrało dziwnie satysfakcjonującej mocy fatum. Żałował, że nie może dosłownie zanurzyć w nim nosa. Bo skoro naprawdę tak wygląda jego przeznaczenie, zadawał sobie w duchu pytanie – tak jak zawsze, kiedy dotarł do tego punktu, jak gdyby to pytanie mogło go zbawić – to czego życie go nauczyło?

– Po pierwsze – odpowiedział sam sobie, bez zmrużenia powiek, niemal czekając na cios: – Miłość zostanie ukarana. Po drugie…

Ale nie wiedział jeszcze, co po drugie.

3.

P rokurator wstał i odchrząknął.
– Wysoki sądzie, ze względu na poważne zagrożenie dla świadków powołanych przez oskarżenie, nie mówiąc o ich rodzinach, ze strony międzynarodowej grupy przestępczej i terrorystycznej dowodzonej przez oskarżonego, który zapewne nadal dowodzi nią z celi, wielu świadków zastąpią na sali sądowej wyszkoleni aktorzy.

Wściekły Niewygrał usiłował zaprotestować.

– Yyy... yyy... yyy... yyy...

– Aby ochronić tożsamość świadków – ciągnął prokurator – a także zapobiec ewentualnej stronniczości sędziów przysięgłych, nie ujawnimy, którzy świadkowie są aktorami, a którzy mówią w swoim imieniu. W niektórych przypadkach – dodał szybko – aktorzy będą występowali w roli świadków, którzy z różnych powodów sami nie mogą składać zeznań.

Niewygrałowi ze zdenerwowania spurpurowiały nawet kościste ręce.

– Wysoki sądzie, to jest... Wysoki sądzie, wprost nie mogę... Wysoki sądzie, z pewnością sąd...

Trzy łupnięcia młotkiem.

– Oddalam, oddalam, oddalam. Panie Niewygrał, żądam, aby przestał pan wciąż przerywać, bo zastąpię aktorem pana. – Łup! – Przynajmniej pańskie miejsce zająłby ktoś, kto umiałby wydukać więcej niż kilka słów.

Po sali przetoczył się śmiech, tu i tam rozległy się nieśmiałe brawa. Niewygrał osunął się na krzesło. Winkie rzucił sędziemu piorunujące spojrzenie.

– Oskarżenie wzywa Jane Cotter!

Na miejscu dla świadka stanęła drobna młoda kobieta w czarnej sukni, czarnych pończochach, białym fartuszku z falbanką i w czepku. Przez chwilę Winkie uroił sobie, że to Françoise, chociaż jej szpitalny strój był inny. Tak jak we śnie przyszła zeznawać na jego korzyść, inaczej ubrana, kiedy najmniej się tego spodziewał – ale to nie była, oczywiście, Françoise i Winkie znów wpadł w swoją zwykłą rozpacz.

– Pracuję jako pokojówka w hotelu Savoy. – Panna Cotter mówiła bardzo cicho, ze śpiewnym irlandzkim akcentem. – Pamiętam, że pan Winkie zatrzymał się w naszym hotelu w marcu tysiąc osiemset dziewięćdziesiątego trzeciego roku.

Odchrząknęła nerwowo.

Prokurator – jak wyjaśnił rano swoim asystentom – miał nadzieję przejść do historii prawa, grając na uczuciach ławy przysięgłych w sposób dotąd nieznany. Niewygrał już wstawał, żeby zgłosić sprzeciw, ale sędzia pogroził mu młotkiem, adwokat opadł więc znów na krzesło i zaczął coś wściekle notować w swoim bloku.

Panna Cotter ciągnęła swoje zeznanie:

– Uznałam za stosowne zwrócić uwagę kierowniczki na stan łóżka pana Winkiego. – Znów odchrząknęła. – Pościel była zaplamiona w… szczególny sposób.

Pomruki na sali. Nawet Niewygrał przestał na chwilę pisać, a Winkie żałował, że nie może zakopać się pod koc w swojej celi.

– Proszę mówić dalej – zachęcił prokurator.

– Trzeciego dnia pobytu – ciągnęła panna Cotter – około jedenastej rano pan Winkie zadzwonił po pokojówkę. Kiedy przyszłam, spotkałam go w drzwiach. Poprosił, żebym napaliła u niego w pokoju. – Przełknęła ślinę. – I wtedy zobaczyłam osiemnasto- albo dziewiętnastoletniego chłopca, bladego, o ciemnych, krótko przystrzyżonych włosach.

Kolejny pomruk.

– Nie mam więcej pytań. W imieniu społeczeństwa dziękuję pani za złożenie zeznań, panno Cotter.

– Yyy… Wysoki sądzie, jedną chwileczkę… Jedną chwileczkę… Yyy… Yyy… Wysoki sądzie, jedną chwileczkę… Yyy… Yyy…

– Panie Niewygrał, jeżeli nie zacznie pan przesłuchania w ciągu dziesięciu sekund…

– Tak, tak, jak najbardziej...

Ale ruszając w stronę miejsca dla świadków, strącił ze stołu kilka stosów teczek, płyt CD i dyskietek.

– Proszę to zostawić! – warknął sędzia, kiedy Niewygrał schylił się, żeby je pozbierać. Przedtem zdarzyło się to tyle razy, że już nawet nie śmieszyło. W grobowej ciszy Niewygrał starał się wyprostować, zanim zwrócił się do świadka.

– Panno Cotter, ile pani ma lat?

– Sprzeciw. Wysoki sądzie, jaki związek może mieć... – zaczął prokurator, ale świadek zdążyła już odpowiedzieć.

– Dwadzieścia cztery.

Sędzia wykazał nawet zainteresowanie.

– Zezwalam na to pytanie.

– Dwadzieścia cztery lata – powtórzył Niewygrał. Teraz już stał całkiem prosto. – No dobrze. I mimo to twierdzi pani, że widziała oskarżonego w roku tysiąc osiemset dziewięćdziesiątym trzecim?

– Tak – potwierdziła.

– Czyli ponad sto lat temu?

– Tak. I co z tego?

Niewygrał uniósł ręce w teatralnym geście zdumienia.

– Proszę nam zatem wyjaśnić, panno Cotter, jak to możliwe?

– Sprzeciw! – rozległ się okrzyk ze strony oskarżenia. – Panna Cotter nie jest specjalistką od praw czasu i przestrzeni.

Sędzia zadumał się przez chwilę, ale szybko się opanował.

– Podtrzymuję – powiedział urzędowym tonem.

Na twarzy Niewygrała odmalowało się jeszcze większe, jeśli to możliwe, zdumienie.

– W takim razie, w takim razie nie mam więcej, nie mam więcej pytań! – zawołał.

Łup!

– Proszę, by obrona powstrzymała się od teatralnych popisów albo zostanie pan ukarany za obrazę sądu.

Niewygrał usiadł, mrucząc coś pod nosem. Jego porażka miała zasadnicze znaczenie, bo otwierała drogę wielu kolejnym miesiącom zeznań kolejnych świadków.

– Pan Winkie zwiódł mnie i zwabił w sidła swojego czarnoksięstwa – powiedział świadek C., którego nazwisko utajniono „ze względów bezpieczeństwa". Niski, krępy mężczyzna, tak jak świadkowie A. i B., pocił się obficie w czarnym wełnianym płaszczu, czarnych wełnianych bryczesach, trzewikach z klamrą i wysokim czarnym kapeluszu. – Obiecał mi za to piękne stroje. Przynosił kukiełki i kolce, które miałem w nie wbijać, żeby sprowadzać nieszczęścia na innych ludzi, i nakłaniał, abym wraz ze swoimi kamratami rzucił urok na całą Amerykę, ale mieliśmy to czynić stopniowo, żeby plan się powiódł.

Winkiemu aż włos się zjeżył na karku – za nic w świecie nie kłułby kolcami kukiełki ani żadnej innej zabawki.

– Ameryka dziękuje panu, że odważył się pan zeznawać – pogratulował prokurator.

– Wysoki sądzie…

Niewygrał przerwał, westchnął, przewrócił oczami.

Sędzia machnął młotkiem w powietrzu.

– I co pana spotyka, odkąd pan się ujawnił? – spytał łagodnie świadka prokurator.

– Odkąd przyznałem się, że byłem złym czarownikiem, zaczęły mnie straszliwie torturować diabły oraz inni czarownicy, przecierpiałem więc za swoje wyznanie niezliczone śmiertelne katusze.

Winkie nieraz wyobrażał sobie, że kogoś torturuje, ale był pewien, że w rzeczywistości nigdy tego nie robił. Ale jeżeli wystarczyło już samo myślenie?

Howard Morgan, nastolatek z bujnymi, wybrylantynowanymi włosami, złożył właśnie przysięgę. Poprawił wykrochmalony kołnierzyk i muszkę. Prokurator zdmuchnął kurz ze starego podręcznika i podszedł z nim do miejsca dla świadka.

– Panie Morgan, czy uczył pana profesor Winkie?

– Tak, wysoki sądzie.

Prokurator podniósł podręcznik.

– Czy uczył z tego oto podręcznika *Podstawy nauk przyrodniczych*?

– Tak, wysoki sądzie.

– Jak profesor Winkie nauczał z tej książki? Chciałbym wiedzieć, czy zadawał pytania, a wy odpowiadaliście, czy też sam wykładał, a może jedno i drugie? Próbował wam wykładać teorię ewolucji?

– Tak, wysoki sądzie.

– Powiedz nam swoimi słowami, Howardzie, czego was uczył i kiedy.

– Mniej więcej drugiego kwietnia.

– Tego roku?

– Tak, wysoki sądzie, tego roku.

Niewygrał zaczął protestować, że oskarżony cały ostatni rok spędził w więzieniu, ale sędzia uznał, że o tym zdecyduje ława przysięgłych. Świadek zeznawał dalej.

– Mówił nam, że kiedyś ziemia była gorącą, płynną masą, zbyt gorącą, żeby istniały na niej rośliny bądź zwierzęta, ale morze wystudziło ziemię, w nim powstał organizm jednokomórkowy, który w drodze ewolucji przekształcił się w pokaźnych rozmiarów zwierzę, a potem stał się zwierzęciem lądowym, i dalej ewoluował, i tak powstał człowiek.

Winkie słuchał zafascynowany, ale zastanawiał się, gdzie tu wpasować swoje istnienie.

– Powiedz, Howardzie, jak wasz profesor klasyfikował człowieka w odniesieniu do innych zwierząt. Co wam o nich mówił?

– Zarówno wykładowca, jak i podręcznik klasyfikowali człowieka razem z kotami, psami, krowami, końmi, małpami, lwami, końmi i podobnymi zwierzętami.

– Jak je określał?

– Jako ssaki.

Prawie wszyscy na sali wyglądali na głęboko urażonych. Winkie natomiast wiedział, co to jest ssak, i poczuł się szczęśliwy, że też nim jest.

– Klasyfikował ludzi razem z psami, kotami, końmi, małpami i krowami?

– Tak, wysoki sądzie.

– Nie mam więcej pytań.

Oskarżenie często wyznaczało termin składania zeznań przez najbarwniejszych świadków na popołudnie, żeby podtrzymać zainteresowanie sądu. Tuż po obiedzie środkowym przejściem między rzędami krzeseł majestatycznie wkroczył na salę zażywny mężczyzna o subtelnych rysach, wypielęgnowanej koziej bródce i wielkich, mądrych oczach. Miał na sobie szatę z czerwonego adamaszku i czerwony aksamitny biret, jedno i drugie obszyte gronostajowym futrem. Trzydzieści trzy guziki z masy perłowej z przodu symbolizowały trzydzieści trzy lata życia Chrystusa.

– Papież Urban VIII – odparł elegancką angielszczyzną, poproszony o podanie nazwiska. – Dawniej kardynał Maffeo Barberini – dodał z lekkim ukłonem.

Jego długa biała dłoń spoczywała z wyjątkową gracją na Biblii, kiedy przysięgał mówić prawdę.

Prokurator ukląkł i pocałował szkarłatny kraj szaty świadka.

– Wasza Świątobliwość, proszę nam powiedzieć, jakich zbrodni dopuścił się oskarżony przeciw Duchowi Świętemu.

Urban uśmiechnął się dostojnie.

– Wyznaje fałszywą doktrynę rozpowszechnianą przez niektórych, że Słońce, nieruchome, jest środkiem świata, a Ziemia nie jest tym środkiem i porusza się*. – Wśród publiczności rozległy się pomruki zaniepokojenia. Papież znów się uśmiechnął, niemal przepraszająco. – Owa nauka pozostaje w wyraźnej sprzeczności ze Słowem Bożym oraz Pismem Świętym i godzi w naszą wiarę.

Prokurator przycisnął rękę do serca.

– W naszą wiarę?

Urban przymknął oczy i skinął poważnie głową. Ludzie na sali ścisnęli mocniej poręcze plastikowych krzeseł.

Świat i wszystko w nim jest cudem, pomyślał znużony Winkie wieczorem, po powrocie do celi. Właśnie wziął jedną z kapsułek Darryla. Kiedy znów spojrzał w seledynową poświatę lampy na

---

* Galileo Galilei *Dialog o dwu najważniejszych układach świata: Ptolemeuszowym i Kopernikowym*, przeł. Edward Ligocki i Krystyna Giustiniani-Kępińska.

suficie, która dotąd ani razu nie mrugnęła, wyobraził sobie gwiaź-
dziste niebo, również niemrugające, które noc w noc obserwował
z Małą Winkie, jak przemierza wielką aksamitną przestrzeń na hory-
zoncie. Powolny, bezmierny, piękny ruch wokół osi – a dlaczego?

Jak gdyby w odpowiedzi okrągła żarówka zaczęła go oślepiać.
Winkie zamknął z kliknięciem oczy. Jego własna wiara w życie
rzeczywiście została zachwiana i zastanawiał się, czy papież miał
rację – czy to on sam godził w tę wiarę lub miał taki zamiar.

Westchnął i próbował zasnąć. W sześcianie celi, teraz jego obec-
nym domu, chrapał Darryl.

4.

Codziennie prokuratura przedstawiała nowy zarzut przeciwko
misiowi, przy czym niektóre przestępstwa, jak przypadkowe
cyfry w grze losowej, wracały raz po raz. Z zeznań świadka Alfreda
Wooda, dawniej urzędnika, obecnie bez zatrudnienia:

– Po kolacji poszedłem z panem Winkiem na ulicę Tite numer
szesnaście. O ile mi wiadomo, nikogo nie było w domu. Pan Winkie otworzył drzwi kluczem. Poszliśmy na górę do sypialni, w której trzymał wino reńskie i wodę sodową. Tam doszło do czynu
nieobyczajnego. Pan Winkie użył swojego wpływu, żeby wymusić
na mnie zgodę. Prawie mnie spił. [Zeznanie ocenzurowano]. Potem leżałem z nim na kanapie. Minęło jednak sporo czasu, zanim
pozwoliłem mu na tę nieobyczajność.

Prokurator:

– Niewątpliwie, należy się panu pochwała za tak długi opór.

Niewygrał wniósł sprzeciw, że to nie jest pytanie, lecz jego
sprzeciw odrzucono. „Czyn nieobyczajny", mruknął pod nosem

Winkie, kiedy wprowadzono kolejnego świadka, Charlesa Parkera, lat dwadzieścia jeden, kamerdynera.

– Gdzie pan poznał pana Winkiego?

– Alfred Taylor zabrał nas do restauracji przy ulicy Ruperta. Zaprowadził na górę do prywatnego gabinetu, w którym stał stół nakryty do kolacji. Po chwili wszedł Winkie i oficjalnie nas sobie przedstawiono. Nigdy wcześniej go nie widziałem, ale słyszałem o nim. Kolacja zaczęła się około ósmej. Kiedy zasiedliśmy do stołu, Winkie zajął miejsce po mojej lewej.

– Czy kolacja była wystawna?

– Owszem. Stół oświetlały czerwone świece. Było mnóstwo szampana, a potem brandy i kawa. Raczyliśmy się wszyscy do woli. Fundatorem kolacji był Winkie.

Chociaż Winkie nie przypominał sobie nic takiego, był zadowolony, że tak podejmował gości.

– A potem?

– Potem Winkie powiedział mi: „Oto chłopiec w sam raz dla mnie! Pojedziesz ze mną do Savoya?" Zgodziłem się i Winkie zawiózł mnie dorożką do hotelu. W Savoyu najpierw poszliśmy do salonu Winkiego na drugim piętrze.

– Czy tam również częstował pana trunkami?

– Tak, piliśmy napoje wyskokowe. A potem mnie poprosił, żebym poszedł z nim do sypialni.

– Proszę nam opowiedzieć, co się tam wydarzyło.

– Odbył ze mną akt sodomii.

Na sali zapadła grobowa cisza. Winkie napisał w notatniku swojego adwokata: „Co to jest sodomia?" Niewygrał się zarumienił.

– Proszę mówić dalej.

– Winkie poprosił mnie, żebym wyobraził sobie, że jestem kobietą, a on jest moim kochankiem. Miałem podtrzymywać tę grę.

Siedziałem na jego kolanach, a on [ocenzurowane], tak jak mężczyzna zabawia się z kobietą. Winkie nalegał, żebyśmy nie przerywali tej plugawej zabawy.

– Plugawa zabawa – powtórzył pod nosem Winkie, usiłując zrozumieć. – Zabawowa plugawość…

– Nie mam więcej pytań do świadka.

Młody człowiek nerwowo poprawił kołnierz białej lnianej tuniki, przyozdobionej czarnym greckim ornamentem.

– Oskarżony jest tęgim mówcą – ostrzegł, mrużąc oczy. – Miejcie się na baczności, by was nie zwiódł, bo umie ze słabszego zdania robić mocniejsze. – Winkie zmarszczył czoło. – Ani Heliosa, ani Seleny za bogów nie uważa tak jak inni ludzie. Mówi, że Słońce to kamień, a Księżyc to Ziemia. Psuje młodzież, nie uznaje bogów, których państwo uznaje, ale inne duchy nowe*.

Nowe duchy – to się misiowi spodobało, ale sala zaszemrała z dezaprobatą.

– Dobrześ rzekł, Meletosie, synu Meletosa z Pittos – przyznał prokurator. – Nie mam więcej pytań.

Świadek z zadowoleniem odrzucił długie czarne włosy do tyłu. Wszystkie oczy zwróciły się na obrońcę.

– Yyy… yyy… Jedną chwileczkę… – powiedział Niewygrał, przerzucając plik notatek.

Winkie patrzył ze zdziwieniem na świadka, usiłując sobie przypomnieć, czy kiedykolwiek go widział. Ich spojrzenia spotkały się na chwilę. Meletos odwrócił wzrok.

– Panie Niewygrał… – ponaglił adwokata sędzia i westchnął.

---

* Platon *Obrona Sokratesa*, przeł. Władysław Witwicki.

– Wysoki sądzie, a zatem, yyy, a zatem… może postradałem zmysły, ale, yyy, nie widzę tu takiego świadectwa w zeznaniach przedprocesowych…

Prokurator roześmiał się pobłażliwie.

– Jeżeli sprawdzi pan raz jeszcze, chyba przekona się pan, że ten świadek był przesłuchiwany tego samego dnia co Wyrocznia Delfijska.

– Delfijska… – Niewygrał wyciągnął kolejny plik papierów z teczki na podłodze. – Delfijska… Delfijska…

Tę wymianę zdań można byłoby uznać za kolejną porażkę udręczonego obrońcy misia. Ale jak komentatorzy mieli później zauważyć, oskarżenie popełniło poważny błąd, wspominając Wyrocznię Delfijską. Bo Niewygrał zdołał jakimś cudem odszukać ten konkretny dokument – jeden z dosłownie tysięcy, które oskarżyciel publiczny dostarczył mu dopiero tego ranka.

– Otóż to! – krzyknął Niewygrał.

Sędzia wzniósł oczy do nieba, prokurator pokręcił głową, za kotarą zachichotało kilku przysięgłych. Obrońca z niezwykłym skupieniem podszedł do świadka i wręczył mu dokument.

– Panie Meletosie, proszę sądowi przeczytać na głos to oświadczenie.

Świadek zawahał się, pogłaskał po skąpej brodzie.

– Panie Meletosie, ponawiam prośbę, aby przeczytał pan nam święte słowa wyroczni.

Świadek odchrząknął. Odczytał cicho, lecz całkiem wyraźnie:

– „Ze wszystkich ludzi na świecie najmądrzejszy jest Winkie".

Na sali zawrzało.

Było to znaczące zwycięstwo, ale kiedy przywrócono porządek (trzeba było usunąć wszystkich z sali i zarządzić dwugodzinną przerwę), zeznanie Meletosa najwyraźniej poszło w niepamięć. Prokurator już czekał z trzema swoimi najważniejszymi świadkami.

– Oskarżenie wzywa teraz opętane dziewczęta – zagrzmiał. Na sali rozległy się krzyki przerażenia, bo media szeroko nagłośniły już wstrząsające wyznania tych świadków. – Najpierw jednak należy zakazać oskarżonemu patrzenia na nie, dopóki nie dostanie takiego polecenia, bo, jak państwo zobaczą, jeśli chociaż raz na nie spojrzy, dostaną ataku.

– Zgoda – powiedział sędzia.

– Wysoki sądzie… – zaczął Niewygrał.

– Niechże pan siada, panie mecenasie. Cokolwiek pan zgłasza, oddalam. – Sędzia uderzył młotkiem. – Proszę wprowadzić świadków, a oskarżony spuści wzrok, dopóki nie nakaże mu się spojrzeć.

Gruby woźny sądowy stanął przed Winkiem, który wbił wzrok w brązowy laminowany blat stołu.

Wszyscy inni patrzyli w pełnym wyczekiwania milczeniu, jak środkowym przejściem idą dwie dwunastoletnie dziewczynki i siedemnastolatka, wszystkie w białych czepkach i długich czarnych sukniach z wykrochmalonymi białymi kołnierzykami. Usiadły obok siebie na trzech wysłużonych składanych krzesłach, które ustawiono obok miejsca dla świadków.

– Ann Putnam, Abigail Williams i Elizabeth Hubbard, czy uroczyście przysięgacie…

Kiedy opuściły prawe ręce, prokurator zażądał uroczystym tonem:

– A teraz proszę, żeby oskarżony popatrzył na świadków.

Gdy tylko Winkie na nie spojrzał, wszystkie trzy padły na podłogę, wijąc się i jęcząc – ku jego zdziwieniu i zmartwieniu.

– A kysz, a kysz, a kysz! – wyjęczała Williams, rozpościerając ręce, jak gdyby zaraz miała pofrunąć.

– Nie podpiszę, nie podpiszę, nie podpiszę się w księdze szatana! – zawołała Putnam, po czym zerwała się i zaczęła biegać po sali.

– Pani Nurse – zawyła Hubbard, wskazując palcem. – Nie widzicie jej? Tam stoi!

Woźny sądowy wycelował pistolet w okno, ale nikogo tam nie było.

– Wysoki sądzie, błagam! – prawie krzyknął Niewygrał. – Przecież te kobiety nie mogą zeznawać w takim stanie.

– A kto, pańskim zdaniem, doprowadził je do takiego stanu? – zapytał prokurator.

– Nie mam pojęcia – odrzekł Niewygrał. Po czym, wyrzucając ręce w teatralnym geście odrazy, palnął, jak to on, niefortunnie:
– Może sam diabeł.

Sędzia spojrzał na niego surowo.

– Dlaczego diabeł miałby przeszkadzać w składaniu zeznań na niekorzyść pańskiego klienta?

Niewygrał stropił się bardziej niż zwykle. Putnam wciąż miotała się po sali, Williams i Hubbard wiły się na wypastowanej posadzce, a ich długie suknie rozlewały się wokół czarnymi kałużami. Winkie był przerażony.

– Panie sędzio – powiedział głośno prokurator. – Jeżeli oskarżonemu nie pozwoli się na nie patrzeć i jeżeli ich potem raz tylko dotknie, ataki z pewnością ustąpią.

– Sąd wyraża zgodę.

Woźny sądowy zasłonił Winkiemu oczy chustką do nosa, niezdarnie wiążąc mu na głowie. Przyprowadzono do niego po kolei wszystkie trzy miotające się, wrzeszczące dziewczęta i kazano mu dotknąć prawą łapą ręki każdej z nich, i za każdym razem – ku uldze wszystkich, misia też – miotaninia i wrzaski się kończyły. Nagle na sali sądowej zapadła cisza.

– A więc widzimy, że po jego dotknięciu – rzekł prokurator – jadowite, złośliwe cząsteczki, pochodzące z oka pozwanego, wracają do ciała, z którego wyszły, i pozostawiają osobę opętaną czystą i nieskalaną. – Odwrócił się w stronę kotary i zawołał do sędziów przysięgłych: – Jakich jeszcze trzeba państwu dowodów?!

Winkie błądził bezsennym spojrzeniem po suficie trzy metry na trzy. Trociny pulsowały mu w głowie, a ze świszczącego chrapania Darryla przebijały krzyki opętanych dziewcząt.

– A kysz! A kysz! A kysz!

Gdyby w celi było lustro, miś chętnie by w nim sprawdził, czy jego spojrzenie rzeczywiście może kogoś skrzywdzić. A jeśli tak, to wyrządziłby krzywdę sobie – tak byłoby sprawiedliwie.

Winkie nigdy nie zwracał uwagi, na co pada jego gniewny wzrok, i nigdy nie powstrzymywał się od nienawiści, lecz jeśli naprawdę umiał, i to bezwiednie, doprowadzić te trzy nieszczęsne dziewczęta do takich katuszy samym spojrzeniem, to ilu innych straszliwszych krzywd dopuścił się w swoim życiu? Widział krzywdę własnego dziecka i wszystkich znanych mu dzieci, od Ruth po Cliffa, i teraz te sceny migały mu w pamięci z nową, przejmującą mocą. Bo jeśli wywołał je samym tylko patrzeniem?

Zamknął z kliknięciem swoje straszne oczy i się rozpłakał.

Kiedy je znów otworzył po, jak mu się zdawało, latach smutku, ze zdziwieniem zobaczył nad swoją poduszką szeroką, pryszczatą twarz Darryla, który patrzył na niego z troską i ze zdumieniem. Winkie nie zauważył, kiedy chrapanie ustało. Chciał odwrócić wzrok – pamiętał o swoim złym spojrzeniu – ale natychmiast zrozumiał, że na Darryla najwyraźniej ono nie działa.

– Nie płacz – powiedział wolno osiłek. Jego wielkie, zmęczone oczy nabiegły krwią. Patrzyli na siebie jeszcze chwilę, po czym Darryl klepnął Winkiego w czoło – delikatnie, jak zawsze kiedy był na prochach – i wrócił na swoją pryczę.

Miś poczuł się niemal pocieszony.

– I inny znak się ukazał na niebie – powiedział mężczyzna w zgrzebnej brązowej szacie. Oskarżenie przebiegle zachowało apostoła Jana na koniec. Święty wpatrywał się szeroko otwartymi oczami przed siebie, najwyraźniej widząc jedynie królestwo ducha. Nogi miał bose, a brodę białą i bujną. – Oto wielki Winkie barwy ognia, mający siedem głów i dziesięć rogów – a na głowach jego siedem diademów. I ogon jego zmiata trzecią część gwiazd nieba: i rzucił je na ziemię. I nastąpiła walka na niebie: Michał i jego aniołowie mieli walczyć z Winkiem. I wystąpił do walki Winkie i jego aniołowie, ale nie przemógł, i już się miejsce dla nich w niebie nie znalazło. I został strącony wielki Winkie, miś starodawny, który się zwie diabeł i szatan, zwodzący całą zamieszkałą ziemię, został strącony na ziemię, a z nim strąceni zostali jego aniołowie*.

Na sali wybuchły oklaski i okrzyki: „Tak!" Apostoł nie mógł się powstrzymać i pomachał wiwatującemu tłumowi.

---

* Według: Pismo Święte Starego i Nowego Testamentu, Zespół Biblistów Polskich z inicjatywy Benedyktynów Tynieckich.

– Świadek do pańskiej dyspozycji, panie Niewygrał.

Obrońca siedział i rozcierał sobie skronie. Proces trwał już ponad siedemnaście miesięcy, a on przez cały ten czas prawie nie zmrużył oka.

– Nie mam pytań – wyszeptał.

Winkie patrzył ze zdumieniem na apostoła, który powoli opuścił miejsce dla świadka i pokuśtykał do drzwi. I znów miś poczuł dziwną siłę świadectwa przeciwko sobie, bo naprawdę poczuł się, jakby został strącony na ziemię.

Ale kim, zastanawiał się, są jego aniołowie?

Winkie przeciwko Narodowi

1.

P anie Winkie, mam nadzieję, że mogę, yyy, rozmawiać z panem szczerze, a zatem nakłaniam pana szczerze, jak najszczerzej, żeby złożył pan zeznania na swoją obronę.

Winkie pokręcił głową. Wszystko w nim się buntowało przeciwko temu, że ma mówić przed oskarżycielami, a teraz nie mógł się nawet zdobyć na to, żeby odpowiedzieć własnemu adwokatowi. Jeszcze raz pokręcił głową.

Niewygrał zaczął spacerować po małej celi, trzymając się za głowę.

– Ale doprawdy, ale jak, ale co, ale na miłość boską...

Darryl, który na swojej pryczy cicho kolorował obrazki, podniósł wzrok, żeby sprawdzić, czy adwokat nie denerwuje jego kolegi.

– Panie Misiu? – spytał, zaciskając na wszelki wypadek wielkie pięści.

Niewygrał zastygł w pół kroku, ale Winkie zamachał łapami uspokajająco i Darryl wrócił niechętnie do swoich kredek.

Adwokat westchnął i znów usiadł na składanym krześle.

– No dobrze, panie Winkie, skoro tak pan sobie życzy, ale, ale, ale, ponieważ jutro rozpoczyna się pańska obrona, muszę…

Winkie zamknął oczy, by po raz kolejny podziwiać spartańskie piękno swojego milczenia w obliczu władzy. Jakoś nie sprawiało mu takiej przyjemności jak dotychczas, ale powiedział sobie, że to najlepsze wyjście i że nie wolno mu się ugiąć.

– Pomarańczowy – mruknął pod nosem Darryl. Niewygrał umilkł i tylko woskowy kolor przelewał się bezgłośnie na papier.

Po bezsennej, buntowniczej nocy miś wstał zgorzkniały, z bólem głowy, ale kiedy rano prowadzono go do sądu, wydawało mu się, że widzi między nogami tłumu uśmiechniętą, rozpromienioną twarz, której nie miał nadziei zobaczyć. Agenci Mike i Mary Sue, a także oddziałowy Walter, dłużej niż zwykle odpinali trzy splątane łańcuchy, spinające jego kajdanki z ich przegubami. Kiedy w końcu posadzono go na krześle, a strażnicy odeszli na bok, Winkie obejrzał się i zobaczył w pierwszym rzędzie Françoise. Machała do niego i uśmiechała się. Obok niej siedziała atrakcyjna brunetka o gęstych włosach do ramion i też się uśmiechała, a Françoise dała mu znak oczami, że to Mariana. Winkie uniósł łapę o kilka centymetrów, bo więcej nawet by nie mógł, i pomyślał, że zaraz się rozpłacze – Françoise była wolna, i stała po jego stronie.

Odwrócił się i Niewygrał szepnął:

– Dzień dobry, panie Winkie, co słychać, to świetnie, widzę, że już pan wypatrzył pannę Fouad, znakomicie, ale błagam, niech pan już nie macha, bo bardzo się denerwuję, i nie chcę, żeby dał pan im dzisiaj jakiś pretekst, jakikolwiek pretekst, aby, aby, aby, mogli dalej ograniczyć pańską swobodę, nie teraz, kiedy trzeba się skupić, bardzo, bardzo, bardzo się skupić na pańskiej obronie, dlatego błagam,

błagam, błagam, panie Winkie, bardzo pana proszę, niech się pan powstrzyma.

Winkie nie wiedział, co robić, ale miał smutną minę.

– I proszę mi tu bez takich smętnych min! Musi pan wykazywać pewność siebie, panie Winkie! Obaj musimy. A Bóg jeden wie, jakie to dla mnie trudne. Niech mi pan nie każe jeszcze się zamartwiać panem!

Winkie spojrzał na niego z osłupieniem.

– No dobrze, bardzo, bardzo, bardzo mi przykro, yyy, yyy, yyy, mniejsza z tym. Bardzo proszę! – Winkie kiwnął głową, a Niewygrał, z rosnącym ożywieniem, opowiedział mu o uwolnieniu Françoise. – To naprawdę wspaniałe. Klasyka. Najlepszy dowód. Bo widzi pan, yyy, yyy, yyy, że tak powiem, przyjaciółka panny Fouad też jest sprzątaczką, chciałem powiedzieć, osobą sprzątającą, no tak czy inaczej, jak już mówiłem… nie pracuje w szpitalu. Tak się składa, że sprząta w starym budynku w centrum, w którym mieści się, yyy, no wie pan, Ośrodek Gejów i Lesbijek, a ponadto, ponadto, Ośrodek Społecznej Pomocy Prawnej, Związek Amerykańskich Swobód Obywatelskich oraz siedziba Stowarzyszenia Etycznego Traktowania Zwierząt.

Winkie wpatrywał się w niego ze zdumieniem.

– No wie pan, Związek Swobód? – zapytał Niewygrał, unosząc obie ręce. Westchnął. – Nie mogę, nie mogę, nie mogę teraz wszystkiego panu tłumaczyć, zresztą, zresztą, zresztą to bez znaczenia. Ważne, że wszystkie te organizacje się zaangażowały, każda, rzecz jasna, z własnych powodów, a działacze związkowi szpitala również… dość powiedzieć. – Rozłożył ręce i powtórzył z naciskiem: – Dość… powiedzieć.

Winkie czekał na ciąg dalszy, ale Niewygrał znów zatonął w stercie teczek, płyt i dokumentów. Miś pociągnął go za rękaw.

– Panie Winkie, rozprawa zaraz się zacznie, a ja naprawdę…

Widząc nazwisko Françoise na jednym z dokumentów Niewygrała, miś zaczął gwałtownie na nie wskazywać.

– Co? Właśnie panu powiedziałem, że odstąpiono od wszystkich zarzutów. Poza jednym, yyy, zaraz panu pokażę… – Wyjął poranną gazetę. – Wykonywanie zabiegów medycznych bez uprawnień. Przyznała się do winy w sprawie opatrzenia pańskich ran postrzałowych. Wymierzono jej pięćset dolarów grzywny, którą zapłaciło Stowarzyszenie Etycznego Traktowania Zwierząt. Wystarczy?

Winkie próbował się rozchmurzyć, jak gdyby naprawdę wszystko zrozumiał.

Niewygrał znów jednak zaczął wyrównywać stosy papierów. Nie powiedział czegoś swojemu klientowi – że tego dnia rano na schodach sądu odrzucił dość impulsywnie pomoc wszystkich wspomnianych przed chwilą organizacji.

– Niewątpliwie jestem dziś bardzo zdenerwowany, bardzo zdenerwowany – zaczął mruczeć. – Nie wiem, dlaczego, to znaczy, oczywiście, wiem, cha, cha, przecież to jasne, aż nazbyt jasne, ale co z tego, nawet jeśli to jest jasne jak słońce, i tak, cholera, się denerwuję, chciałbym się nie denerwować, chciałbym…

– Proszę wstać.

Publiczność niczym stado wielkich ptaków błyskawicznie ruszyła ku krzesłom, a sędzia wkroczył z miną jeszcze bardziej roztargnioną i zirytowaną niż zwykle. Kiedy usiadł, ceremonialny szmer zajmowania miejsc przez sędziów przysięgłych i widzów zabrzmiał szczególnie złowrogo, a cisza, która potem zapadła, wydawała się wyjątkowo złowieszcza. Sędzia westchnął głęboko, wzniósł oczy do sufitu i powiedział:

– Proszę pana mecenasa Niewygrała, aby wezwał pierwszego świadka.

– Za pozwoleniem, wysoki sądzie – wtrącił prokurator.

Sędzia spojrzał na niego znad okularów.

– Słucham.

Prokurator wstał i zwrócił się nie tylko do sędziego, lecz również do całej sali.

– Oskarżenie wnosi o zakończenie sprawy i niezwłoczne stracenie oskarżonego.

Tu i ówdzie rozległy się krzyki:

– Tak!

Sędzia zaczął ze znużeniem walić młotkiem, ale krzyki narastały. Winkie odwrócił się i odszukał wzrokiem Françoise; patrzyła na niego oczami rozszerzonymi strachem.

– Wysoki, wysoki, wysoki sądzie... – jąkał się Niewygrał. Kilku mężczyzn usiłowało przewrócić stół obrońcy, ale woźni ich odepchnęli. Winkie rozpłaszczył się na krześle.

– Brać go!

– Na stryczek z nim!

– Precz!

W końcu jeden z woźnych sądowych strzelił w powietrze. Krzyki i gwizdy ustały. Ludzie zaczęli wracać na miejsca, z sufitu posypał się kurz i kawałki lampy.

– Ja... zapewne... ta parodia... należy... unieważnić proces! – zawołał Niewygrał.

Sędzia jak zwykle puścił jego wypowiedź mimo uszu.

– Panie prokuratorze – rzekł, spoglądając niepewnie w stronę dziennikarzy. – To bardzo osobliwy wniosek...

Prokurator wstał.

– Wysoki sądzie, jeżeli oskarżonemu pozwoli się na obronę, uzna to po prostu za okazję do dalszego rozpowszechniania swoich kłamstw albo, co gorsza, do przekazania tajnych, zakodowanych wiadomości swojej siatce uśpionych komórek terrorystycznych!

Niewygrał znów zaczął się jąkać, pomruk tłumu się wzmógł.

– Cisza, u licha! – zawołał sędzia. Łup! Przesunął rękami po twarzy, usiłując zebrać myśli.

Ponieważ rano otrzymał pewien faks. Nie widniał na nim adres zwrotny ani numer telefonu, co znaczyło, że wysłał go jego informator w biurze Prokuratora Generalnego Stanów Zjednoczonych. Grubym markerem nabazgrano:

Po zwolnieniu Fouad dziennikarze będą bardziej dociekliwi w sprawie Winkiego. Należy utrzymywać pozory sprawiedliwości.
PS Nigdy nie otrzymaliście tej wiadomości.

Najwyraźniej jednak prokurator naprawdę jej nie otrzymał. A może faks sędziego to jakaś pomyłka? Lub wręcz fortel? A może wniosek prokuratora sprzed chwili miał zapoczątkować spektakl, w którym on, sędzia, mógłby mężnie odegrać rolę pierwszego sprawiedliwego? Z pewnością taki krok będzie dobrze widziany w senacie, jeśli wkrótce będzie rozpatrywał jego kandydaturę na…

– Panie prokuratorze, podzielam wprawdzie pańskie obawy – przemówił wolno i ostrożnie – a także odrazę do oskarżonego, to znaczy do zarzucanych mu czynów, i chociaż na pewno rozważę wstrzymanie rozprawy w każdym momencie, w którym uznam, że pan Winkie wykorzystuje swoją obronę wyłącznie do szerzenia terroryzmu… – Spojrzał surowo na misia i ze zdziwieniem zauważył gniew na jego twarzy. – Muszę jednak, zgodnie z prawem ju-

rysdykcji naszej wielkiej i prawej ojczyzny, zezwolić na kontynua-
cję procesu. Panie Niewygrał… – Aż się wzdrygnął na myśl o tym,
że będzie musiał wysłuchiwać tego człowieka dzień po dniu, Bóg
wie jak długo. – Pański pierwszy świadek?

Po kilku próbach Niewygrałowi udało się w końcu zgłosić po
raz drugi wniosek o unieważnienie procesu, ale został on odrzucony, więc po krótkiej przerwie, aby sędzia mógł zażyć znów lekar-
stwo na zgagę, rozpoczęła się obrona Winkiego.

– Penelopa Brackle! – warknął woźny sądowy.

Pani Brackle była wysoką, korpulentną kobietą o płomien-
norudych włosach, z kolczykami w kształcie misiów, z zegarkiem
z misiem, w spódnicy w kratę w żółte misie, błękitnej bluzce z de-
senem w misie i szkockim beretem w misie. Winkie otworzył szeroko szklane oczy. Wyglądała jak czarodziejka z krainy zabawek,
obwieszona talizmanami swojej szczególnej magii. Nawet torebkę
miała w misie, a do tego wielką złotą broszkę w kształcie misia,
z dwoma błyszczącymi oczami z rubinów.

Niewygrał poprosił panią Brackle, żeby powiedziała sądowi,
czym się zajmuje.

– Jestem specjalistką od pluszowych misiów i ich kolekcjoner-
ką – oznajmiła z dumą.

Prokurator wstał.

– Wysoki sądzie, doprawdy… – Przewrócił oczami i wzniósł
ręce do nieba. – Jaki to ma związek ze sprawą?

Jego ulubiona asystentka numer dwanaście roześmiała się pobłażliwie.

– Bardzo, bardzo, bardzo istotny – wyrzucił z siebie Niewygrał.

– Proszę podejść – polecił sędzia i obaj prawnicy podeszli. Winkie nie słyszał, co tam mruczą, pochwycił jedynie ostatnie słowa sędziego: – Jeżeli pan Niewygrał koniecznie chce wyjść na kompletnego durnia, ma na to pełne błogosławieństwo sądu.

Łup!

Winkie nie pojmował, dlaczego specjalistka od pluszowych misiów miałaby uchodzić za durną i jeszcze bardziej krzywo patrzył na sędziego.

– A zatem pani, pani, pani… Brackle – rzekł Niewygrał. – Proszę przedstawić swoje kwalifikacje jako eksperta.

– Jestem byłym prezesem Amerykańskiego Stowarzyszenia Kolekcjonerów Misiów i autorką kilkudziesięciu artykułów w „Przeglądzie Misiów", a także innych czasopism o podobnym profilu. Obecnie wydaję miesięcznik „Anonimowe Misie", a mój zbiór liczy ponad trzy tysiące misiów z Ameryki, Anglii, Niemiec, Francji i Australii.

Winkie był pod wrażeniem.

– I miała pani okazję, yyy, zbadać, yyy, oskarżonego? – spytał Niewygrał.

– Prokuratur nie wyraził na to zgody, dlatego obejrzałam tylko zdjęcia policyjne i rentgenowskie, które mi pan przysłał.

– Świetnie, świetnie, doskonale. – Niewygrał zaczął chodzić tam i z powrotem. – I do jakich wniosków pani doszła?

Pani Brackle uśmiechnęła się szeroko.

– To bardzo rzadki miś.

Niewygrał przestał chodzić.

– Rzadki?

– Naprawdę bardzo rzadki okaz!

Na przekór wszystkiemu, co się z nim teraz działo, po raz pierwszy od roku Winkie poczuł dumę. Rozpierała mu pierś niemal boleśnie.

– Czy znaczy to, że oskarżony jest misiem? – zapytał Niewygrał.

– Z całą pewnością! Nie ulega najmniejszej wątpliwości.

Winkie napawał się pełnym podziwu spojrzeniem pani Penelopy Brackle.

– A jak, yyy, zdołała to pani ustalić? – zapytał Niewygrał, znów przechadzając się nerwowo.

– Wszystko o tym świadczy – odparła. – Wszystko. Czy mogę państwu zademonstrować?

Niewygrał zatrzymał się i zwrócił do sędziego.

– Czy świadek może wyjaśnić z wykorzystaniem oskarżonego?

Sędzia skinął ze znużeniem głową, jeden z woźnych wziął Winkiego i posadził go przed świadkiem. Winkie nie czuł się nawet zakłopotany, bo zdecydowany, lecz ciepły gest pani Brackle upewnił go, że ma przed sobą prawdziwą specjalistkę.

– Jak państwo widzą, futerko ma blond moherowe – powiedziała, głaszcząc jego kosmate uszy na wszystkie strony – typowe dla misiów produkowanych w pierwszej połowie XX wieku. A wypchany jest – dodała, uciskając z wprawą i delikatnie brzuch misia – z całą pewnością woliną.

– Woliną? – upewnił się Niewygrał.

– To rodzaj drobno ciętych trocin. Wypchanie wolinowe oznacza, że jest stuprocentowym misiem-zabawką.

Winkie się rozpromienił.

– Proszę, proszę mówić dalej – zachęcił ją Niewygrał.

Zaczęła ruszać łapami misia.

– Ma ruchome kończyny, to również jest charakterystyczne dla misiów-zabawek. Ma duże uszy typowe dla brytyjskich misiów – mówiła, pociągając za nie delikatnie. – Widzę, że prawe zostało naddarte i przyszyte ponownie.

Winkiego przeszedł dreszcz na wspomnienie dnia sprzed dziesiątków lat, kiedy złapała go suka Cindy. Pani Brackle była nie tylko znawczynią przedmiotu, ale i jasnowidzem.

– A czy, a czy, a czy udało się pani rozpoznać producenta?

– Miałam z tym trochę kłopotu – przyznała ze śmiechem. – Bo przednie łapy ma szczupłe i lekko przygięte, z długimi poduszkami łyżkowatymi, powszechnie spotykane u misiów Hugmee z zakładów Chiltern w Anglii. Ale nogi również ma szczupłe, a to nie pasuje do produktów Hugmee. Oryginalne poduszki zapewne wykonano z filcu, ale trudno ustalić teraz z całą pewnością, bo tak się wytarły, zresztą tak jak i pazury, zdarte prawie zupełnie.

Żaden człowiek nie okazałby więcej zrozumienia, co to znaczy być Winkiem. Nawet publiczność w sali słuchała jak zahipnotyzowana pewnej siebie, entuzjastycznej ekspertyzy pani Brackle.

– W środku wyczuwam piszczyk lub raczej jego resztki, które widziałam na zdjęciu rentgenowskim – ciągnęła, wymacując delikatnie miejsce na plecach Winkiego, które kiedyś wydawało pisk po naciśnięciu. – Należy więc do nowego typu misiów produkowanych w latach dwudziestych, to kolejny szczegół pozwalający ustalić jego pochodzenie. Ale oczywiście… – Zaśmiała się, zasłaniając usta. – Zapomniałam wspomnieć o tym, co w nim najbardziej niezwykłe, naprawdę wyjątkowe…

Niewygrał uśmiechnął się.

– Mianowicie, pani Brackle?

– Naturalnie oczy.

Nachyliła się i wzięła misia delikatnie za ramiona.

– Mogę? – zapytała. Winkie kiwnął głową. Miał do niej pełne zaufanie. – Odpręż się – powiedziała jak dobry lekarz i przechyliła go do tyłu, aż szklane oczy zamknęły się automatycznie z tym

214

swoim klik-klik. Potem przechyliła go znów do przodu i oczy się otworzyły.

Pani Brackle zachichotała radośnie.

– Cudowne, prawda? Po prostu cudowne. Wszyscy widywaliśmy takie oczy u lalek. Wprowadzono je po raz pierwszy w roku tysiąc dziewięćset dwudziestym drugim u Bye-lo Baby. Zamykała oczy „do snu", to znaczy, kiedy się ją położyło. Dzisiaj to nic wielkiego, ale w tamtych czasach, w początkach masowej produkcji zabawek, takie oczy były prawdziwą nowością. Czytałam, że zastosowano te właśnie oczy lalek u misiów, ale najwyraźniej wyprodukowano ich bardzo niewiele, dlatego nigdy nie widziałam takiego misia i nie byłam pewna, czy w ogóle istnieje… aż do dzisiaj. – Westchnęła z satysfakcją. – Pozwólcie więc, państwo, że go przedstawię. Pochodzący z Zakładów Produkcji Zabawek w północnym Londynie, opatentowany w roku tysiąc dziewięćset dwudziestym pierwszym – tu wskazała zamaszyście Winkiego – Miś Blinkie z Zamykanymi Oczami.

Po sali przeszedł szmer, dziennikarze skrzętnie notowali, a Winkie zamrugał, żeby powstrzymać łzy.

– Winkie, Blinkie, Winkie, Blinkie – zamruczał. Sala sądowa rozmyła się, zniknął tłum i wszystkie pytania, a on jakby zapadał w istotę samego siebie.

Bardzo rzadki miś. Rzeczywiście bardzo rzadki! Ale mimo to wciąż i zawsze miś. Moher. Wolina. Niezwykły, wyjątkowy, cudowny. Oczywiście, z powodu oczu. Rzadki okaz, ale istnieje. Opatentowany w roku tysiąc dziewięćset dwudziestym pierwszym. Miś Blinkie istnieje.

Nie żaden Hugmee, lecz Blinkie. Nie tylko Winkie, lecz Winkie Blinkie. Na pewno. Winkie-Miś Blinkie z Zamykanymi Oczami.

– Proszę, żeby sąd nakazał usunąć oskarżonego z miejsca dla świadków – zażądał z pogardą prokurator i Winkiego posadzono z powrotem na krześle.

– Pa-pa! – zawołała za nim pani Brackle.

Prokurator odwrócił się do niej i spytał szorstko:

– Łaskawa pani, proszę nam przypomnieć, w jakiej dziedzinie pani się specjalizuje?

– W misiach i zabawkach.

– O, to rzeczywiście bardzo ważna dziedzina. – Na sali rozległy się śmiechy. Pani Brackle się zachmurzyła. Winkie prychnął. – Czy zna się pani na inżynierii genetycznej?

– Słucham?

– Czy słyszała pani o możliwości łączenia materiału genetycznego dwóch albo więcej gatunków, żeby stworzyć nowego osobnika o nowych cechach, na przykład takich jak duże uszy lub moherowe futro? Czy wie pani coś na ten temat?

– Nie.

Niewygrał uniósł się w krześle.

– Wysoki, wysoki sądzie, nie widzę żadnego zwią…

Sędzia machnął tylko ręką.

– A czy posiada pani wiedzę – ciągnął nieubłaganie prokurator – na temat rozlicznych wad genetycznych oraz mutacji, takich jak skrajna karłowatość, hermafrodytyzm oraz inne, znacznie okropniejsze zjawiska, jak szmaciana skóra, całkowity brak narządów wewnętrznych i gałki oczne twarde jak ze szkła?

Pani Brackle poprawiła czerwoną apaszkę w misie.

– Nie.

– A badała pani uszkodzenia chromosomów i inne złe skutki używania niedozwolonych środków takich jak LSD, ecstasy, kokaina, crack, heroina i metamfetaminy?

– Nie.

– W takim razie może śledzi pani najnowsze osiągnięcia chirurgii plastycznej i rekonstrukcyjnej, a także stosowanie ich przez pozbawionych skrupułów lekarzy do celów przestępczych?

– Nie.

– A rytualną skaryfikację ciała lub inne rytuały wiążące się ze zmianą wyglądu?

– Nie.

– Czy umie pani rozpoznać straszliwe zniekształcenia spowodowane przez rzadkie czynniki zakaźne, a zwłaszcza choroby przenoszone drogą płciową, aż nazbyt rozpowszechnione w niektórych odległych zakątkach świata?

Pani Brackle zatrzepotała nerwowo rękami.

– Och, nie!

– Albo straszliwe zniekształcenia wywołane napromieniowaniem, bronią chemiczną lub biologiczną, zniekształcenia wprost niewyobrażalne?

– Nie.

Prokurator westchnął głośno.

– Pani Brackle, czy ma pani jakąkolwiek wiedzę z zakresu nauk ścisłych lub przyrodniczych?

Świadek odchrząknęła.

– Nie, ale bez wątpienia jestem specjalistką od misiów-zabawek i...

– Nie mam więcej pytań.

– Animizm to wiara, yyy, że rośliny oraz inne przedmioty nieożywione mają dusze – powiedział następny biegły, siwy mężczyzna w luźnym szarym garniturze. Niezwykle podobny do Karola Niewygrała, nie licząc srebrnych okularów, był jednojajowym bliźniakiem Edwinem. I docentem antropologii na pobliskim uniwersytecie.

– Proszę, yyy, mówić dalej, panie Niewygrał – poprosił Niewygrał.

Nie tylko Winkie, lecz wszyscy na sali byli zdumieni, że jest dwóch takich na świecie. Zupełnie jakby ktoś przeprowadzał wywiad z samym sobą.

– Ehym – chrząknął Niewygrał.

– Ehym – zawtórował mu Edwin. – Animizm uznaje się za, yyy, zalążek religii, uważa się też, iż wziął początek z interpretacji naszych snów.

– Naszych snów?

– Jak twierdzi Hobbes w *Lewiatanie*, pierwotne pojęcie duszy wywodzi się z „z tej nieumiejętności odróżniania snów i innych żywych obrazów fantazji od tego, co się widzi i doświadcza zmysłami"*. Albo jak twierdzi Edward Clodd w *Animizmie*, swojej znanej monografii z roku tysiąc dziewięćset dwudziestego pierwszego, tak zwany człowiek pierwotny wierzy, że „istnieje w nim coś, co opuszcza ciało podczas snu i robi wszystko to, o czym on śni". Wynika stąd, że zwierzęta mają dusze, mają je również rośliny i inne elementy przyrody, takie jak kamienie lub rzeki.

– A to dlaczego?

– Bo tak jak człowiek śpiący trwa w bezruchu, podczas gdy jego śniąca jaźń może przemierzać kontynenty, tak też, tak też nieruchomy kamień lub drzewo musi zawierać podobnego ducha zdolnego do ruchu i obdarzonego własną wolą.

Winkie poczuł olbrzymią ulgę, jak gdyby właśnie odzyskał mowę i zdolność poruszania się.

---

* Tomasz Hobbes *Lewiatan, czyli materia, forma i władza państwa kościelnego i świeckiego*, przeł. Czesław Znamierowski.

– To pradawna wiara z zamierzchłych czasów? – zapytał Karol Niewygrał, unosząc brwi. – Obecnie nikt chyba w to nie wierzy?

Winkie znów poczuł niepokój.

– Owszem, yyy, pradawna. Animizm jest jednym z najstarszych, jeśli nie najstarszym, znanym ludzkości systemem religijnym czy, yyy, metafizycznym. Ale jego podstawowe elementy przenikają wszystkie religie, stare i nowe, w każdym razie, w każdym razie, niesłuszne, zupełnie niesłuszne, przynajmniej moim zdaniem, było-by nazywanie jakiejkolwiek religii w cudzysłowie prymitywną lub w cudzysłowie przestarzałą. W dzisiejszych czasach żyje na świecie mnóstwo inteligentnych ludzi, którzy wyznają animizm albo pokrewne teorie, a więc ta wiara nie ogranicza się do tak zwanych ludów prymitywnych.

Winkie znów poczuł się zrehabilitowany, lecz prokurator wstał, żeby zaprotestować.

– Wysoki sądzie, czy mamy tu siedzieć i wysłuchiwać zapewnień świadka, że każdą religię można traktować na równi z inną?

Pojedyncze oklaski na sali. Sędzia popatrzył z pogardą na dwóch Niewygrałów, jak gdyby byli mnożącym się robactwem.

– Proszę, żeby świadek wstrzymał się od wyrażania swoich radykalnych, relatywistycznych poglądów. Jesteśmy tutaj, żeby ustalić fakty.

– Jak najbardziej, tak, oczywiście, fakty – odparli Karol i Edwin unisono, z nerwowym sarkazmem. Po czym obaj tak samo się zaczerwienili, bo tak jak w dzieciństwie powiedzieli to samo równocześnie.

Karol zamknął oczy i usiłował się skupić.

– Bez względu na to – spytał w końcu – czy jest ono prymitywne czy nie, absurdalne czy wzniosłe, czy pojęcie animizmu może odnosić się również do wytworów człowieka?

– Ehym. Owszem. Tak. Zanim mi, yyy, przerwano, właśnie miałem wspomnieć o społeczności Findhorn założonej w Sussex pod koniec lat pięćdziesiątych, to współczesny przykład zbiorowości ludzi, którzy twierdzą, że, yyy, nawiązują kontakt z „eterycznymi" kształtami lub bytami, takimi jak duchy marchwi, brokułów i innych warzyw, u których zasięgali rad dotyczących hodowli, albo króla kretów, którego pokornie prosili, żeby zabronił swoim poddanym niszczyć ich ogrodu.

Winkie dziwił się, dlaczego tyle osób chichocze. Czyżby nie wszyscy znali króla kretów?

– Nawiasem mówiąc, takie modły najwyraźniej odnosiły skutek – ciągnął Edwin, wysuwając rezolutnie podbródek. – Pierwszy ogród Findhorn był podobno wyjątkowy; nie tylko zdołano zlikwidować, yyy, krety, lecz również wyhodować owoce i warzywa dwa lub więcej razy większe od normalnych, bez nawozów, a także doprowadzić do tego, żeby kwiaty kwitły w środku zimy. Jednym słowem, osiągano, yyy, rzeczy niemożliwe. – Edwin zaczął gestykulować zamaszyście, jakby dyrygował symfonią pomysłów. – Mieszkańcy Findhorn wierzą, że duchy zamieszkują wszystko na ziemi, zwierzęta, rośliny czy minerały, i że cały ten zastęp bytów metafizycznych tylko czeka, żeby nieść nam pomoc. Z pewnością jest to myśl niezwykle pociągająca. Muszę przyznać, że szczerość, z jaką ją głoszą, yyy, jest zadziwiająco ujmująca.

Prokurator i jego ulubiona asystentka poszeptali między sobą i roześmiali się cicho i szyderczo. Dwunastka wetknęła niesforny kosmyk włosów w koczek i zagryzła wargę.

– Czy zatem w świetle takich przekonań – zapytał Karol, usiłując zachować zimną krew – duch może również zamieszkiwać na przykład, yyy, pluszowego misia?

Prokurator pokręcił głową, jak gdyby chciał odgonić chmarę gzów.

– Wysoki sądzie, nie zaszczycę nawet takiej linii przesłuchania sprzeciwem!

Dwaj Niewygrałowie, różowi na twarzy, oblali się teraz purpurą. Zupełnie jakby byli pięcioletnimi bliźniakami, którzy upierają się przy swoim na szkolnym boisku.

– A zatem, a zatem, a zatem – ciągnął Karol – proszę świadka, żeby odpowiedział na moje, moje, moje pytanie! – Spojrzał na swojego bliźniaka. – Panie Niewygrał, proszę, żeby pan zeznał do protokołu, czy taki duch mógłby zamieszkiwać w Misiu-Blinkiem z Zamykanymi Oczami?

Edwin patrzył wyzywająco na salę.

– Nie widzę, nie widzę, nie widzę powodów, dlaczego nie. Założyciele Findhornu napisali: „Maszyny także reagują na ludzką miłość i troskę". Wiadomo że dziękowali również narzędziom ogrodniczym i artykułom gospodarstwa domowego. Innymi słowy, jest to filozofia nieograniczonej, uniwersalnej dobroci. A kimże my jesteśmy, żeby oceniać, czy ci ludzie się mylą?

Jego pełne wzburzenia pytanie zawisło na chwilę w powietrzu.

– Dziękuję – powiedział Karol.

Sędzia uśmiechnął się do prokuratora, który machnął pulchną, piegowatą ręką.

– Nie mam pytań do tego w cudzysłowie świadka. Stawiam tylko wniosek, żeby oszczędzono nam dalszych Niewygrałów podczas tego procesu. Jeden wystarczy aż za bardzo.

Przez salę przetoczył się śmiech. Edwin otworzył usta, żeby coś powiedzieć, ale nie powiedział. Karol też otworzył i zamknął usta.

Ale w Winkiem rozdzwonił się wewnętrzny dzwon. Najpierw zaświadczono dziś o jego ciele, teraz o duszy. Chciał porozmyślać nad tymi zeznaniami i nie mógł się doczekać powrotu do celi, gdzie miał nadzieję powtórzyć sobie to wszystko, kiedy Darryl będzie po cichu kolorował…

Ale wtedy jego adwokat warknął:

– Obrona wzywa, yyy, yyy, na świadka Clifforda Chase'a!

Winkie otworzył szeroko oczy i zaczął z niedowierzaniem szarpać Niewygrała za rękaw. Potrząsnął energicznie głową. Nie!

Ale tak naprawdę był rozdarty między tak i nie – między spontaniczną, żywiołową radością na myśl o tym, że znów zobaczy Cliffa, a równie spontaniczną urazą, bo ten chłopiec go kiedyś zdradził, wprawdzie bardzo dawno temu, lecz teraz ta zdrada powróciła i zabolała na nowo.

– Ależ, ależ, ależ, panie Winkie – mitygował go Niewygrał, zerkając nerwowo na sędziego. – Widzę, że to się panu nie podoba, ale jak już, jak już, jak już mówiliśmy, zgłosił się tylko ten jeden świadek, który może, może, może…

Niewygrał tyle razy wyobrażał sobie, jak rozmawia ze swoim klientem o Cliffordzie Chasie, że zapomniał wspomnieć o nim lub o tym, że jest gotowy złożyć zeznanie. Gdyby Winkie został lepiej przygotowany, sentyment do tej postaci z przeszłości mógłby przynajmniej złagodzić złe wspomnienia. Ale był zaskoczony i niesprawiedliwości zaznane od chłopca i jego rodziny zlały mu się teraz z krzywdami, jakich doznał i jakich był świadkiem przez ostatnie półtora roku, od uprowadzenia jego dziecka… Dlatego dzisiaj, kiedy Chase pojawił się na sali, Winkie widział w nim nie życzliwego świadka, lecz jednego z prześladowców. Ignorując szeptane przez Niewygrała zapewnienia, że tak nie jest, miś zacisnął łapy i skulił się w krześle, tak że znad stołu obrony ledwo było mu widać oczy.

Tymczasem Chase, szczupły czterdziestokilkulatek o rudoblond włosach, składał przysięgę.

– ...prawdę, całą prawdę i tylko prawdę, tak mi dopomóż Bóg.

Usiadł i spojrzał wyczekująco na Winkiego, lecz wściekły miś nie odrywał wzroku od akt Niewygrała.

Adwokat poprosił świadka, żeby powiedział, co łączy go z oskarżonym, i rozpoczęło się przesłuchanie. Jak wcześniej Niewygrał zamierzał zapewnić swojego klienta, Chase był jedną z nielicznych osób, które mogły zaświadczyć o życiu misia jako zabawki. Prokuratura bez trudu wyłączyła zeznania Ruth Chase i innych członków rodziny jako nieistotne i/lub stronnicze. Niewygrał nakłonił jednak najmłodszego syna, żeby tego dnia stawił się na wszelki wypadek w sądzie i, ku zdziwieniu mecenasa, oskarżenie nie sprzeciwiło się. (Prawda była taka, że sędzia naradził się z prokuratorem podczas porannej przerwy i obaj uznali, że takie ustępstwo wywrze korzystne wrażenie na mediach, a raczej nie powinno zaszkodzić sprawie).

Chociaż Niewygrał zacinał się podczas zadawania pytań – a oskarżony był wyraźnie skonsternowany – Chase wypadł dosyć przekonująco, wsparł tezę obrony, że Winkie jest z całą pewnością zabawką, a nie terrorystą, zaświadczył o jego miejscu pobytu od Bożego Narodzenia tysiąc dziewięćset dwudziestego piątego roku aż do chwili, kiedy zniknął z domu Ruth i Davida Chase'ów, mniej więcej na rok przed aresztowaniem.

– Uznaliśmy, że Winkie, to znaczy oskarżony, pan Winkie, gdzieś się zapodział – wspominał Chase. – Moja matka stwierdziła, że na pewno się znajdzie. Ale nigdy się nie znalazł, a teraz, oczywiście, jest jasne, że uciekł. Mniej więcej w tym czasie, kiedy pan

Winkie zginął, moja matka odkryła zbite okno. Teraz wydaje się, że najprawdopodobniej tamtędy właśnie uciekł.

– Sprzeciw. To tylko domysł.

– Podtrzymuję. Proszę, żeby świadek trzymał się faktów i nie wyciągał wniosków.

Łup!

Niewygrał przewrócił oczami i pytał dalej:

– Panie Chase, czy z tego, co wiadomo… panu wiadomo… przedtem oskarżony kiedykolwiek się gubił?

– Nie.

– Czy dotyczy to, to, to dziesięciu lat, poczynając od roku tysiąc dziewięćset dziewięćdziesiątego trzeciego?

– Tak.

– Czyli, czyli, czyli w okresie, w którym zgodnie z oskarżeniem pan Winkie konstruował i wysłał, yyy, trzysta czterdzieści siedem przesyłek-bomb, przebywał on, według pańskiej wiedzy, dokładnie gdzie?

– W domu moich rodziców, w moim dawnym pokoju, na półce przy oknie.

– I co tam robił?

– Siedział bez ruchu.

O tej i innych kluczowych kwestiach Chase mówił cicho, lecz stanowczo i wywarł dobre wrażenie na ławie przysięgłych. Ale – tak jak oczekiwał prokurator – jego wiarygodność została podważona, gdy do zadawania pytań przystąpiło oskarżenie.

Prokurator, kartkując dokumenty, najwyraźniej orzeczenia lekarskie, zapytał:

– Panie Chase, czy uskarża się pan na depresję?

Chase nerwowo poprawił okulary na nosie.

– Raczej nie. Nie w tej chwili.

– Bo bierze pan odpowiednie leki? Kilka różnych leków?

– Tak.

– Czyli cierpi pan na chorobę umysłową?

Niewygrał próbował wnieść sprzeciw, ale sędzia tylko warknął:

– Proszę świadka o odpowiedź.

– Tak – potwierdził Chase. – Można by to tak określić.

– Można by to tak określić. – Prokurator uniósł ręce ku skroniom, jakby się zastanawiał, o co jeszcze zapytać świadka. – No dobrze, w takim razie załóżmy... – zaczął wymachiwać szaleńczo rękami – czysto teoretycznie, czysto teoretycznie, że oskarżony, pan Winkie, to rzeczywiście ten sam Winkie, którego pan znał i kochał w dzieciństwie. Po prostu załóżmy. – Wzruszył ramionami. – Skąd pan wie, że jest dobrym misiem? Czy z panem rozmawiał?

– Ale przecież...

– Panie Chase, proszę odpowiedzieć na moje pytanie. Czy oskarżony kiedykolwiek z panem rozmawiał? Czy powiedział kiedyś na przykład: „Jestem bardzo dobrym misiem"?

– Nie – odparł ze smutkiem Clifford.

– Może więc był pan świadkiem aktów dobroci lub odwagi z jego strony? Może na przykład uratował pana albo inne dziecko z płonącego budynku?

Zza kotary dobiegły śmiechy sędziów przysięgłych.

– Nie... Ale często pozwalał się przytulać. I słuchał, kiedy do niego mówiłem.

– Rozumiem, słuchał. A skąd pan o tym wie? Kiwał głową? Powtarzał pańskie słowa? Może uspokajał pana albo udzielał rad?

– Oczywiście, że nie.

– Oczywiście, że nie. Otóż to. Oczywiście, że nie. Czyli nigdy nie widział pan, żeby cokolwiek zrobił albo powiedział, prawda, panie Chase?

– …

– Uznaję to za milczące potwierdzenie. – Teatralne westchnienie. – Muszę więc powtórzyć swoje pytanie: panie Chase, skąd pan wie, że to dobry miś?

– Z tego, jak na mnie patrzył.

Wszystkie oczy zwróciły się na oskarżonego, który patrzył spode łba, a nierówne źrenice pałały wściekłością znad bezkształtnego nosa zaszytego grubą nicią, na sfatygowanym, niemal wyliniałym obliczu, nie licząc kosmatej, zmierzwionej sierści na jego zbyt wielkich uszach. Po sali przebiegł śmiech.

– Mogę to zrozumieć, panie Chase.

Dalsze śmiechy.

– Oskarżony wygląda okropnie – szepnął usłużnie woźny sądowy sędziom przysięgłym, żeby zrozumieli żart. Niewygrał zaprotestował, ale prokurator po prostu wycofał swoje ostatnie stwierdzenie.

– Proszę kontynuować – zachęcił go sędzia.

– Chciał pan coś powiedzieć, panie Chase? Bo nie chciałbym przerywać.

– Nieważne, jak wyglądał… I tak go kochałem. Byłem dzieckiem, a on był mój.

Miś odwrócił się na krześle bokiem, głośno westchnął i założył łapy w milczącym, gniewnym proteście.

– Czyli, niezależnie od tego, czy był kiedyś pańską zabawką, jak twierdzi pan, czy nie, jak utrzymuje wielu innych świadków, nic pan o oskarżonym nie wie?

Chase spuścił głowę i nie odpowiadał. Prokurator uśmiechnął się do siebie.

– Nie mam więcej pytań.

Zeznania świadków tego dnia nie bardzo przekonały przysięgłych do uniewinnienia, a nawet poparły zarzuty. Mimo to spowity mgłą zwątpienia Niewygrał, obmyślając strategię obrony, wyczuł intuicyjnie coś znacznie ważniejszego – coś, co nie przekonało może ławy przysięgłych, lecz co chciał usłyszeć mały miś. Bo choć zeznanie Cliffa wywołało wstrząs i cierpienie, Winkie opuścił tego dnia salę sądową odmieniony.

Nie od razu zdał sobie z tego sprawę. Kiedy odjeżdżał furgonetką policyjną i okrzyki przed gmachem sądu ucichły w oddali, opadły go wspomnienia tego, co się dziś wydarzyło: uśmiech Françoise... „Miś Blinkie z Zamykanymi Oczami"... „Maszyny także reagują na ludzką miłość i troskę"... „Był dziwnym, ale dobrym misiem. Do dziś w to wierzę"... „Czyli... nic pan o oskarżonym nie wie?" Chociaż ta ostatnia wymiana zdań wydała mu się wtedy tak denerwująca i tak niemiła dla jego wyliniałych uszu, teraz nabrała takiego samego znaczenia jak wszystkie inne. Nie chodziło o to, że wybaczył Cliffowi (tylko Cliff mógł sobie wybaczyć albo nie), lecz o to, że czas z Cliffem był po prostu kolejnym faktem z jego egzystencji. Błądząc po omacku, miś pogrążył się w rozmyślaniach...

Drzwi furgonetki otworzyły się i Winkie zobaczył, wyraźnie jak we śnie, znajomą, oświetloną bramę więzienia, sylwetkę oddziałowego Waltera na tle seledynowego, mrugającego nerwowo światła. Na pewno nie była to najlepsza chwila, lecz dla Winkiego wszystko stało się jasne. Klik-klik. Wtedy właśnie postanowił, nie wiedząc właściwie dlaczego, ale z całkowitą pewnością, że nazajutrz rano powie Niewygrałowi, że zmienił zdanie. I będzie jednak zeznawał.

2.

Dobranoc, panie Misiu – powiedział Darryl jak zwykle bez-namiętnie i wręczył Winkiemu wydartą kartkę z różą; płat-ki starannie pokolorował na czerwono, pomarańczowo, różowo i fioletowo, a liście na czarno. Nigdy przedtem niczego Win-kiemu nie dał – miś nigdy nie widział też żadnych kwiatów w jego książeczkach do kolorowania, a tu proszę, prezent tylko dla niego.

– Dziękuję – powiedział Winkie. Powąchał obrazek, udając, że kredki pachną jak róże. Z rozrzewnieniem położył kartkę przy po-duszce, podciągnął szorstki koc pod brodę i po raz pierwszy od ponad roku od razu zapadł w głęboki sen.

Patrzył na morze i zobaczył w oddali szarego szczura z dłu-gim różowym ogonem. Szczur przemykał zwinnie po falach. Małe stworzenie pruło naprzód nie tyle mocą swojej wiary, ile dzięki szybkim ruchom ohydnego ogona na powierzchni wody. Winkie zastanawiał się, jak to się dzieje i jak długo mały gryzoń wytrzyma. Czy to nowa odmiana szczura o nowych zdolnościach, czy też zwykły szczur, który tak bardzo się starał? Wkrótce kosmate stwo-rzonko dotarło do skał wystających pośrodku spokojnego morza. I było ptakiem. We śnie nie nastąpiła żadna przemiana, ani raptow-na, ani stopniowa. Szczur był po prostu ptakiem, jak gdyby zawsze nim był – czarnym ptakiem morskim z gładką białą głową.

Sen przybrał teraz formę filmu przyrodniczego i narrator ob-wieścił donośnie:

– Teraz może odfrunąć.

I rzeczywiście, Winkie odetchnął z ulgą, bo ptak odbił się od skały – twardego gruntu, którego mu od dawna brakowało – i ci-cho wzbił się w powietrze. Miś się obudził.

Białe ściany celi pozostały niezmienione, a spokój snu się ulotnił. Chociaż ta część o ptaku mogła dodawać otuchy, reszta budziła odrazę. Nie chciał mieć nic wspólnego ze szczurem ślizgającym się po falach. Dlaczego śnić o czymś takim, i to akurat w dniu, w którym ma zeznawać! Coś obrzydliwego, a przez ten sen pogrążał się tylko głębiej we własnym obrzydzeniu i rozpaczy. Samotny i nieszczęśliwy Winkie poczuł zapach odkażonych ścian więzienia i pomyślał o wściekłych twarzach, które dzień w dzień krzyczały do niego, w sądzie i przed sądem: „Potwór!" Nagle przestał się przejmować tym, co powie o nim Penelope Brackle, Edwin Niewygrał czy ktokolwiek inny. On, Winkie, był właśnie takim obrzydliwym szczurem, który z pomocą długiego ogona dokonuje obrzydliwego i zdumiewającego cudu lewitacji. Takiego stworzenia, tak jak jego sposobu przemieszczania się, nie da się zaklasyfikować. Nikt go nigdy nie zrozumie, on sam siebie nie rozumie, dlatego próbował ukryć swoją prawdziwą naturę, zmieniając się w pięknego ptaka. Ale Winkie od początku wiedział, co to za stwór, i nic na to nie mógł poradzić.

– Fuj – powiedział i od razu przypomniał mu się Cliff. Dziwnie się wczoraj poczuł, kiedy go zobaczył. Chociaż Cliff był już mężczyzną, i to mężczyzną w średnim wieku, miś odkrył, że czuje do niego dokładnie to samo, co tego nieszczęsnego dnia huraganu przed czterdziestu laty. I czuł taką samą odrazę do samego siebie. – Fuj, fuj, fuj. – Nie rozumiał, jak udało mu się przebić przez ten tuman spowijający jego duszę – jak zdołał zamrugać, rzucić książką, wyjść przez okno, skoczyć na trawnik i tak dalej, aż do ostatniej decyzji podjętej poprzedniego wieczoru w furgonetce, żeby zeznawać.

– Jestem panem siebie – próbował sobie wmówić.

Nigdy jeszcze, odkąd ożył, nie cofnął swojej żadnej decyzji, więc teraz też nie cofnie. Zrobi to, co sobie obiecał poprzedniego wieczoru... pomimo targających nim wątpliwości. Rano pociągnął Niewygrała za marynarkę, a ponieważ usta nadal nie chciały się otworzyć, żeby wydać najmniejszy dźwięk, wrócił do sprawdzonego sposobu porozumiewania się z mecenasem i pokazał mu, że będzie zeznawał. Składając przysięgę, również mógł tylko pokiwać głową, po czym wspiął się niechętnie na miejsce dla świadka i czekał z najwyższym napięciem na pierwsze pytanie swojego adwokata.

Nagła zmiana nastawienia misia zaskoczyła Niewygrała, dlatego miał w głowie tylko naszkicowane pytania, które powinien zadać. Nie było jednak innych świadków, których mógłby wezwać, jego wydukane prośby o choćby krótką przerwę zostały odrzucone, nie miał więc wyjścia – teraz albo nigdy. Głęboko zaczerpnął tchu, zamknął oczy i próbował wprawić się w trans, potrzebny mu, żeby sensownie przesłuchać klienta.

– Panie Winkie, czy decyzja, żeby opowiedzieć nam dzisiaj swoją historię, narastała w panu stopniowo jak śnieg na gałęzi, który ją w końcu łamie z trzaskiem – rozpoczął – czy spadła jak błyskawica?

Spoglądając nerwowo po utkwionych w niego oczach, Winkie przełknął ślinę i wskazał na lewo.

– Śnieg, który łamie w końcu gałąź – powiedział Niewygrał. – A czy ta stopniowo narastająca świadomość pozwoliła panu zrozumieć, kim pan jest i co pana ukształtowało na dobre i na złe, czy sprawiła, że zrozumiał pan potrzebę walki o własną wolność?

Winkie zaczynał już myśleć, że chyba nie będzie to takie trudne. Wskazał najpierw na lewo, potem na prawo.

– Rozumiem, jedno i drugie. – Niewygrał oddychał spokojnie. – A kiedy już podjął pan taką decyzję, czy kolejne kroki są jak brnięcie po gorącym, suchym piachu, czy raczej przejście na drugą stronę zatłoczonej ulicy w jasnym słońcu?

Winkie wzruszył ramionami.

– Czyli czasem jakby pan brnął, a czasem…

– Wysoki sądzie – zawołał prokurator, chwytając się za głowę, jakby go bolała. – To najdziwniejsze przesłuchanie na sali sądowej, jakiego kiedykolwiek byłem świadkiem.

Dotąd publiczność obserwowała z fascynacją małego misia siedzącego w miejscu dla świadka i słuchała niezwykle uważnie. Ale sprzeciw oskarżyciela wywołał tu i ówdzie chichoty.

– Osobiście, osobiście nie uważam, nie uważam – rzekł Niewygrał – że kategoria „najdziwniejsze" stanowi podstawę do, do, yyy…

– Podtrzymuję. – Łup! – Panie Niewygrał, proszę nie naprowadzać świadka.

Adwokat wyglądał, jakby za chwilę miał się rozpłakać, ale znów przymknął oczy i wziął kilka głębokich oddechów. Winkie równie zdenerwowany, zrobił to samo. Wdech, wydech…

– Wysoki sądzie, czy świadek będzie zeznawał, czy nie? – zapytał prokurator.

Łup!

I Winkie, i Niewygrał podskoczyli.

– Panie Niewygrał – warknął sędzia – jeżeli pański klient nie złoży sam zeznania, zamiast tych niedorzecznych sformułowań wkładanych mu w usta przez jego tak zwanego adwokata, to ukarzę was obu za obrazę sądu i natychmiast zamknę rozprawę!

Pomruki aprobaty na sali. Winkiego przeszedł dreszcz.

– Oczywiście, oczywiście – wybąkał Niewygrał, gwałtownymi ruchami głowy odrzucając do tyłu siwe kosmyki. – Panie Winkie – zaczął powoli i spokojnie, ale natychmiast przyspieszył. – Proszę, yyy, zgodnie z prośbą pana sędziego, wyjaśnić własnymi słowami wszystkim tu zebranym, czyli wysokiemu sądowi, prokuratorowi i sędziom przysięgłym siedzącym za kotarą, jak najlepiej pan umie, proszę wyjaśnić, co doprowadziło do pańskiego, yyy, niefortunnego aresztowania i uwięzienia, do którego doszło ponad rok temu. Bardzo proszę.

Winkie żałował teraz, że choć trochę nie poćwiczył w więzieniu sztuki konwersacji. Przez całe życie nie rozmawiał z nikim poza Małą Winkie, a oto miał udzielać odpowiedzi i wyjaśnień przed mnóstwem obcych ludzi. Próbował rozszyfrować pytanie Niewygrała, ale gdy tylko mu się udało, zalała go fala wspomnień, fakty mieszały się ze sobą, tak że nie mógł ich nawet wyliczyć po kolei, a co dopiero spośród nich wybrać. Nawet cichy skrzyp ołówka sądowego rysownika wydawał się ogłuszający.

– Najlepiej niech pan zacznie od początku – podszepnął Niewygrał, lecz choć silił się na serdeczny ton, w jego głosie brzmiało zniecierpliwienie. – I niech pan się dobrze zastanowi.

Winkie zmarszczył czoło, starając się uporządkować nawałnicę w głowie. Minęło kilka minut. Po czym, z nadzieją malującą się na twarzy, spróbował:

– A E I O U.

Chociaż te dźwięki zabrzmiały dziwnie w jego gardle, wydały mu się dobrą odpowiedzią. Zobaczył jednak, że prokurator wymienia drwiące uśmiechy ze swoją ulubioną asystentką, a niektórzy dziennikarze kręcą głowami. Niewygrał przetarł gwałtownie oczy, aż miś zląkł się, że wypadną mu z oczodołów.

– Nic, nic, proszę spróbować jeszcze raz – poprosił adwokat z westchnieniem. – Panie Winkie, proszę własnymi słowami wyjaśnić sądowi, a także wszystkim tu zebranym…

Pytanie, powtórzone niemal słowo w słowo, wcale mu nie pomogło, zwłaszcza wypowiedziane tym tonem. Winkie próbował jednak przybrać skupiony wyraz twarzy i powiedział śmiało:

– Jeżeli, ale, dlaczego, chyba, mimo to, a zatem.

Niewygrał westchnął głęboko.

– No i, no i, no i… co? I co?

Miś zamrugał, ale tym razem postanowił odpowiedzieć jeszcze szybciej.

– I tak to było, tak się to odbyło, to się właśnie stało – zapewnił. – Dlatego powiadam wam.

Argument nie do odparcia, pomyślał Winkie, lecz Niewygrał zapytał:

– Powiadam wam co? Co się stało?

Winkie znów się skupił. Już układał pyszczek, żeby powiedzieć „ś" – jak światłość, kiedy prokurator zawołał:

– Wysoki sądzie!

Podniósł pulchne dłonie i wzruszył ramionami.

– Całkowicie się zgadzam – rzekł sędzia. Łup! – Panie Niewygrał, powiadam panu, że jeśli pański klient nie zacznie mówić do rzeczy, tak się właśnie stanie…

Łup! Łup! Łup!

Rechot na sali wydawał się misiowi dziwnie odległy, kiedy odwrócił się od patrzącego groźnie sędziego do uśmiechającego się głupio prokuratora, do rumieniącego się i jąkającego Niewygrała. Mały, samotny Winkie wypalił:

– Był sobie kiedyś miś!

Śmiech ustał, wszystkie oczy zwróciły się na niego.

– Świetnie! – rzekł Niewygrał nieco spokojniej i zaczął zachęcać swojego klienta falistym ruchem rąk. – Proszę, proszę mówić dalej!

Ale misia speszyło to jeszcze bardziej. Znów był przekonany, że odpowiedział na pytanie, tymczasem Niewygrał wciąż patrzył na niego błagalnie, choć ręce znieruchomiały mu w powietrzu. Winkie podniósł łapy, wzruszył ramionami, aż brzęknęły łańcuchy.

– Koniec – oznajmił.

Tu i ówdzie nerwowe chichoty. Niewygrał znów zaczął trzeć oczy.

– Nie – jęknął. – Nie…

Winkie patrzył na niego ze zdumieniem.

– Przedmioty. Jedzenie. Pokoje – powiedział wyzywająco. – Kurz i wstyd, i bezkresna nuda. Dlatego stary miś wyruszył w nowy świat!

Niewygrał nieco się ożywił.

– Proszę mówić. Co pan rozumie przez „nowy świat"?

Winkie zmarszczył brwi i przewrócił oczami. Po co się w ogóle tak starał? Nowy świat to nowy świat. Co jeszcze można o nim powiedzieć? Ale wiedział, że musi spróbować.

– Czego miś chciał. Co zrobił – odpowiedział. – Co miś zobaczył, zjadł i zrozumiał.

Nie wiedział, co może zainteresować Niewygrała, ale teraz rozbiegane niebieskie oczy adwokata uspokoiły się i spoczęły na Winkiem z prawdziwym zaciekawieniem. Miał wrażenie, że adwokat nie wie, o co zapytać teraz, ale się tym nie przejmuje, i w tej chwili spokoju misia nagle olśniło, co chce powiedzieć. Na sali panowała cisza, a on przymknął oczy i mówił w ciemność:

– I oto zdarzyło się, że mały miś wyruszył w świat. Krzewy kwitły i rodziły owoce, światło gasło i znów wstało. Wydał na świat dziecko. – Odetchnął raz i drugi, żeby odpocząć, bo mówienie okazało się prawie tak trudne jak rodzenie. – Były już więc dwa misie, duży i mały. Nie wiedziały, jak to się dzieje, lecz codziennie szmaciana powłoka i to, co w środku, były do siebie dopasowane. Drzewa oddychały, przepływały setki chmur, nawet podczas ich snu. Deszcz lub śnieg padały kreskami, a czasem wirowały, żeby im sprawić radość. Rozrastały się popołudnia. Rozbrzmiewały piosenki. Potem pojawił się z krzykiem wielki Zadek i ukradł dziecko. – Winkie powstrzymał łzy. – Był sobie kiedyś smutny i samotny miś. Mieszkał w chacie. „Wychodź! Ręce do góry!" Ciarki i zgiełk, jasność i drżenie. Miś osunął się powoli na ziemię. – Otarł kapkę z nosa i próbował się skupić. – Był sobie kiedyś smutny miś, zupełnie sam. Mieszkał w klatce i wszystko pamiętał. Koniec.

Na sali rozległo się kilka nerwowych chichotów, ale poza tym panowała cisza. Publiczność wydawała się zaskoczona własnym współczuciem, co nie przeszkadzało jej słuchać.

– A kto był tym misiem? – spytał Niewygrał łagodnie.

Co za głupie pytanie, pomyślał Winkie, przecież to jasne jak słońce, a jednak myśląc nad odpowiedzią, omal się nie rozpłakał. Dlaczego?

– Ja – odparł w końcu.

Niewygrał odczckał chwilę, zanim zadał kolejne pytanie.

– Czy może nam pan opowiedzieć o swoim dziecku?

– Ja… – zaczął Winkie, ale to słowo również go raniło. Mądry doświadczeniem, wiedział, że musi mówić dalej, choćby najbardziej bolało. – Oglądałem się, a ona patrzyła na mnie – ciągnął. – To była Mała Winkie, jej oczy, futerko, uszy i znów oczy. Patrzyła na mnie.

Na sali panowała cisza.

– Kim jest Zadek? – spytał cicho Niewygrał.

– Człowiekiem, który ukradł Małą Winkie! – zawołał miś, zadziwiony, że jego adwokat mógł tego nie zrozumieć.

– Wiem. Chciałem zapytać, czy to był ten mężczyzna? – spytał Niewygrał i wziął ze stolika obrony zdjęcie starego pustelnika. – Czy to on?

Winkie odsunął się przestraszony na widok tej okropnej twarzy, jak gdyby samo zdjęcie mogło go skrzywdzić.

– Tak – potwierdził, kiwając głową, i szybko oddał zdjęcie adwokatowi.

– Proszę zaprotokołować, że świadek rozpoznał na tym zdjęciu...

– Wielkiego amerykańskiego bohatera zamordowanego z zimną krwią przez oskarżonego! – ryknął prokurator. – Wysoki sądzie, to skandal. Chyba wysoki sąd nie dopuści do dalszego zniesławiania!

Niewygrał rzeczywiście podjął ryzykowny temat. Kilku dziennikarzy zawołało: „Brawo, brawo", bo zawsze nazywali pustelnika „poczciwym leśnym dziadkiem". W supermarketach i księgarniach miało się wkrótce pojawić sześć różnych książek pod tym tytułem, a według sondaży opinii publicznej sympatia do starego pustelnika przewyższała nawet niechęć do Winkiego. Mimo to Niewygrał nie ustępował.

– Wnoszę o uznanie pustelnika nie tylko za porywacza – wykrzyknął – lecz również za obłąkanego zamachowca!

Na rozprawie, raz po raz przerywanej rozmaitymi zakłóceniami, zawrzało po tym oświadczeniu jak nigdy przedtem.

– Chryste, znowu? – mruknął jeden z woźnych sądowych.

Odsunął pałką falangę dziennikarzy, którzy usiłowali dopaść oskarżonego. Niewygrał przykucnął, prokurator się uchylił. Zewsząd posypały się jajka i pomidory. Nawet Françoise i Mariana siłowały się z policjantem, światła mrugały, a sędzia raz po raz wykrzykiwał:

– Proszę o spokój!

Winkie skulił się w miejscu dla świadków, a kiedy zgiełk przeszedł w miarowy ryk, omal sam nie zaczął krzyczeć:

– Hiinh! Hiinh! Hiinh!

Już słyszał pierwotne ryki w głowie, kiedy ku własnemu zdziwieniu wyprostował się, i zaczął przemawiać głośno i wyraźnie, jakby mówił z wysokiego szczytu do wiatru i deszczu:

– Ożyłem nie tak dawno temu. Może moja dusza wie jak, ale ja nie wiem. Podlewany miłością, w końcu zakwitłem. Latami dzieci patrzyły mi w oczy. Latami tuliły mnie, nosiły, ciągały wszędzie ze sobą. Wszyscy mieli jakieś życzenia. I na moje życzenie też znalazło się miejsce w tym głębokim, roziskrzonym oceanie. A kiedy wszystkie dzieci odpłynęły kolejno razem ze swoimi życzeniami, moje pozostało – i wtedy ożyłem. Dlaczego, dlaczego, dlaczego? Czy jestem panem siebie? Wiem, że ten cud mnie przerasta, ale samotność jest jeszcze większa.

Niewygrał i prokurator, zwarci w zapaśniczym uścisku, przekotłowali się przed miejscem dla świadka. Woźni okładali pałkami rozwrzeszczany tłum. Im dłużej jednak Winkie przemawiał, tym większy spływał na niego spokój.

– Teraz moje życzenie to być znów wolnym. Proszę o to, choć nawet nie wiem dlaczego. Nie ma to sensu, bo po prostu się nie zgodzicie, ale gdybyście mnie znów wypuścili na świat, moja historia mogłaby się zacząć od nowa, a ja mógłbym więcej chcieć i więcej dać. Ludzie zawsze mnie kochali. Dlaczego? Tyle razy – najbardziej wtedy, kiedy straciłem dziecko – chciałem zamknąć oczy na zawsze, ale miałem do ofiarowania miłość i wciąż ją mam. Dlaczego, dlaczego, dlaczego? Na przekór wszystkiemu. Dlaczego zostałem powołany do życia i dlaczego kocham? Co takiego we mnie trzyma mnie przy życiu? Na przekór wszystkiemu: przy życiu trzyma mnie moje serce – nic na to nie poradzę.

Kiedy Winkie przerwał, żeby zebrać myśli, przyskoczył do niego jakiś reporter, gotów go udusić sękatymi rękami, lecz oddziałowy

Walter powalił go na ziemię. Szamotali się na podłodze. Na widok szalonej, jawnej nienawiści w oczach napastnika, Winkie nagle zrozumiał swój poranny sen i zapragnął wykrzyczeć to światu.

– Szczur sunie po wodzie – powiedział. – Drobne fale, smuga wody za szczurem, lśniący horyzont. Obiekt nienawiści nienawidzi nawet sam siebie, ale i tak ślizga się po falach. Szczur zmienia się w ptaka, ale właściwie jest i jednym, i drugim, tak jak zawsze był i zawsze będzie. Spokojna tafla morza i świetliste niebo. Światło załamuje się do środka, znów odbija, lśniące odpryski zlewają się z cichym trzaskiem, tworzą nową widzialną całość. Nawet dla obiektu nienawiści światło znów się rozpościera, załamuje, tak jak załamują się drobne fale, które jakby przemawiały, krąg klejnotów światła znowu zamyka się i otwiera, a oczy zamykają się pełne łez: czy szczuroptak może wyjść na wolność?

Winkie westchnął.

– We śnie i we wspomnieniu tego snu można to, co znienawidzone, wypuścić, dać mu odfrunąć, a wtedy szeroki świat może znów rozbłyśnie klik-klik, w pięknych mrugających oczach. Oczy otwierają się klik-klik, najpierw ciemność, potem światło, jak przejście z cienia w słońce – to jest i to zawsze było życie, które zostało mi dane. Dziękuję.

Winkie otworzył znowu oczy, zobaczył szalejącą publiczność. Tylko jedna osoba była tak spokojna jak on. Osoba, która dotąd zawsze patrzyła na niego z niechęcią i pogardą, a teraz stała w pierwszym rzędzie, nieobecna, zatopiona w myślach, podczas gdy po obu jej stronach inni wymieniali ciosy.

Była to ulubiona asystentka pana prokuratora, dwunastka, która wysłuchała każdego słowa Winkiego. Mimo wszystkich faktów i argumentów wytaczanych tak zajadle przeciwko misiowi przez

238

jej szefa, zastanawiała się czasami, czy znienawidzony oskarżony nie jest jednak niewinny (tak jak czasami zastanawiała się, czy prokurator naprawdę ją kocha, a ostatnio nawet, czy nie spotyka się z inną). Jej wyjątkowy przyjaciel nie tolerował żadnych wątpliwości co do tej sprawy u swojego personelu – lojalność tego personelu była wręcz legendarna. Ona sama przytakiwała z pełnym przekonaniem nie tylko w biurze, lecz również wiele razy w pokoju hotelowym, że należy wszelkimi dostępnymi metodami pokonać tak straszliwego zbrodniarza, jakim jest Winkie. Dzisiaj jednak, kiedy po raz pierwszy usłyszała małego misia, ta wrażliwa młoda kobieta, która nigdy dotąd nie kwestionowała niczyjego autorytetu, najpierw popadła w okropną rozterkę, a potem w nagłe uniesienie płynące ze zrozumienia. Nie tylko zaczęła wątpić w winę misia, lecz wręcz nabrała przekonania o jego niewinności, a co więcej, poczuła, że musi działać, nawet jeżeli przyjdzie jej postawić wszystko na jedną kartę.

– Szczuroptak – powtórzyła z myślą o oskarżonym, ale i o sobie. – Na przekór wszystkiemu. – Ogarnął ją dziwny spokój, choć wciąż cisnęły się pytania. – Dlaczego muszę być w tym sama? Czy każdy wybór jest aktem rozpaczy? Czy każde życie jest opowieścią, a każda opowieść historią przetrwania? Czy to nie dowodzi, że dla każdego jest nadzieja? I jak można to sprawdzić?

Nie zauważyła nawet burdy, która rozpętała się wokół na dobre, dostrzegła natomiast, że Winkie patrzy na nią smutnym, pytającym wzrokiem. Dojrzała w jego oczach, w tych błyszczących brązowych szklanych gałkach, przedziwny patos, coś czystego i szczerego, i zdumiała się, że nie widziała tego wcześniej. Przypomniała sobie, jak w dzieciństwie tuliła lalkę w ciemnościach i rozmyślała o nieskończoności. Wydało jej się teraz, że śni i w tym sennym odurzeniu zadała sobie pytanie: A jeżeli przyznamy punkt widzenia czemuś, co nie może go mieć?

3.

Kiedy wreszcie krzyki ucichły, wszyscy zeskrobali resztki jajek i pomidorów z ramion i znów zajęli miejsca, dwunastka dalej stała, z koczkiem przekrzywionym w wyniku awantury, która przetoczyła się obok. Sędzia spojrzał na nią, mrugając oczami z zaciekawieniem, zastanawiał się nie bez satysfakcji, czy coś ją łączy z prokuratorem. Jedenastka szarpał ją, żeby usiadła, ale odtrąciła jego rękę.

– Wysoki sądzie – zaczęła słabym, lecz niesamowicie przenikliwym głosem. – Uważam za swój święty obowiązek donieść o zatajeniu przez biuro prokuratora kluczowego dowodu w sprawie.

Niewygrał i wszyscy dziennikarze wytężyli słuch. Asystenci prokuratora od pierwszego do jedenastego wstrzymali oddech. Prokurator przez dłuższą chwilę wpatrywał się w dwunastkę ze zdumieniem, jak gdyby właśnie zamieniła się w wielką jaszczurkę. Po czym powiedział cicho, lecz rozkazująco, tak jak mówił zawsze, gdy byli sami:

– Siadaj, Judy.

Rozpłakała się, ale nie ustąpiła.

Sędzia nie miał czasu nacieszyć się konsternacją prokuratora, bo sam zastanawiał się gorączkowo, czego się od niego oczekuje. Czyżby rano nie dotarło do niego jakieś ostrzeżenie lub polecenie? Faksy zawodzą, czasem człowiek się nie spostrzeże, jak skończy się papier...

– To bardzo poważne oskarżenie jak na tak młodą damę – rzekł.

Judy otarła łzy z policzka.

– Wiem – przyznała.

– Widzę również, że wytrąciło panią z równowagi – dodał sędzia.

– Tak, jest zupełnie wytrącona z równowagi – wtrącił prokurator. – Właściwie kompletnie zwariowała. Obawialiśmy się, że może do tego dojść. To przez stres związany z procesem.

Inni asystenci kiwali zgodnie głowami, ale Judy pozostała niewzruszona. Sędzia wiercił się, zachodząc w głowę, jaką by tu obrać taktykę, tymczasem Niewygrał, zdumiony tak jak wszyscy, na razie nie zabierał głosu. Trójka wręczył prokuratorowi świstek papieru i prokurator zaczął czytać:

– „Wysoki sądzie, zważywszy niezwykłą ilość dowodów zgromadzonych w tej sprawie, nie sposób wykluczyć, że pewne materiały dowodowe, oczywiście materiały znikomej wagi, mogły się zagubić albo zapodziać w naszym biurze, chętnie jednak skorzystam ze sposobności, żeby naprawić błąd, jeśli rzeczywiście jakiś popełniono…"

Przewrócił kartkę, nie znalazł dalszego ciągu, zaczął więc gestykulować gniewnie do trójki.

– To nie był błąd – rzekła Judy. – To było zamierzone.

Szok i pomruki.

Niewygrał wniósł o oddalenie propozycji prokuratora, lecz, jak było do przewidzenia, jego wniosek odrzucono. Jeszcze tego samego dnia dostarczono obronie wielką ciężarówką stosy dodatkowych materiałów dowodowych i dano czas do następnego ranka, żeby się z nimi zapoznać. Françoise i Mariana poszły do kancelarii Niewygrała, żeby mu pomóc, bo pudła wylewały się dosłownie z holu budynku na parking. Po trzeciej nad ranem Mariana odkryła najważniejszy dowód – siedemnaście pudeł zawierających wszystko, co znaleziono w chacie pustelnika – w tym dziesiątki zeszytów i taśm wideo, na których szaleniec chwalił się, że rozsyłał przesyłki z bombami do dziesiątków wrogów w całym kraju, a poza tym przyznawał się do porwania dziwnej, urzekającej istoty, zwanej Małą Winkie.

Te materiały zupełnie oczyściły misia z zarzutów, ale sędzia otrzymał instrukcję, żeby nie przerywać procesu. Kontynuował go więc przez kolejne trzy tygodnie, podczas których Niewygrał puścił wszystkie nagrania wideo i odczytał na głos ławie przysięgłych wszystkie notatki. Judy została zwolniona z pracy i teraz prowadzono przeciwko niej śledztwo w sprawie działania na szkodę wymiaru sprawiedliwości. Prokurator trwał w swoim niewzruszonym przekonaniu o winie Winkiego, nowe dowody uznał tylko za przejściowy kryzys, tu i ówdzie jednak zaczęły się ukazywać ostrożne komentarze dziennikarzy z poparciem dla oskarżonego. Dwaj studenci Edwina Niewygrała zorganizowali kampanię „Uwolnić Winkiego", która natychmiast rozszerzyła się na inne ośrodki akademickie. Barwne transparenty jej uczestników wkrótce przewyższyły liczbą transparenty przeciwników Winkiego, zebranych przed gmachem sądu. Mimo to, gdy proces zbliżał się ku końcowi, jego wynik nie był wcale jasny.

Mowa końcowa prokuratora była zwięzła i rzeczowa:

– Sędziowie przysięgli, wasz obowiązek jest jasny, a wybór prosty. Waży się bowiem dzisiaj los Amerykańskiego Stylu Życia. – Spojrzał na sufit, zamrugał, żeby powstrzymać łzy. Wielu dziennikarzy też się wyraźnie wzruszyło; jedną ręką trzymali w górze magnetofon, drugą osuszali oczy. – A więc – powiedział na koniec prokurator – zwracam się do was: jeżeli zachodzi możliwość, najmniejsza możliwość, że oskarżony jest winny choćby jednej z zarzucanych mu straszliwych zbrodni, musicie go skazać. W ten sposób niewątpliwie ocalicie życie wielu ludzi. Dziękuję.

Z ławy przysięgłych dobiegło ciche pochlipywanie.

– A jeżeli jest winny również innych przestępstw? – krzyknął ktoś z głębi sali. Był to nadinspektor, który po wielu miesiącach milczenia nie mógł już tego znieść. – Zbrodni, o których jeszcze nie wiemy! Zbrodni znacznie gorszych niż te, o które jest teraz oskarżony! Zbrodni, których mógł się dopuścić wiele razy! – Dwaj woźni sądowi zaczęli go ciągnąć w stronę wyjścia. – Będziecie stali wszyscy z założonymi rękami i nie kiwniecie nawet palcem? Będziecie mogli z tym żyć? Patrzeć w oczy własnym dzieciom? – Kiedy wywlekano go za drzwi, zobaczył jeszcze, że sędzia marszczy czoło i grozi mu dyskretnie palcem. – Pan i te pańskie cholerne faksy! – krzyknął w stronę sędziego, kiedy zamykały się za nim dwuskrzydłowe drzwi. – Niech pan uważa, bo ten szatan-karzeł znajdzie się na wolności!

Sędzia potarł czoło i usiłował zachować spokój. Co nadinspektor miał na myśli, mówiąc o „faksach"? – ćwiczył w myślach pytanie do wyimaginowanego śledczego. Odchrząknął i zrobił surową minę.

– Panie Niewygrał? Proszę o mowę końcową.

– Wysoki sądzie, z powodów, yyy, oczywistych, jeszcze raz muszę wnieść o unieważnienie procesu.

Sędzia zakrył uszy z miną cierpiętnika.

– Nie chcę więcej tego słyszeć. Panie Niewygrał, ława przysięgłych w ogóle nie słyszała.

Adwokat nie posiadał się ze zdumienia.

– W porządku, ja się tym zajmę. – Sędzia obrócił się w stronę kotary i wyrzucił z siebie szybko i monotonnie: – Proszę-ławę-przysięgłych-ażeby-nie-brała-pod-uwagę-wykreślonego-z-protokołu-niefortunnego-wybuchu-funkcjonariusza-prawa-dziękuję. – Westchnął i zwrócił się znów do Niewygrała. – Proszę kontynuować.

Niewygrał zawsze miał największe kłopoty z mową końcową. Jak wyznał rano Winkiemu, przed niczym na świecie nie miał większej tremy i żadne z ostatnich zwycięstw w tym procesie niczego nie zmieniło. Przeciwnie, denerwował się jeszcze bardziej niż zwykle. Wziął kilka głębokich oddechów. Znów nadeszła ta decydująca chwila i chociaż bardzo się starał, po prostu nie mógł się zebrać w sobie.

– Panie i, yyy, panowie, sędziowie przy... przy... przy... przy... – rozpoczął. – To jest, to jest, to jest... to nie jest... Ta sprawa nie do... nie do... nie dotyczy... – Zaczął wertować notatki. – Mój klient, pan Winkie, jest, jest, jest, jest, jest, jest, jest, jest...

Françoise i Mariana wbiły wzrok w swoje buty. Winkie patrzył, jak Niewygrał kiwa się z boku na bok, jąkając się i zacinając.

– Kiedy, kiedy, kiedy... skoro, skoro, skoro... bowiem, bowiem, bowiem...

Miś wiedział, że chodzi o jego przyszłość, ale nie mógł się oprzeć poczuciu, że te sylaby mają rzadko spotykany sens, że jego obrońca mówi o nim prawdę, której nie wypowiedział nikt inny. Nie wymagała rozszyfrowywania ani interpretacji; gdyż brzmiała prosto i jasno jak ptasi trel.

– Jesteśmy tu dzisiaj, jesteśmy tu dzisiaj, jesteśmy, my...

Miś pochylił się do przodu, jakby w stronę świergoczącego cienia ukrytego w gęstwinie. Nie chciał uronić ani jednego dźwięku.

Reszta publiczności zaczęła jednak tracić cierpliwość. Wielu miało uznać mowę końcową w procesie Winkiego za jedno z najgorszych wystąpień w dziejach palestry. Po dwudziestu minutach z okładem Niewygrał zdołał wreszcie wygłosić jedno całe zdanie:

– Mój, mój, mój klient, jest zatem, jest, jest zatem, yyy, yyy, niewinny... niewinny!

Sędzia uderzył raz młotkiem i szybko dodał:

– Dziękuję, panie mecenasie.

Niewygrał otrząsnął się jak ze złego snu.

– Co…?

– Dziękuję – powtórzył stanowczo sędzia. Rozejrzał się po sali i zobaczył w oczach zebranych wdzięczność i ulgę. – W takim razie, jeśli to wszystko, przejdźmy do ostatnich zaleceń dla ławy przysięgłych.

– Nie, bo ja… ja…

Łup!

4.

Furgonetka policyjna stanęła, drzwi otworzyły się z impetem – blask słońca, błyski fleszy, mur ludzi krzyczących zza barierek.

– Uwolnić Winkiego! – krzyczeli.

– Zabić Winkiego! – krzyczeli.

Ława przysięgłych zastanawiała się ponad dwa tygodnie. Małego misia poprowadzono wśród aparatów, kamer i tłumu jaskrawo oświetlonymi schodami, potem mrocznym korytarzem do ciemnej poczekalni, w której zawsze musiał czekać, dopóki sędzia nie będzie gotów.

W małym, owalnym, nijakim pomieszczeniu – białe ściany, laminowany stół, metalowe krzesła z czarnymi winylowymi poduszkami – panowała kompletna cisza, bo ani oddziałowy Walter, ani agenci Mike i Mary Sue, ani woźni sądowi nie odzywali się słowem. Nawet Karol Niewygrał siedział w milczeniu, obgryzając paznokcie. Powietrze wokół nie było ani ciepłe, ani zimne. Kajdanki wrzynały się Winkiemu w kostki, ale on ani drgnął. Patrzył przed siebie. Nie wiedział, ile czasu upłynie, zanim sędzia i ława przysięgłych będą gotowi znów go wezwać.

Starał się być dobrej myśli. Nie mógł przewidzieć, że jego życie sprowadzi się do jednego – poszukiwania nadziei. Dawno temu, tego pamiętnego dnia, w którym urodziła się Mała Winkie, misiowi wydawało się, że znalazł nadzieję raz na zawsze. Teraz wyglądało na to, że wiecznie będzie jej szukał.

Jeden ze strażników odchrząknął i w małym czyśćcowym pomieszczeniu znów zapadła cisza. Przed Winkiem zamigotała nadzieja – jak wielka błyszcząca moneta zawirowała w pustej, owalnej przestrzeni między ścianami – a raczej duch monety, co obraca się wolno, zjawia się i znika w powietrzu, na wyciągnięcie ręki, przed jego oczami. Gdy odwracała się bokiem, nie było jej widać albo było tak jak z księżycem – widać połowę, kwadrę, rogalik w nowiu, a nawet przelotnie całą, okrągłą i złotą, tarczę w pełni. Zamglone powietrze, w którym duch monety wirował, wydawało się namacalne jak mgła. W jego drobinach kryła się lub przejawiała nadzieja, kręcąc się i migocząc, i to właśnie ten jasny, nieuchwytny kształt sprawiał, że powietrze było powietrzem, pokój pokojem, chwila chwilą. Winkie patrzył. Tak jak we śnie musiała rządzić tu jakaś zasada, w tym wypadku taka, że nie wolno wyciągać ręki i dotykać rysującej się przed tobą nadziei, tak jak Lot nie mógł spojrzeć za siebie. Miś nie miał wyboru. Nadzieja wirowała, a Winkie się jej przyglądał. Błyskała między cząsteczkami teraźniejszości albo nie, a on się tylko przyglądał.

– Panie i panowie, sędziowie przysięgli, czy w sprawie przeciwko Winkiemu ustaliliście już werdykt?

Nawet to pytanie zawisło na chwilę w powietrzu. Winkie wpatrywał się w niebieską kotarę, która wydymała się delikatnie w przeciągu.

– Nie, wysoki sądzie.

Miś zdziwił się, a na sali rozległ się gwar rozmów. Sędzia zaczął walić raz po raz młotkiem, aż zapadła cisza.

– Czy mam przez to rozumieć, że nie osiągnęliście jednomyślności? – zapytał.

– Tak, wysoki sądzie. – Winkie nie umiałby powiedzieć, czy to głos mężczyzny, czy kobiety. – Nie możemy ustalić werdyktu.

Sędzia wyglądał na zirytowanego.

– W sprawie wszystkich dziewięciu tysięcy sześciuset siedemdziesięciu ośmiu zarzutów?

Zaszeleściły papiery.

– Tak, w sprawie dziewięciu tysięcy sześciuset siedemdziesięciu ośmiu.

Sędzia westchnął.

– Niech i tak będzie!

Łup! Łup!

Młotek zadudnił ze swoją zwykłą ostatecznością, jak gdyby los misia nie miał nigdy zostać przesądzony. Młody dziennikarz wybiegł z sali, krzycząc głośno:

– Brak jednomyślności!

Wszyscy zaczęli mówić naraz. Winkie wciąż usiłował zrozumieć, co się stało, kiedy Niewygrał podniósł go z krzesła.

– Udało się! – zawołał, przytulając go mocno. – Nie do, nie do, nie do wiary! Panie Winkie, moje gratulacje!

Miś poczuł, że łzy radości adwokata kapią mu na czubek głowy. Nie śmiał zapytać, ale musiał się upewnić.

– Jestem… wolny?

Niewygrał się odsunął.

– Yyy, no niezupełnie… – Roześmiał się z zażenowaniem i znów posadził misia. – Ale, ale, ale… że tak… że tak…

247

Winkie odwrócił się, żeby odszukać w tłumie Françoise i Marianę, ale miały równie niepewne miny jak on. Françoise pomachała mu i zdobyła się na uśmiech. Inni patrzyli na niego drwiąco, może już zawsze będą z niego drwić.

– Proszę o spokój! – krzyczał sędzia jak zwykle. Młotek, młotek, młotek. – Panie prokuratorze, czy zamierza pan wytoczyć nowy proces?

Winkie z niepokojem nastawił uszy. Zaczął szarpać Niewygrała za rękaw, lecz adwokat ściskał komuś rękę i nie zwracał na misia uwagi. W końcu na sali zapanował spokój, a sędzia powtórzył pytanie.

– Stanowczo będziemy domagali się nowego procesu! – odparł dobitnie prokurator. – I wnosimy, żeby oskarżony pozostał w areszcie, bez możliwości wyjścia za kaucją!

Winkie – rewolucjonizujący życie rodzinne i fundamentalne prawa natury – nie był jeszcze wolny. Miś przełknął ślinę, Niewygrał wydukał swój sprzeciw i kłótnia rozgorzała od nowa.

Winkie wyrusza w świat

W inkie szedł przez rozległy bazar i podziwiał niezwykłe widoki – wielbłądy, limuzyny, wózki zaprzężone w osły, wyładowane zniszczonymi meblami, kosze przypraw, kartony kaset magnetofonowych, kobiety dźwigające na głowach wielkie tace ze świeżymi chlebkami pita. W tym rwetesie i różnorodności nikt nawet nie zauważył, a w każdym razie nikogo nie obchodziło, że Winkie nie jest człowiekiem, lecz starym pluszowym misiem.

I całe szczęście, bo nie powinien tam być. Chociaż w końcu zwolniono go za kaucją, Komitet „Uwolnić Winkiego" chętnie ją zapłacił, nie wolno mu było opuszczać Stanów Zjednoczonych. Françoise zabrała go więc do Kairu w podręcznej torbie. Pojechała tam odwiedzić matkę, która przeszła niegroźny wylew.

Winkie miał na sobie błękitną szatę i mały wiśniowy fez nasadzony między uszami. Françoise spędzała całe przedpołudnia u matki w szpitalu, ale popołudnia miała wolne i teraz szła w kwiecistej chustce obok misia, rozprawiając z ożywieniem, wymachując długimi, śniadymi rękami, jak gdyby siekła powietrze.

– To po prostu oszukaństwo dla turystów – powiedziała. Mówiła o cotygodniowym spektaklu tańczących derwiszów. – Zwyczajna szopka.

Winkiemu spodobało się, jak Françoise wymawia słowo „zwyczajna", w ogóle mówiła tu z silniejszym akcentem, mimo to nie mógł się doczekać wieczornego występu derwiszów. Wręcz poczuł ulgę, że nie powinien się spodziewać autentyczności. Uniósł szmaciane łapy w geście „co ma być, to będzie".

– Im większe oszukaństwo, tym lepiej – powiedział.

Zaraz jednak przestraszył się, czy nie obraził Françoise, ale ona tylko głośno się roześmiała.

– W takim razie i ja muszę ich zobaczyć! – odpowiedziała.

Zaprzyjaźniali się coraz bardziej.

W wysokich oknach Khan al-Khalili migotały setki flakoników perfum, ich ozdobne kształty mieniły się barwami, obramowane srebrem i złotem. Były małe jak wazoniki dla lalek, zwieńczone szpicami jak minarety. Mroczne alejki wiły się i przecinały, tworząc labirynt, a prowadziły do sklepów ze srebrem, mosiądzem i inkrustowanym drewnem. Każdy sklep był zawalony po sufit towarami – biżuterią, dywanami, tkaninami, szachami, kamiennymi obeliskami. Zbliżał się wieczór. Winkie usłyszał wezwanie do modlitwy grzmiące z wysoko zawieszonego megafonu, płaczliwe, zawodzące i ogłuszające.

A więc tu jest. Być gdziekolwiek poza więzieniem byłoby dla niego wystarczająco zdumiewającym cudem. Ale znaleźć się w tym rojnym mieście pełnym niespodzianek, miejscu tak cudownym – to był dar losu i kolejny mały cud. Wszędzie kłębili się ludzie. Bazar wydawał się nie mieć końca. Winkie mijał z Françoise bele tkanin, półki pełne koszulek w kratę i używanych dżinsów z ozdobnymi haftami, dalej kramy zawalone starymi radioodbiornikami, głośnikami stereo, damskimi telefonami zielonymi jak awokado. Jak we śnie przemknęła obok smukła kobieta, spowita od stóp do głów w biel niosła na głowie największą i najbardziej zieloną sałatę, jaką miś widział w życiu. Spojrzał w prawo i zobaczył w otwartych drzwiach setki nieruchomych mężczyzn w biało-niebieskich szatach, takich jak jego, a nad tym bezruchem unosił się zawiły śpiew wieczornej modlitwy. Winkie postał chwilę w milczeniu, trzymając Françoise za rękę, po czym tłum porwał ich oboje naprzód.

– Piękny widok – szepnęła Françoise – ale mułła z tego meczetu to zaciekły fundamentalista.

Drogą, którą Winkie nie potrafiłby wrócić, dotarli na targ przypraw. Kiedy Françoise zaczęła się targować po arabsku z grubym sprzedawcą, stary płowy miś stanął na palcach i powąchał wyższą od siebie piramidę pomarańczowego proszku. Nigdy przedtem nie spotkał się z takim mrocznym, drewnianym, pikantnym zapachem. Nie znał go, nie mógł mu więc nasuwać żadnych wspomnień, a mimo to miś pomyślał o Małej Winkie. Zapach był tak świeży i zaskakujący, że gdy miś wdychał znów jego pomarańczową ostrość, otwierał się przed nim cały wachlarz nowych doświadczeń, a jednocześnie wspomnień.

Odtąd, pomyślał Winkie, gdziekolwiek napotka ten zapach – subtelną kulę ognistą – zawsze będzie mu przypominał tę szczególną chwilę, gdy pomyślał o swoim dziecku, chwilę, która i tak umknie, jak wszystkie. Patrząc na inne kolorowe piramidy, nie słysząc pokrzykiwań Françoise na sprzedawcę w turbanie, Winkie zaczął myśleć o wszystkich świadomych i przypadkowych krokach, które doprowadziły go do tego punktu w czasie i przestrzeni – o wszystkim, czego się nauczył, o wszystkich, których kochał – i na chwilę pogodził się ze swoją tęsknotą. Dzisiaj Françoise przypomniała mu, że jeżeli nie ma ochoty, wcale nie musi wracać do

Ameryki i przechodzić kolejnego procesu, i teraz cieszył się, że jeszcze nie zdecydował, co robić.

Françoise dogadała się ze sprzedawcą, pieniądze przeszły z rąk do rąk i Winkie i Françoise opuścili bazar, obładowani małymi, wonnymi paczuszkami. Przeszli między niszczejącymi budynkami piaskowej barwy i wyszli na kolejną ruchliwą ulicę. Samochody, ciężarówki i taksówki śmigały z warkotem. Już jadąc taksówką z lotniska, Winkie zauważył, że w całym mieście nie ma świateł ulicznych albo tak często są zepsute, że nikt nie zwraca na nie uwagi, zresztą wszyscy chyba i tak by je lekceważyli. Zatrzymał się niepewnie na krawężniku. Jezdnią przetaczały się zdezelowane furgonetki wyładowane pasażerami, a smagli, szczupli chłopcy wywieszeni z ich okien śmiali się i wytykali palcami grupkę europejskich turystów, którzy tak jak Winkie bali się przejść na drugą stronę.

– Po prostu musisz im pokazać, że istniejesz – powiedziała Françoise.

Odmówiła krótką modlitwę, postawiła stopę na jezdni i ruszyła do walki. Zaczekała na małą lukę w ruchu i na jej widok samochody, furgonetki i skutery zwolniły, zatrzymały się albo ją ominęły. Nikt nawet nie zatrąbił. Uśmiechała się teraz do niego z drugiej strony ulicy i wołała:

– Nie za wolno, nie za szybko. O tak!

I jeszcze raz zademonstrowała pewną siebie postawę – głowa przechylona, ręce swobodne, ruchy sprężyste.

Wtedy Winkie też postawił niestarannie zaszytą łapę na jezdni i przeszedł bez szwanku na drugą stronę. Od tamtej pory, za każdym razem, gdy przechodził przez ulicę, było to dla niego jak mały, przejmujący akt wiary, bo kiedy samochody, ciężarówki, a zwłaszcza niezliczone poobijane taksówki zwalniały i zjeżdżały na bok, dokonywał się mniejszy cud. Wszystkie te pojazdy sunęły niewzru-

szenie naprzód, nie przejmując się nikim ani niczym w swojej drodze do celu, a przecież ustępowały małemu misiowi, i przechodząc
na drugą stronę ulicy, Winkie za każdym razem czuł się tak, jakby
wstąpił w rwący nurt życia i paradoksu.

Podziękowania

Dziękuję swojej redaktorce *Lauren Wein* za znakomite wyczucie niuansów powieści oraz za niestrudzoną wiarę w tę książkę; swojej agentce *Marii Massie* za profesjonalizm i niezachwiane wsparcie, *Gabrielle Glancy, Wayne'owi Kostenbaumowi, Robertowi Marshallowi* i *Lisie Cohen* za błyskotliwe spostrzeżenia i podpowiedzi. Proszę również, żeby podziękowania przyjęli: *David Rakoff, Kevin Bentley, Catherine Kudlick, Carol Chase, Helen Chase, Noelle Hannon, Brian Kiteley, Barbara Feinberg, Bruce Ramsay, Ralph Sassone, Erin Hayes, Maggie Meehan, Michelle Memran, Bernard Cooper* i *Frederic Tuten* za wnikliwe uwagi o całym rękopisie lub jego fragmentach. Za pomoc w poszukiwaniach, a także inspirujące rozmowy, wdzięczny jestem *Sharon Novickas, Mike'owi* i *Jean Kudlickom, Ann Ruark, Katherine Dieckmann, Fatimie Shaik, Davidowi Gatesowi, Etel Adnan* i *Simone Fattal*.

Dziękuję również *Gretchen Mergenthaler* za projekt okładki i *Claire Howorth* za obsługę reklamy.

Dziękuję *Brianowi Kiteleyowi* za zorganizowanie mi w przełomowej chwili spotkania autorskiego na Uniwersytecie Denver; *Blue Mountain Center* oraz *Nowojorskiej Fundacji Sztuki* za pomoc przy pracy nad książką, *Kenowi Weine'owi, Royowi Brunettowi, Karen Wheeler* i *Dianie Pearson z „Newsweeka"* za czas wolny na pisanie oraz *Paulowi Lisicky'emu* i *Aldo Alvarezowi z „Blithe House Quarterly"*, a także *Robinowi Lippincottowi* i *Ellen Balber z „bananafish"* za publikację pojedynczych rozdziałów tej książki na wczesnym etapie (w nieco innej formie).

Wreszcie wyrażam swoją miłość i wdzięczność *Ruth Chase, 1915–2006*, która przekazała mi swojego misia i swoje poczucie humoru.